라벤더 향기

라벤더 향기

서하진 소설집

문학동네

차례

라벤더 향기

이내가 낀 듯 부연 공기 속, 푸른 나무 사이에서 여자는 죽은 듯이 깊은 잠이 들었다. 여자를 잠재운 것은 엄청난 양의 다양한 향기, 이제는 악취로, 숨을 쉬기 어려운, 부글부글 무언가를 끓일 수조차 있을 듯한 가스로 변해버린 그 냄새였을 것, 이라고 여자를 발견한 남편은 말했다.

토요일 오후였다. 때없이 비가 내리는 창 밖을 내다보다 퇴근 채비를 하는 그에게 두 명의 낯선 남자가 찾아왔다. 영화에서 본 것처럼, 그들은 검은 가죽 지갑을 꺼내 잠깐 그의 눈앞에서 펼쳐 보이고는 이렇게 말했다. 잠시 시간을 내주실까요? 여쭤볼 것이 있습니다.

그는 당황했다. 형사. 세무서 직원. 마주치고 싶지 않은 사람들은 언제나 예고 없이, 불쑥, 휴일의 기대를 일그러뜨리며 찾아온다. 은행과, 종금사와, 도움을 청할 사람들을 향한 그의 손발을 묶고서. 하지만 그는 그 정도의 당황스러움은 감출 줄 아는 남자였다. 마흔 살, 작기는 해도 한 회사의 책임자인 것이다. 무슨 일인지, 우선 좀 앉으시지요, 라며 그가 몸을 일으켰을 때 그들 중 한 사람이 휘 사무실을 둘러보았다. 칸막이 너머로 이쪽을 보고 있던 세 명의 남자 직원과 여사원이 황급히 고개를 숙였다. 괜찮으시면, 요 건너편에 다방이 있던데…… 남자의 말을 자르며 그가 말했다. 아니, 여기서 좋습니다. 앉으시지요. 그는 남자들에게 앉기를 거듭 종용했다. 서 있는 것은, 서 있는 사람은 그를 불안하게 한다. 남자들은, 그러나 앉고 싶은 생각이 없는 것 같았다. 빗물이 점점이 떨어진 점퍼 차림의 다른 남자가 그를 한동안 바라보았다. 그가 마치 대단한 것을 요구했다는 듯이. 흰자위가 많은 눈이었다. 비에 젖어 축처진 머리카락. 처진 머리 한쪽이 이마를 가린 남자의, 물이 뚝뚝 떨어질 듯 축축한 눈. 거뭇한 입술을 일그러뜨리며 그 남자가 말했다. 선생의 부인에 관한 겁니다. 그는 천천히 옷걸이의 양복저고리를 벗겨들었다.

그 집은 십오층 아파트의 가운데, 팔층이었다. 볕 바른 베란다로 언제나 거침없는, 그러나 컬러 유리를 지나 알맞게 조도가 낮아진 햇살이 비쳐들었다. 베란다 가득 피어 있는 삼백예순 날 지지 않고, 향기조차 가시지 않는 조화들. 푸르고 빳빳한 바키라의 잎에는 영원히 흘러내리지 않는 방울진 플라스틱 물방울이 매달려 있었다. 작은 알을 품고 있기라도 한 듯한 자세로 갈잎 둥지 속에 들어앉아 있는 앙증맞은 새 한 마리. 그 옆의 작은 나무 그네에는 이따금 열리는 문으로 바람이 들어와 그네가 흔들릴 때면 초르릉 어여쁜 소리를 내며 울 줄도 아는, 완벽한 푸른 깃털의 또다른 새가 있었다. 베란다 안쪽에는 이어지는 천장의 모서리마다 늘어진 푸른 스킨답서스로 누구라도 집 안에 들어서면 어머, 세상에. 여긴 완전히 숲속이군요. 어쩜 이렇게 예쁘게 꾸미셨어요, 하는 감탄사를 터뜨릴 법한, 어느 잡지의 '싱그러운 여름 꾸미기'의 표본이 될 만

10

한 넓은 거실이 있었다. 그러나 그런 일은 좀처럼 일어나지 않았다. 이른 아침과 늦은 밤, 그 집의 문은 단 두 차례 이외에는 열리는 일이 없었다.

거실 벽에 매달린 벽시계의 나무 문이 열리고 스코틀랜드 풍 옷을 입은 나무 인형 셋이 둥글게 맴을 돌며 춤을 추기 시작했다. 다섯 바퀴째의 맴돌기가 끝날 무렵 전화벨이 울렸다. 벨소리에 놀란 듯 인형들이 춤추기를 그치고 탁, 나무 문이 소리내며 닫혔지만 아무도 전화를 받지 않았다. 아랍문양의 카펫 위로, 거실장식장 위 줄리앙의 흉상으로, 뻗어나가던 전화벨 소리가 여섯 번 울렸을 때, 딱, 기계가 작동하는 소리에 이어 녹음된 음성이 들렸다. 죄송합니다. 지금은 외출중이오니 삐이, 소리를 들으신 후 메모를 남겨주시면 곧 연락드리겠습니다. 컴퓨터로 녹음된 목소리는 여자도 남자도 아닌 중성의 그것처럼 들렸다. ······나야. 집에 있으면 전화 좀 받아. 중요한 일이야······ 전화의 저편이 기다리는 사이 빈 테이프 돌아가는 소리가 거실 전체에 크게 울렸다. 알았어, 그럼 이따 집에서 얘기해. 전화를 끊을 듯하던 남자가 신경질적으로 덧붙였다. 이 녹음 좀 바꾸라니깐 그게 그렇게 어려워? 어따 전화했는지 알 수가 없잖아. 뚜뚜······.

여자는 전화기가 다시 잠잠해지기를 기다렸다가 희고 우아한 손으로 재생 버튼을 눌렀다. 중요한 일이야······ 남편의 목소리가 평소와 다르다고 생각했지만 여자는 곧 테이프를 돌려 그것을 지워버렸다. 이즈음 그에게는 중요한 일이 많았다. 몇 해를 공들여 부지를 선정하고, 매입하고 분양에 들어간 목조주택 사업이 벽에 부딪혔을 때도 그는 당황하지 않았다. 수입자재의 폭등이라는, 환율의 급격한 변동이라는 변수를 읽어내지 못한 자신을 반성하며 차분히, 놀랄 만큼 침착하게 일을 정리했다. 어느 날 갑자기 시작된 국세청의 세무조사가 근 한 달을 끌었을 때도 그는 짜증 한 번 내지 않았다. 그 일이 끝날 무렵 지역 세무서에서 또 한 떼의 사람들이 각종 서류 더미들을 요구하고 나섰을 때야 그는 무언가 잘못되고 있다고 말하기 시작했다. 누군가 나를 모함하고 있어. 그렇게 말하며 그는 이제까지의 울분을 한꺼번에 터뜨렸다. 자다가도 벌떡 일어나 앉으며 고함을 쳤다. 도대체 어떤 놈이야.

남편을 다시 누이고 끙끙 신음하는 그를 다독이면서도 여자는 진심으로 그를 염려하지는 않았다. 하던 사업이 다 망해도, 일 년 열두 달 세무조사가 계속되어 그에게 탈세 혐의로 엄청난 벌금을 물리더라도 그는 곳간을 조금 헐어내는 수고를 하면 될 것이었다. 내버려두어도 물 한 바가지 주지 않아도 무궁무진한 가지를 쳐서 끝없는 열매를 만들어내는, 사방에 뿌리를 내린 그의 나무들이 쉼없이 곳간을 채운다는 것을 그녀는 알고 있었다. 그 열매를 물어다 나르는 사람들을 그는 새이거나 개미쯤으로 여기고 있었다. 실제로 그들은 과실을 조금씩 쪼아먹기도 했을 것이다. 남편에게는, 어쩌면 자신도 그렇게 여겨질지도 모른다고 그 여자는 생각했다. 나르지도 못하면서 갉아먹기만 하는 벌레.

여자는 속이 훤히 비치는 네글리제 차림으로 몇 개의 분무기를 들고 베란다로 나갔다. 장미꽃에는 장미 향을, 나뭇가지 위 라일락에는 라일락 향을, 해초처럼 가는 잎을 늘어뜨린 라벤더에는 라벤더 향을 분사한 여자는 세번째의 분무기를 들어 허공에다 몇 차례 액체를 쏘아보내고 길게 심호흡을 했다. 짙은 풀냄새가 여자의 폐부를 가득 채웠다. 숲의 향기를 모았다는 이 방향제를 사기 위해 여자는 몇 군데의 향수 전문점과 남대문 도깨비시장을 샅샅이 뒤지고 다녔다. 향기는, 언제나 그녀의 그 수고를 충분히 보상해주었다.

그 남자는 칠층에 살았다. 엘리베이터를 타지 않고 칠층까지 오르내리는 일이 간단하지 않았지만 그는 단 한 차례도, 라고 해도 좋을 만큼 엘리베이터를 이용하지 않았다. 계단을 고집하는 특별한 이유가 있는 것은 아니었다. 아파트 문 앞에 이르러 숨이 흐트러지지 않는 것을 확인하는 그 순간, 방금 엘리베이터에서 내린 사람처럼 고른 숨을 쉬며 현관문을 여는 순간을 위해 그는 계단을 올랐다. 남자는 자신의 한계가 칠층이라는 것을 잘 알고 있었다. 그 이상이라면, 얼굴이 붉어지고 숨이 가빠질 것이다. 남자는 낯을 붉히는 일을 언제나 경원했다. 그는 한번 얼굴이 붉어지면 곧 목덜미로, 등줄기를 거쳐 온몸으로 홍반이 번져나가는 특이체질이었다. 특별히 뛰어난 머리도, 알맞은 재산을 남겨줄 부모도 없는 남자는 낯을 붉히지 않아도 좋을 만한 자신의 자리를 잘 알고 있었다. 중간의 대학, 적은 월급으로 만족했고 예쁘지도, 남 앞에서 얼굴을 붉힐 만큼 밉지도 않은 여자와 결혼했다. 그의 아내는 그러나 그를 이해하지 못했다. 얼굴을 붉히지 않고는 결코 이 세상에서 제대로 살아갈 수 없다는 것을 역설하던 아내의 붉게 달아오른 뺨, 충혈된 눈을 보던 어느 날, 그는 그와 똑같은 자신의 모습을 보았다. 어쩌면 이제부터 영영 이처럼 붉은 낯으로, 가쁜 숨으로 살아야 할 것이라는 예감이 그를 감쌌다. 그는 두려웠다. 아내가 떠나지 않았다면 그가 먼저 집을 나왔을 것이다.

　남자가 이 집에서 살게 된 것은 그의 삶 전체의 드문 행운 중의 하나였다. 해외지사 근무를 하게 된 그의 먼 친척이 일 년 동안만, 이라는 단서를 달고 집을 지켜달라고 했을 때 그는 아내와 막 이혼수속을 마친 참이었다. 열세 평 아파트의 전세금을 위자료로 내주고 오랜 자취생활로 되돌아갈 처지였던 그로서는 두 마리 강아지, 적지 않은 관리비를 떠맡는 조건만으로 쉰여덟 평 아파트 전부를 차지할 수 있다는 것을 쉽사리 믿을 수 없을 지경이었다. 인근의 중개상과 지역 광고지에 낸 전세 광고들이 아무런 효과가 없었던 것을 숨긴 채 그의 친척은 어릴 때부터 그를 눈여겨보았노라고, 그의 차분하고 성실한 성품을 잘 알기 때문에 특별히 부탁하는 것, 이라고 말했다. 그를 골똘히 쳐다보던 친척의 아내가 깨알 같은 글씨가 적힌 종이를 내밀었다. 잿빛 털에 반지르르 윤기가 흐르는 불독 한 마리, 그리고 유아복 선전에 소품으로 어울릴 요크셔테리어에게 먹이 주는 법, 목욕시키는 법, 비상시에 알릴 동물병원 전화번호, 발톱 깎기와 미용실에 데려가는 시기 등이 기록된 종이를 들고 친척의 아내는 한 시간에 걸쳐 긴 설명을 했다. 집에 다른 사람을, 특히 여자를 들이지 말 것을 당부한 친척의 아내가 마지막으로 한 말은 벽에 못을 치지 말라는 것이었다.

　갑작스레 주인이 바뀐 상황을 강아지들은 잘 받아들였다. 그들은 주는 먹이를 얌전히 먹고 정해진 곳에 배설하고, 씻겨주면 조용히 잠을 잤다. 불독의 짧은 털 밑에 두드러기가 생겼던 일을 제외한다면 강아지들은 그를 성가시게 하는 법이 없었다. 전화를 걸었을 때 그 불독의 주치의라는 여자는 두드러기의 원인을 간단히 밝혀냈다. 정수기 물로 씻기셨나요? 그애는 특이체질이에요. 이틀 만에 두드러기는 가라앉았다. 그의 친척이 옳았다. 그는 차분하고 성실한 사람이었다.

　그러니까…… 당신은 집에 있었다, 이거지? 차를 움직인 적이 없다, 이 말이지? 알맞게 데워진 한약 사발을 받아들며 남자가 물었다. 세번째 같은 물음이었다. 그래요. 나는 집에 있었어요. 차는 움직일 수가 없었겠지요. 여자의 음성은 한결같이 차분했다. 남자의 가느다란 눈이 여자를 바라보았다. 하필 내가 출장중이었을 게 뭐야. 걔네들은 그걸 물고늘어지더라구. 문제는…… 당신이 집에 있었다는 것을 증명해줄 사람이 없다는 건데 말야. 그렇더라도 차를 살펴보면 알 수 있겠지 뭐. 내일 경찰서에 가기로 했어. 너무 걱정하지 마, 같이 가줄 테니까. 이건 말이지. 누가 모함하는 거야. 그렇게 볼 수밖에 없어. 왜 자꾸 이런 일이 생기는지 모르겠어. 그 말을 끝으로 그는 저 혼자 흘러가던 화면으로 눈을 돌렸다. 전속력으로 달려가는 자동차를 다른 차 한 대가 필사적으로 쫓고 있었다. 붐비는 차들 사이를 뚫고 가드레일을 받을 듯 달려가던 앞차가 기어이 길 옆 언덕으로 굴러내렸다. 뒤따르던 차에서 내린 남자가 언덕 아래에 처박힌 차를 향해 달려갔다. 캐서린. 당신 괜찮아. 열린 차 문을 기어나와 어딘가 상처를 입은 듯 몸을 늘어뜨린 여자에게 남자가 묻고 있었다. 나는…… 괜찮은 것 같아, 괜찮아. 남자가 천천히 여자를 애무하기 시작했다. 고통스러운 자세로 긴 섹스를 나누는 두 사람의 저편 길 위로 쉴새 없이 차들이 달려갔다.
　자디잔 글자들을 띄워올리던 화면이 멈춘 후에도 여자는 소파

깊숙이 파묻은 몸을 풀지 않았다. 영화가 끝날 무렵 잠든 남편이 낮게 코를 골고 있었다. 사고가 있었다고 남편은 말했다. 누군가 달리던 하얀 차에 받혀 둥 떠올랐으며 심각한 부상을 입은 그 사람은 아직껏 혼수 상태라고 했다. 있잖아, 왜. 목격자를 찾습니다, 하는 플래카드. 이렇고 저런 사고를 목격한 사람은 연락하라고, 후사하겠다고 써놓은 것들 말야. 그걸 보고 누가 전화를 한 모양이야. 남편은 그저 지나가는 이야기라는 듯 심드렁한 어조였다. 여자의 차는 흰색이었다. 차종조차도 같다고 했다. 색깔이나 종류가 일치한다는 것은 아무런 문제가 아닐 수 있었다. 흰색은 그다지 드문 것이 아니었고 그녀의 차는 몇 해 전의 베스트셀러였던 만큼 거리 어디서나 볼 수 있는 흔한 차종이었다. 그 목격자가 제보한 차량넘버 네자리 수가 신기하게도 그녀의 차와 딱 들어맞았다는 것. 그것이 문제였다. 어쩌면 성가신 일이 생길 수도 있었다.

여자는 거실의 불을 끄고 소리나지 않게 신발을 찾아 신었다. 자정이 지나 불이 꺼진 계단을 난간을 잡고 천천히 걸어내려갔다. 어두운 경비실 안에는 경비원이 작은 의자 위에 위태롭게 몸을 늘인 채 잠들어 있었다. 여자는 살며시 안으로 들어갔다. 경비원의 무릎 근처 합판으로 된 작은 문으로 여자의 손이 뻗어나갔다. 자물쇠가 달려 있지만 잠겨 있지는 않다는 것을 여자는 알고 있었다. 807이라는 번호 아래 못에 걸린 차 열쇠를 빼낼 동안 여자는 경비원의 깊은 잠을 깨울 어떤 소리도 내지 않았다. 차에 다가갔을 때 여자는 특별히 자신에게 열쇠가 필요한 것이 아니라는 사실을 깨달았다. 사람을 치었고, 그토록 치명적인 상처를 입혔다면 어떤 형태로든 차에 흔적이 남을 것이었지만 그 흔적은 그저 차를 한바퀴 둘러보면 충분히 알 수 있을 것이었다. 희미하게 긁힌 자국. 범퍼의 칠이 벗겨진 흔적. 사 년이라는 운행 햇수에 어울리는 몇 군데의 외상이 있을 뿐 차는 비교적 깨끗했다. 사람을 치어 상하게 한, 그런 끔찍한 일을 짐작케 할 선명한 흔적 따위는 발견되지 않았다.

여자는 뚜렷한 목적 없이 차 문을 열고 안으로 들어갔다. 희미한 방향제 냄새가 나는 차 안에는 겉장이 떨어져나간 지도책, 콘솔박스 속에 뒹구는 몇 개의 카세트 테이프, 끝이 말려든 알따란 영수증 몇 장, 그리고 여기저기의 주유소에서 받아 넣은 화장지 뭉치들이 있을 뿐 눈에 거슬리는 특별한 것은 아무것도 찾아낼 수 없었다. 의자에 머리를 기대고 여자는 한동안 가만히 앉아 있었다. 오래 전 여자는 남편과 말다툼을 하고 이따금 지금처럼 차 안에서 몇 시간을 보내곤 했었다. 차를 몰아 어디론가 갈 수도 있었지만 여자는 한 번도 그렇게 하지 않았다. 어디로 가든 날이 새기 전에 돌아오게 될 것을 알기 때문이었다. 그녀에게는 하소연할 친정붙이들이 남아 있지 않았다. 어느 날 불쑥 다니던 회사에 사표를 던진 오빠를 따라 오빠의 가족과 어머니와 동생이 차례로 떠났을 때, 여자는 우리도 가자, 고 말하고 싶었다. 그들이 향한 나라, 캥거루의 날렵한 몸짓처럼 그곳에는 무언가 산뜻한, 다른 것이 있을 것 같았다. 그러나 자신과는 달리 남편은 이곳에 산뜻한 그 무엇을 얼마든지 갖고 있다는 것을 알았으므로 여자는 남편에게 아무런 말을 하지 않았다. 대신 여자는 갓 중학생이던 아이를, 내 아들이 대체 왜 이 정도인지 알 수 없다는 눈총을 받느라 제 아버지를 바로 보지도 못하는 아들을 떠나보냈다.

하필 내가 출장중이었을 게 뭐야…… 남편의 말을 떠올리며 여자는 슬쩍 고개를 저었다. 그는 출장중일 때가 더 많은, 거의 언제나 출장중인 사람이었다. 여자는 실내등을 켜고 화장지 표면의 주유소 이름을 하나하나 살펴본 다음 그중 두어 개를 따로 골라냈다. 마지막으로 재떨이를 열어본 여자가 그 안에서 가느다란 꽁초 두 개를 집어들었다. 여자들이 피울 법한, 영국 어느 담배회사명이 선명히 남아 있는 그것들을 여자는 진기한 보물처럼 손바닥에 놓고 한동안 들여다보았다. 여자는 담배를 피우지 않았다.

칠층 베란다에서 남자는 주차장을 내려다보고 있었다. 담배를 피우기 위해 베란다로 나온 남자는 우연히 여자를 보았다. 잃어버린 무언가를 찾는 것처럼 차 주위를 돌던 여자가 희미한 불빛이 새어나오는 차 안으로 들어간 이래 세 대째의 담배에 불을 붙이면서 남자는 무슨 일이 있는 것일까, 생각했다. 여자의 차는 이중, 삼중으로 주차된 차량들 한가운데 박혀 있었다. 어딘가로 갈 요량이라면 여자는 세 대의 차를 옮겨야 할 형편이었다. 이따금 베란다에 서면 차들이 이리저리, 옮겨지는 것을 볼 수 있었다. 외출이 잦은 편이 아닌 그녀의 차를 다른 차가 한 대 들어올 때마다 일부러 더 바깥쪽으로 옮기는 것. 다른 차에게 길을 내주기 위해 공간 이동을 하며 주차 실력을 뽐내는 것이 경비원의 유일한 오락거리라는 것을 그는 짐작하고 있었다. 오늘은 경비원이 일찌감치 그녀의 차를 안쪽으로 몰아넣은 날이었다. 때때로 그런 날이 있었다. 여자는 남자와 달리 운이 없었다.

여자가 차 밖으로 나오고 있었다. 실내등 끄기를 잊은 듯 차에서는 여전히 불빛이 새어나왔다. 무언가 일이 있구나. 남자는 생각했다. 여자는 서두르고 있었다. 서두르는 것, 무얼 잊어버리는 것, 그런 일들은 전혀 여자에게 어울리지 않았다. 남자는 베란다 문을 닫고 거실 쪽으로 걸어갔다. 부엌까지 단 두 걸음이면 충분하던 그의 아파트에 비해 이 거실은 지나치게 넓었다. 거실 한구석에 놓인 개집 안에서 불독이 으응, 낮은 소리를 냈다. 왜, 너도 목이 마르냐. 남자는 마시던 컵의 물을 개 밥그릇에 부어주었다. 모이라. 아이라. 강아지들의 이름을 알려주며 친척의 아내는 두 마리 개가 마치 자매 같다고, 전생에는 아마 내 딸들이었을 것이라고 눈물까지 글썽였지만 그는 한 번도 그 이름을 불러본 적이 없었다. 이름을 부를 일이 없었기 때문이있다. 모이라. 그는 찰찰 물을 핥는 강이지를 작게 소리내어 불렀다. 불독의 착 달라붙은 귀가 조금 서는 것 같았다. 그때 현관의 벨이 울렸다. 이어 짧게 세 번 철문을 두드리는 소리. 그는 소리나지 않도록 조심하며 문을 열었다.

불을 끄세요. 여자가 말하기도 전에 남자의 손이 거실 벽의 스위치를 내렸다. 어두워진 실내에 여자의 얼굴이 희게 떠올랐다. 무슨 일이에요? 차에서는 뭘 했어요? 남자가 물었다. 이런 일은 정말 싫다, 고 남자는 생각했다. 다른 사람을 채근하는 일은 그답지 않았다. 천천히 그는 심호흡을 했다. 그러자 마음이 가라앉았다. 앉아요. 자아. 이제 얘기해봐요. 무슨 일인지. 남자는 여자의 손을 잡았다. 꼭 주먹 쥔 여자의 손에서 심한 담뱃진 내가 났다. 그러니까…… 경찰에서…… 여자의 말은 두서가 없어 알아듣기 힘들었다. 내일 출두하기로 했다, 는 말을 하기까지 여자는 몇 번이고 말을 끊었다. 여자가 말을 마쳤을 때 남자의 얼굴이 서서히 붉어지기 시작했다. 어두웠으므로 여자는 그 사실을 알아채지 못했다.

덩그렇게 들어올려진 차는 깔끔하던 외양에 비해 바닥이 흉물스러웠다. 어디에 부딪혔는지 일그러진 채 조금 처진 머플러. 흙먼지와 오일 찌꺼기들이 달라붙은 바퀴 안쪽이 음험해 보였다. 흠, 쩟. 흰 장갑 낀 손으로 차의 여기저기를 훑어보던 정비공이 혀를 찼다. 그냥 봐서는 알 수가 없겠는데요? 게다가 세차를 했다면서요. 챙 달린 모자를 쓴 꽁지머리의 정비공은 껌을 씹으면서도 재빠르게 말했다. 두 명의 형사는 초조한 빛을 감추지 못했다. 세차를 자주 하십니까? 그들 중 하나가 묻자마자 여자의 남편이 버럭 소리를 질렀다. 세차하는 것도 죕니까. 그로서는 어지간히 참은 셈이었다. 그는 화가 머리끝까지 났다. 그냥 봐서 알 수 없다니, 그럼 다르게 보면 될 게 아니냐고 소리치려는 찰나 여자가 그의 팔을 잡았다. 차량 조사라는 것을 위해 그들은 세 시간을 북적대는 경찰서 한구석에서 기다려야 했다.

이건 뭐야. 범퍼가 조금 밀려들어간 것을 가리키며 형사가 물었다. 정비공의 고개가 갸웃했다. 글쎄요. 국산 차들 범퍼가 워낙 약해서요. 슬쩍 받혀도 떨어지기까지 하는걸요. 실망을 가득 담은 눈으로 형사가 째려보았지만 정비공은 고개를 으쓱, 해 보였을 뿐 흥얼흥얼 노래를 읊조리며 차 밑으로 들어갔다. 툭, 건드릴 때마다 검은 먼지덩어리가 떨어져내렸다. 어쩌겠나. 우선 사무실로 돌아가서 서류작업부터 하지. 나이든 형사가 말했지만 젊은 동료는 찌익, 침을 뱉으며 차를 노려보고 서 있었다. 화가 난 것은 여자의 남편만이 아니었다. 더운 날이었다. 여기 두고 가시면, 저희가 더 살펴볼게요. 검은 작업복 차림의 사람 하나가 그들 사이로 걸어올 때까지 여자와 남편은 땡볕을 고스란히 맞으며 서 있어야 했다.

　아주머니. 그날, 19일입니다. 그건 들으셨죠? 여자는 고개를 끄덕였다. 대답하기 쉬운 물음으로 시작해준 것이 무척 고마웠다. 채광과는 관계없는 작은 창이 높다란 곳에 뚫린 좁은 방에 들어섰을 때야 여자는 비로소 사태가 심각하다는 것을 깨달았다. 드라마에서 본 것 같은 특색 없는 책상과 비닐커버의 의자들. 젊은 형사가 옷소매를 걷어붙였고 낯빛이 하얗게 질리는 여자를 남편이 끌어 앉혔다. 너무 걱정하지 마. 남편이 속삭였지만 여자는 입을 꼭 다물었다. 저도 모르는 사이 신음이 새어나갈 것만 같은 긴장감이 여자의 말을 저리게 했다. 사고는 새벽 두시가 조금 넘은 시각에 일어났습니다. 영동대교 진입 직전 도로…… 거기가 어딘지는 아시죠? 여자가 다시 고개를 끄덕끄덕했다. 여자의 집에서 멀지 않은 곳이었다. 목격자에 의하면 차는 시속 칠십 킬로 정도로 달렸다는 겁니다. 횡단보도 부근에서 전혀 속도를 줄이지 않았고, 그리고…… 그 속도 그대로 사람을 친 거죠. 부웅, 떠올랐다 툭, 나가 떨어지는 물체. 급정거하는 자동차. 빈 거리에 울리는 소름끼치는 브레이크 소리. 아스팔트에 새겨지는 길고 검은 바퀴자국. 여자는 탁자 위의 물잔을 들어 물을 조금 마셨다. 오래된 보리차에서 나는, 쉰 냄새가 여자의 마른 식도를 타고 내려갔다.

　차가 서고, 운전석에서 사람이 나오더니, 잠깐 엎드려서 살펴보고는 가던 길을 내처 가버렸답니다. 목격자는 뒤따르다가 그걸 다 본 모양입니다. 서류 더미를 뒤적이며 형사가 천천히 이야기를 했다. 정비소에서와 달리 그는 지겹기 짝이 없다는 표정이었다. 목덜미를 슬슬 문지르다가 볼펜으로 탁탁 소리를 내보다가 새끼손가락으로 귓밥을 후벼파기도 하다가…… 그의 동작 하나하나는 자아, 나는 무료하다, 내 무료함을 가셔줄 무언가 이야기를 해라, 그런 시위처럼 보였다. 안타깝게도 여자는 그에게 해줄 어떤 말도 찾을 수가 없었다. 여자는 이제 침착해진 눈으로 막 탁자를 톡톡 두들기기 시작하는 형사의 손끝을 보았다. 그 목격자라는 사람은 왜 그 당장에 신고를 하지 않았는가. 눈앞에서 사람이 치였는데 어떻게 그냥 지나쳤다가 일 주일이나 후에 전화만으로 그 사실을 이야기했다는 말인가. 밤이었는데, 어두운 곳에서 그처럼 선명히 차량 번호를 보는 것이 가능하다는 말인가. 하는 의문들을 표할 수도 있었지만 여자는 그렇게 하지 않았다. 자신은 혐의를 받고 있는 사람이었다. 남편이 없는 밤의 절반을 차지하는 비디오들. 그 비디오들의 절반은 미스터리 애정물이었다. 이런 상황에서는 가능한 한 적은 말을 하는 것이 좋다는 것을 여자는 그것들을 보며 배웠다. 물론 여자가 배운 것은 그것뿐만이 아니었다.

그 목격자가 본 운전자는 남자였다면서요? 침묵을 깬 것은 여자의 남편이었다. 그는 얼른 이곳을 벗어나고 싶었다. 아내는 집에 있었다. 아내의 차는 깨끗하다. 게다가 운전하던 사람은 남자였다. 이제 이곳에 있을 이유가 없어. 처음부터 너무 고분고분했던 게 잘못이었을지도 모르겠다고 그는 생각했다. 더이상 귀찮게 한다면…… 그는 이런 상황을 단숨에 정리해줄 이름들을 차례로 떠올렸다. 검찰과 법원의 절반 이상이, 그가 다닌 대학에서 졸업장을 받은 사람으로 채워져 있었으므로 그의 머릿속은 곧 수많은 이름들로 가득 찼다. 전화 한 통화만으로 지금 내 앞의 네 녀석은 태도가 돌변할 것이다. 죄송합니다. 일을 하다 보면 어쩔 수 없는 경우라는 것이 있으니까요. 뭐, 다 이해해주십시오, 라며 머리를 조아릴 것이다.

곧 숙여질 머리를 그의 앞으로 디밀며 형사가 말했다. 글쎄. 밤이었으니까요. 그리고 조수석에도 사람이 있었던 것 같대요. 그래서 말인데…… 혹시 누군가에게 차를 빌려준 적은 없습니까? 집안 동생이라든가, 오빠라든가…… 그는 느긋한 미소로 형사의 말을 잘랐다. 집사람에게는 그럴 만한 사람이 없습니다. 형사의 다음 말은 그의 얼굴의 미소를 가시게 했다. 그럼, 아주머니 혹시 애인이 있으신 건 아닙니까. 형사의 말투는 정중했다. 화가 치밀었지만 그는 순간적으로 자신을 다일렀다. 그는 사업가였다. 저런 정중한 말씨에는 그에 어울리는 단호한 대답을 해야 한다. 이제 그만하시죠. 그는 한껏 점잖은 음성으로 말했다. 그 어투는 효과가 있었다. 형사는 조금쯤 맥이 풀린 눈으로 그를 바라보았다.

여기. 종이 한 장을 내밀며 형사가 말했다. 그날 저녁부터 다음 날 아침까지 시간별로 행적을 적으세요. 서류상 필요한 거니까 협조해주시죠. 아내는 말없이 그것을 받았다. 일곱시. 저녁식사. 여덟시. 뉴스 시청. 아홉시. 호주 아들과 전화통화. 열시. 샤워. 열한시. 비디오 시청. 열두시 삼십분. 취침. 아내는 작은 글씨로 또박또박 종이를 메워나갔다. 나무랄 데 없는 시간표였다. 19일이거나 20일이거나 또는 그 전, 그 다음 어느 날이라도 마찬가지일 것이라고 그는 생각했다. 그가 없는 밤이면 아내는 아들과 통화를 하고 한두 편의 영화를 보다 잠이 들었다. 며칠 만에 돌아오면 탁자 위에 가득한 검은 테이프들이 그를 먼저 맞았다. 폭력과 섹스가, 긴장과 지루함이 가져다준 깊은 잠에서 깨어나면 아내는 컬트니 누아르니 하는, 그가 잘 알지 못하는 단어들을 이야기했던가. 아니다. 아내는 말간 눈으로, 그가 아직껏 좋아하는 그 눈으로 그를 보며 잘 다녀왔어요? 하고 일상적인 말을 건넸을 뿐이다.

휘이. 종이를 받아든 형사가 길게 휘파람을 불었다. 종이에 적힌 어떤 내용도 그런 휘파람과는 어울리지 않았으므로 그는 의아한 눈으로 형사를 바라보았다. 다 됐습니다. 이제 가셔도 좋습니다. 마침내 형사가 말했다. 그는 자리에서 일어나 형사에게 악수를 청했다. 누군지, 진범이 빨리 나타났으면 좋겠군요. 그는 마지막까지 정중함을 잃지 않았다. 저희도 그러기를 바랍니다. 아참, 차는 당분간 저희가 보관하겠습니다. 불편하시더라도 좀 참아주십시오. 마주 손을 잡으며 형사가 말했다. 아, 그건 염려 말라고 그는 간단히 말했다. 그러잖아도 차를 바꿀 생각이었다는 말은 하지 않았다. 그는 여태 자리에 앉아 있는 아내를 보며 말했다. 뭐 해. 얼른 가자구. 아내는 어딘가 불편한 얼굴로 탁자를 짚고 엉거주춤 몸을 일으켰다. 필시 발에 쥐가 났을 것이다. 같은 자세로 오래 앉아 있으면 어김없이 발이 저려 잘 움직이지 못하는, 근육무력증이라는 조금 나른하게 들리는 병을 아내는 앓고 있었다. 근육들이 아내의 몸 안에서 구운 오징어처럼 오그라들기 직전, 아내는 언제나 그 시각을 예측하고 있었다. 영화관이나 음악회에서 아내는 조급증 내는 아이처럼 자주 몸을 뒤척였으며 차를 몰아 먼길을 가는 것 같은, 다른 사람에게는 일상적인 일들도 하지 않았다. 오그라든 근육들이 서서히 풀리는지 조금 멍한 얼굴로 아내는 형사에게 이렇게 물었다. 그 여자는…… 깨어났나요? 여태 혼수 상태인가요? 형사의 눈 속에서 무언가 반짝, 빛을 발한 것 같았다. 긴 기다림 끝에 드디어

24

흔들리는 찌를 보는 낚시꾼 같은 실눈으로 아내를 바라보며 형사가 천천히 말했다. 사망했어요. 어젯밤이었지요. 그런데…… 여자, 라고 했습니까? 그의 얼굴이 아내보다 먼저 창백해졌다. 차에 치인 사람이 여자였다는 말을 들은 기억이, 그에게는 없었다.

　이 몇 해 동안 아내가 이처럼 동요하는 것은 처음이라고, 남자는 생각했다. 남자, 아니면 여자였을 터이니 50퍼센트의 확률이었을 것, 이라는 위로 섞인 말을 들으며 그들이 경찰서에서 나오기까지 그는 기어이 머릿속의 이름 중 하나에게 전화를 걸어야 했다. 다행히 집에 있었던 그 신배가 사태를 수습해주었다. 네가 책임질 테니 보내라, 고 선배가 직접 형사에게 말하고 나자 석연찮은 기색을 감추려 애쓰며 형사는 그들을 놓아주었다. 그 선배에게 몇 해 전 결제 대금 대신 받은 헬스센터 회원권 하나를 선물해둔 것은 정말 잘한 일이었다고 그는 생각했다. 단 한 통의 전화로 산뜻하게 상황을 종료시킨 자신의 영향력에 스스로 도취된 그는 당분간 집을 떠나지 말라는, 부탁처럼 들리는 명령을 들었어도 개의치 않았다.
　택시를 기다리며 여자가 말했다. 미안해요. 그냥 불쑥 그렇게 말이 나왔어요. 매끈한 여자의 이마에 땀이 배어 있었다. 오늘 당신 이상하군, 하는 말을 그는 하지 않았다. 변하지 않는 여자. 여자의 얼굴에는 나이가 드러나지 않았다. 결혼이나 출산과 같은, 몸이 겪어낸 흔적을 거짓말처럼 숨기고 있는 아내의 몸을 안을 때면 그의 몸 어느 구석에서 서걱이는 소리가 났다. 오늘은 무언가 다를 것 같다, 고 그는 생각했다. 택시 안에서 그는 여자의 팔꿈치를 가만

가만 쓰다듬었다. 경찰서에서의 몇 시간이 여자에게 준 충격을 충분히 이해한다는 뜻이었다. 그 팔뚝에 두드러기 같은 소름이 돋아 있었다. 얼른 집으로 가고 싶은 생각에, 무언가 다른 아내의 몸을 안고 싶다는 야릇한 조급증으로 그는 그 사실을 깨닫지 못했다.

벨을 누르고 여느 때처럼 세 번 문을 두드린 후 여자는 문이 열리기를 기다렸다. 아무도 문을 열어주지 않았으므로 여자는 다시 한번 벨을 눌렀다. 이런 일은 처음이었다. 세번째의 노크 소리가 끝나기 전에 찰칵, 손잡이 돌리는 소리가 났어야 했다. 남자가 집에 있는 것은 확실했다. 해가 기울기도 전에, 검은 양복 차림의 남자가 서류가방을 옆에 끼고 천천히 아파트의 언덕길을 올라오는 것을 여자는 베란다에 서서 내려다보았다. 처음 보았을 때와 똑같은 옷차림, 똑같은 걸음걸이였다. 그가 언덕길을 다 올라올 즈음 여자는 언제나 그랬듯이 현관 쪽으로 걸어가 신발장에 등을 기대고 앉았다. 자박자박. 계단을 올라오는 발소리. 발소리가 끝날 무렵의 나지막한 한숨. 찰칵, 열쇠 돌리는 소리. 문이 열리고 닫히는 기척. 신을 벗고 거실로, 부엌으로, 그의 방으로 걸어가는 발걸음. 여자는 그 모든 소리를 들었다. 소리들은 벽을 타고 올라와 여자의 등을 치고 가슴속으로 들어왔다. 다시 문이 열리는 소리를 듣지 못했으므로 남자는 집 안 어딘가에 있을 것이다. 여자는 안이 보일 리 없는 동그랗고 작은 유리구멍에 눈을 가져다 대보았다. 유리 저편은 어두웠다.

덜컹. 위쪽 어느 층에 서 있던 엘리베이터가 내려오는 소리가 들렸다. 엘리베이터의 문틈으로 새어나온 길고 좁은 불빛이 여자의 발목을 훑고 사라졌다. 곧 누군가가 올라올 것이다. 육층에서 구층 사이, 자신의 기척이 잡힐 염려가 있는 공간의 사람들이 모두 귀가한 것을 주차장을 내려다보며 꼼꼼히 확인했지만, 모를 일이었다. 그들 중 누군가 담배를 사러 갔을 수도, 느닷없는 복통으로 문 열린 약국을 찾다 돌아오는 길일 수도 있었다. 새벽 두시. 다른 사람의 집 앞에서 발견되기에는 너무 늦은 시각이었다. 초조해진 여자는 닫힌 현관문과 엘리베이터 상자를 번갈아 바라보았다. 파랗게 불이 들어온 엘리베이터 벽면의 숫자가 6에서 7로 바뀌려는 찰나 현관문이 열리고 재빠른 팔 하나가 여자를 끌어들였다.

그래서…… 차가 없었군요. 남자가 담배를 피워물며 말했다. 그가 처음으로 몰아보았던 중형차였다. 에어컨이 완벽하게 작동했으며 무엇보다 CD 플레이어가 훌륭했다. 묵직한 핸들의 질감이 떠오르고 자신의 차를 앗긴 듯 서운한 느낌이 들었다. 당분간 집을 떠나지 말라고도 했어요. 그 사람은 그런 말에 상관할 것 없다고 했어요. 오후에 출장을 떠났지요. 그런 경우는 드물었지만 남편을 지칭해야만 할 때, 여자는 그 사람이라는 표현을 썼다. 가끔은 팔층 남자라고 말하기도 했다. 그는 까만 승용차를 몰고 아파트 입구를 빠져나가는 여자의 남편을 본 적이 있었다. 유리 너머로 보이는 남자의 얼굴은 푸르렀다. 그 남자는 어떤 일에도 얼굴을 붉히지 않을 듯한, 얼굴을 붉힐 일 같은 것과는 상관없는 날을 사는 사람처럼 보였다. 지금 앞에 있는 이 여자와는 아무 관련이 없는, 여자도 남자도 알지 못하는 낯선 사람 같았다.

놀랐겠군요. 걱정돼요? 여자가 천천히 고개를 저었다. 놀랐지만…… 이제 괜찮아요. 차는 깨끗했어요. 속속들이. 여자가 그렇게 말하는 순간 남자의 입에서 풋푸 바람 새는 소리가 흘러나왔다. 그 한마디를 듣기 위해서 저녁 내내 뻣뻣이 굳은 몸으로 현관 앞을 지키고 있었던 것을 생각하자 참을 수 없는 웃음이 터져나왔다. 문 밖에 서 있는 여자를, 그 숨소리조차 선명히 들으면서도 선뜻 문 안으로 들이지 못했던 지독한 긴장감에서 놓여난 그는 고장난 로 봇처럼 팔을 흔들며 그칠 줄 모르는 웃음을 쏟아냈다. 왜 그래요? 대체 왜 그래요? 몇 번 물어보던 여자도 달리 할 일이 없는 듯 그 를 따라 웃기 시작했다. 좀 조용히 웃을 수 없어요? 한참 웃다 지 친 여자가 딱하다는 듯 남자를 보며 말했다.

여자가 가고 난 후 몇 번 몸을 뒤척이다 남자는 침대에서 일어 났다. 무언가가 그를 불안하게 했다. 샤워기의 물을 틀어놓고 욕조 에 걸터앉은 자세로 그는 아침을 맞았다. 부연 수증기 너머의 거울 속에 안개 낀 아침 풍경처럼 떠오른 한 남자의 얼굴을 그는 가만 히 바라보았다. 밤새 비 내리는 거리를 헤맨 듯한 느낌이 들었다. 온몸이 축축했다. 그는 알맞게 물의 온도를 조절하고 샤워를 했다.

벗은 옷가지 두어 개와 칫솔. 냉장고 속의 곰팡이 핀 치즈 조각, 반쯤 남은 채 치즈처럼 굳은 우유, 시든 오이 하나가 이 집에 남아 있는 그의 것의 전부였다. 그는 그것들을 재떨이 속의 꽁초와 함께 쓰레기 봉투에 넣었다. 물통 속의 물을 버리고 깨끗이 씻어 찬장 속에 집어넣었다. 그는 친척이 떠난 날 그대로, 그가 처음 발을 디 딜 때와 똑같이 잘 정돈된 집 안을 한동안 둘러보았다. 그는 집을 잘 지켰으며 강아지를 돌보았고 벽 어디에도 못을 치지 않았다. 이 따금 밤이면 그를 찾아왔던 여자. 그건 그의 잘못이 아니었다. 늦 은 시각에 초인종을 누른 여자가 위층에 살아요, 아까 샤워를 했지요, 라고 말했던 것이다. 발간 여자의 얼굴, 젖은 머리카락 위로 후광처럼 빛이 번져 있었다. 혹시 물이 새지 않는가 해서요. 며칠 전부터 이 댁 화장실로 물이 흘러내린다고 했거든요. 화장실 천장? 그는 여자를 기다리게 하고 욕실의 천장과 벽의 틈 사이를 살펴보았다. 그 사이 강아지 한 마리가 여자의 품으로 달려가 안긴 것도 그의 탓이 아니었다. 모이라. 여자는 익숙한 손짓으로 강아지를 쓰다듬었다. 이애는 예전부터 나를 좋아했지요. 젖은 머리를 빛내며 여자가 환한 웃음을 지었다. 그렇게 해서 남자는 여자를 알게 되었다. 여자는 언제나 그가 깨어 있는 시간에, 정확히 세 번 문을 두드렸다. 여자가 남자의 방으로 들어오기까지 며칠이 걸렸는지 잘 생각이 나지 않았다. 아침이 되면 그는 긴 밤의 토막난 꿈처럼 여자를 떠올렸다. 여자와 함께 어디론가 갔었던 일도 어쩌면 그의 환상 속, 꿈 안의 일일지도 몰랐다.

두 마리 강아지가 말간 눈으로 그를 올려다보았다. 그는 매일 일정량이 내려오도록 설계된 먹이통에 일 주일 분의 사료를 붓고 넉넉할 만큼의 물을 따라주었다. 먹이가 떨어지기 전에 네 주인이 돌아올 거야. 그러니 얌전히 기다려라. 강아지들은 그의 말을 알아들은 듯 조용히 각자의 집으로 돌아갔다. 집을 나와 첫번째 우체국에서 그는 열쇠뭉치를 그가 막 떠나온 곳으로 부쳤다. 여느 때보다 조금 늦은 시각에 그는 전철역 앞에 도착했다. 오늘은 해야 할 일이 많은 날이었다. 그는 서둘러 지하로의 계단을 내려갔다.

벽을 타고 들려오던 모든 소리들이 사라졌으므로 여자는 남자가 떠났다는 것, 이제는 돌아오지 않으리라는 것을 알았다. 남자가 떠난 후 여자는 세 번 더 칠층의 문을 두드렸다. 철문 안쪽에서 강아지들이 문을 긁으며 킹킹거렸다. 여자는 우유투입구를 열고 강아지를 향해 손을 내밀었다. 따뜻하고 얇은 혀가 그녀의 손을 핥았다. 축축이 젖은 손을 강아지의 목덜미에 대고서 여자는 소리 내지 않고 울었다. 쪼그리고 앉아 있는 발목이 저려왔다. 발끝부터 서서히 오그라든 자신의 몸이 공처럼 작아져서 구멍 속으로 굴러들어갈 수 있을 것만 같았다. 겹치고 뭉친 근육들을 움직일 수 없게 되기 전에, 발을 디딜 수 있는 마지막 순간에 여자는 비칠거리며 일어나 계단을 올라갔다.

남자가 사라진 일 주일 후, 여자는 자신의 차를 보러 갔다. 차는 정비소의 한구석에 먼지를 쓰고 버려져 있었다. 검은 얼룩이 점점이 번진 차는 이제 더이상 흰색이 아니었다. 여자는 꽁지머리의 정비공을 찾았다. 왜요? 차 찾아가시게요? 정비공은 여자를 기억하고 있었다. 저 차, 아저씨 가지세요. 서류가 필요하면 전화하세요. 여자는 수첩을 찢어 전화번호를 적어주었다. 아직 쓸 만한데…… 정말 절 주시게요? 작업복 자락에 손을 쓰윽 문질러 닦으며 정비공은 여자를 향해 어색한 웃음을 지었다. 차에, 뭐 가져가실 건 없어요? 트렁크 위에 손을 얹으며 정비공이 물었다. 아뇨. 필요한 건 쓰고 나머지는 버려요. 정비공이 다른 말을 더 건네기 전에 여자는 그곳을 떠났다.

작은 이삿짐 트럭이 서 있었다. 배를 타고 먼 곳에서 온, 견고한 포장의 짐들이 몇 개 실린 트럭에서 두 사람의 인부가 내려와 경비원에게 다가가는 것을 여자는 베란다에 서서 내려다보았다. 이제 칠층에서 다른 소리들이 들릴 것이다. 엘리베이터 안에서 그녀를 흘끔 쳐다보던 남자. 강아지를 안고 저녁 산책을 나가곤 하던 여자가 돌아올 것이다. 여자의 차가 사라진 것을 제외하고, 달라진 것은 아무것도 없었다. 그 차는 다른 사람을 태우고 다른 일을 겪을 것이다. 이제까지 그랬듯 누구도 그 차가 달린 길을 알지 못하리라. 여자는 분무기를 들고 허공에 뿌렸다. '숲의 향기'에서 피식, 바람 새는 소리가 났다. 숲의 향을 기대한 여자의 폐부에 마른 곰팡내 같은, 묵은 신문지에서 나는 듯한 냄새가 밀려들었다. 어쩌면 다른 향이 필요할지도 모른다고 여자는 생각했다. 포장되어 예쁜 용기에 갇힌 향들이 어디에선가 여자를 기다리고 있을 것이다.

거실로 돌아와 여자는 어딘가로 전화를 걸었다. 소란스러운 배경음을 깔고 따분함에 겨워하는 남자의 목소리가 들렸다. 교통사고를 목격했어요. 여자는 높낮이가 없는, 단조로운 어조로 말했다. 여자는 이제 이런 일에 익숙했다. 우연히 뒤따르다 보았는데…… 운전자요? 남잔지 여잔지 확실치는 않아요. 어두웠거든요. 그렇지만 번호판은 똑똑히 보였어요. 차가 한동안 서 있었으니까. 차량은 검은색, 어쩌면 쥐색일지도 몰라요…… 여자는 네 개의 숫자를 또박또박 일러주고 전화를 끊었다. 오후의 귀가길에 본, 젊은 여자와 젊지도 늙지도 않은 남자가 타고 있던 차였다. 네거리에서 신호를 기다리는 동안, 검은 선글라스를 낀 남자는 운전하는 젊은 여자의 목덜미를 쓰다듬었다. 차가 출발하기 직전, 남자는 옆 택시 안의 여자를 잠깐 바라보았다. 그 남자에게, 어쩌면 그 여자에게 낯선 남자들이 찾아갈 것이다. 그들에게는 잘못이 없을지도 모른다. 혹은 여자처럼 단순히 운이 없었던 것인지도.

한밤중에 여자는 깨어났다. 무엇이 자신을 깨웠는지, 여자는 한동안 알지 못했다. 차가운 물을 마시며 여자는 베란다 아래를 내려다보았다. 검은 차들이 짐승처럼 엎드려 있었다. 차를 보는 순간, 여자의 귀에 소름끼치는 브레이크 소리가 되살아났다. 검은 스키드 마크. 타들어가는 타이어의 고무 냄새. 여자는 충동적으로 눈에 보이는 몇 개인지 모를 분무기들의 향을, 바닥이 난 용기들이 일제히 바람 새는 소리를 낼 때까지 뿌렸다. 라일락과 장미와 라벤더 향을 머금은 작은 입자들이 여자의 얼굴에, 어깨에 천천히 내려앉아 스며들었다. 여자는 가만히 그 자리에 주저앉았다. 여자의 잠옷자락에 쓸려 그네가 흔들리고, 새가 어여쁜 소리로 울었다. 여자는 벤자민 잎을 마른 손으로 훑어내렸다. 사라지지 않는 플라스틱 물방울이 여자의 손바닥에 달라붙었다. 미지근한 물방울을 움켜쥐고 여자는 아침이 올 때까지 움직이지 않았다. 흰 레이스 잠옷을 입은 여자의 눈꺼풀 위에 깨끗한 햇살이 내려앉아도 여자는 눈을 뜨지 않았다. 유리 안쪽에 날아가지 못한 향기가 이슬처럼 맺혀 있었다. 이내가 낀 듯 부연 공기 속, 푸른 나무 사이에서 여자는 죽은 듯이 깊은 잠이 들었다. 여자를 잠재운 것은 엄청난 양의 다양한 향기, 이제는 악취로, 숨을 쉬기 어려운, 부글부글 무언가를 끓일 수조차 있을 듯한 가스로 변해버린 그 냄새였을 것, 이라고 여자를 발견한 남편은 말했다. 여자가 잠들고 하루 낮과 밤이 지난 후였다.

향기 대신 병원의 포르말린 냄새를 묻히고 돌아오던 날, 여자는 아파트 현관에서 칠층의 여자를 만났다. 어머, 오랜만이네. 어딜 다녀오세요? 길다란 골프채를 맨 가벼운 반바지 차림의 칠층 여자는 엘리베이터 안에서 여자에게 은근한 목소리로 말했다. 글쎄, 우리

집에 와 있던 사람 말이에요. 그렇게 안 봤는데 집에 여자를 들였었나 봐요. 그 사람이 쓰던 침대 한쪽에서 여자 목걸이가, 뭐 별로 좋은 건 아니던데, 툭 떨어지지 뭐예요. 혹시 뭐 본 적 없어요? 저야…… 잘 안 나가니까. 여자의 말에 칠층 여자는 딴은 그렇지, 라는 듯이 고개를 주억거렸다. 언제 차 한잔 하러 와요, 너무 집에만 있지 말구. 칠층 여자가 칠층에서 내리면서 여자를 보고 상냥하게 말했다. 칠층에 목걸이가 있다. 여자는 장신구를 좋아하지 않았다. 그 남자가 어디서 목걸이를 얻었는지 여자는 알 수 없었다. 혹은 알고 싶지 않았는지도. 문을 열자 가시지 않은 라벤더 향이 여자를 맞았다. 여자는 문을 꼭 닫았다.

모델하우스

그가 오면 작별을 말하리라 그를, 그 여자에게로, 그리운 사람에게로 보내리라. 나는…… 돌아갈 곳이 없는 나는, 어딘가에서 작은 꽃집을 열 수 있을까. 그가 언제고 돌아오기를 기다리며 다시 장미를 팔면서 살아갈까. 그에게로 향한 그리움이 시들고 마르고 마침내 버려질 때까지.

눈을 뜨면 남편의 여윈 등이 보인다. 남편은 창 너머 손바닥만한 주차장을 내다보는 중이다. 그는 신중하게 그의 차가 아무런 장애물 없이 좁은 주차장을 빠져나갈 수 있을지를 점친다. 단 한 번에 차를 뺄 수 있는 날, 그의 몸놀림은 재빨라진다. 누군가 현관을 두드리기 전에, 다른 사람이 먼저 나가기 위해 차를 빼달라고 하기 전에 시동을 걸어야 하는 것이다.

그런 날이면 그는 경쾌한 목소리로 인사한다. 갔다 올게, 여보. 일찍 올게. 그런 날 그는 만나게 될 다른 많은 일들에도 행운이 따를 것이라고 생각한다. 그의 주장에 의하면 단 한 대만 움직여도 되는 날도 그다지 나쁜 일이 생기지는 않는다. 문제는 그런 날이 몹시 드물다는 데 있다. 스무 가구가 사는 조그만 연립 주택에 열다섯 대의 자동차가 있고 그 차의 주인들은 저마다 점칠 수 없는 시간에 귀가하며 출근 시간 역시 종잡을 수 없는 경우가 많았다.

경우의 수에 따라 행운이 온다는 그 소박한 믿음을 버리지 않는 그가 놀랍지만 나는 그에 대해 아무런 말도 하지 않는다. 종일 안 돼, 라고 말하는 사람들을 만나고 다니는 것이 그의 일이기 때문에? 그보다는 어쩌면 그것이 그가 가진 유일한 믿음이었기 때문이다.

그의 얼굴이 어둡다. 오늘 그는 여러 곳의 현관을 두들겨야 하는 모양이다. 그는 샤워를 하러 들어가고 나는 아침을 준비한다. 단 며칠을 걸렀을 뿐인데도 냄비를 잡는 손이 어색하고 낯설다. 밥을 안치고 국을 끓였지만 식탁은 몹시 초라해 보였다. 나는 결국 계란을 풀고 냉동실 구석에서 명란 한 토막을 꺼내 넣는다. 멀겋게 따로 도는 풀린 계란을 나는 신기한 액체인 양 들여다본다. 몇 차례나 이 뚝배기에 계란을 찌곤 했을까. 계란이 보얗게 부풀어오를 때까지 그는 나타나지 않는다.

텔레비전 소리가 웅웅 울리는 방 안. 화면 쪽을 향한 그의 시선은 그러나 천장 어디쯤을 바라보고 있다. 출근 안 해요? 이제 회사도 그만둘 거예요? 내 목소리는 뜻밖에도 부드럽다. 그가 천천히 내 쪽으로 고개를 돌렸다. 일요일이잖아. 우리 산에 가기로 한 거 벌써 잊었어? 나는, 잊고 있었다. 일요일이었다. 그와 마지막 산행을 하기로 한 날. 눈이 저렇게 오는데, 괜찮을까 몰라. 그는 등산복을 챙기고 나는 망연한 눈으로 그를 바라본다.

마지막이라는 말은 참으로 막막하다. 마지막 아침을 먹고 마지막 산행을 준비하는 동안 그는 한마디도 하지 않았다. 어젯밤 울 듯한 얼굴로 나를 보던 남자가 오늘 저토록 무표정한 낯을 하고 있다니. 어쩌면 그것은 연기였을까. 이미 결정을 내린 내 마음을 그는 다 알고 있었던 것일까. 등산화의 끈을 조이고 끙, 몸을 일으키던 그가 다시 주저앉아 꼼꼼히 내 신의 끈을 묶어준다.

그의 손은 표정이 없다. 나는 그 손이 슬프다. 마지막 매듭을 지은 그가 앉은 채로 내 눈을 들여다보았다. 미안해, 여보. 그가 말했다. 현관이 어두웠으므로 나는 내 표정을 감출 수가 있었다. 그의 앞에서 우는 모습을 보이고 싶지는 않았다. 미안해, 여보. 그 말은 그와 함께 한 길이 이제는 끝났다는 의미였다. 나는 그에게 등을 보이며 현관문을 밀었다.

그쪽은 길이 없어요. 여보, 막혔다구요. 나무들 사이로 막 모습이 사라지는 남편을 향해 나는 소리를 질렀다. 부대 앞. 길 없음. 비스듬히 박힌 나무 팻말을 남편은 보지 못한 모양이었다. 흰 페인트가 벗겨진 나무 팻말이 가리키는 방향이 애매하긴 했다. 실은 우리가 지나온 것도 길이라 부르긴 어려웠으므로 다시 돌아갈 일도 막막하긴 마찬가지였다. 내 입에서 하얀 입김이 뿜어져나왔다. 푸슬푸슬 내리던 눈발이 굵어지고 있었다. 등산로 입구의 그 많던 사람들은 모두 어디로 갔을까.

산은 거짓말처럼 조용했다. 입술에 떨어진 눈송이를 핥으며 나는 한동안 가만히 서 있었다. 사각사각 눈 내리는 소리가 들렸다. 움직이지 않는다면 잠깐 사이에 나무들처럼 나도 하얗게 눈에 덮일 것이었다. 희게 변해가는 산은 낯설었다. 정월 달력 속의 그림처럼 눈을 인 나무들. 그 사이의 끝이 없이 깊게 보이는 골짜기 사이로 눈이 꽃처럼 흩날렸다. 수십 번은 오르내렸을 이 산이 이처럼 낯설게 느껴지기는 처음이었다. 나는 주머니 속의 장갑을 꺼내 끼고 남편이 사라진 풀숲으로 들어갔다.

두런두런 말소리가 들렸다. 남편은 웬 낯선 남자와 나란히 담배를 피워 물고 서 있었다. 머리 위에 희끗희끗 눈발을 이고 선 두 사람은 나이든 노인처럼 보였다. 후, 담배연기를 내뱉는 남편을 나는 멍한 눈으로 쳐다보았다. 처음 담배를 배우는 소년처럼 그는 한 모금 한 모금 조심스레 깊이 빨아들이고 길게 연기를 내뱉기를 되풀이했다. 담배 피우는 그는 전혀 다른 사람 같았다. 오 년 전 끊은 담배를 피우면서도 그는 아무런 변명도 하지 않았다.

나를 힐끗 쳐다본 남자가 발 밑 조심하세요, 미끄럽습니다, 하고 말했다. 어딘가 부자연스러움이 느껴지는 어투였다. 남자는 잘 아는 사람을 보듯 흔연한 눈으로 나를 쳐다보았다. 길이 없다는데 어쩌지? 툭툭 재를 턴 담배꽁초를 주머니에 넣으며 남편이 말했다. 남자가 나무들 사이를 가리켰다. 저쪽에 샛길이 있습니다. 그런데 미끄러울 거요, 언 땅 위에 눈이 또 내리니께요. 멀어도 온 길을 돌아가는 편이 좋습니다. 그 편이 안전할 거 같구먼요. 남자는 산을 샅샅이 알고 있는 것 같았다. 그럼에도 그는 전혀 등산객처럼 보이지 않았다. 트레이닝복에 바닥이 얇은 운동화를 신고 눈 내리는 산을 오르는 남자. 나는 어쩐지 그가 께름칙했다.

돌아가든지 샛길로 가보든지, 난 다 젖었어요. 남편은 샛길 쪽과 우리가 지나온 길을 번갈아 쳐다보고 서 있었다. 돌아가기도 그렇고…… 남편이 중얼거렸다. 한 시간 삼십 분을 헤매면서 온 길이었다. 늘 오르던 서너 군데의 등산로를 벗어나보자고 한 것은 남편이었다. 그는 마지막 산행에 뭔가 기념할 일을 만들고 싶었던 것일까. 그와 처음 손을 잡은 장소, 어깨를 기대고 앉아 가쁜 숨을 쉬며 내려다보던 등성이, 땀 흘리며 올라가 냄새나는 손수건을 건네받았던 바위가 산 곳곳에 숨어 있었던 길을 버리고 우리는 낯선 계곡으로 접어들었다. 어느 순간 길이 끊어지고 뒤따르거나 앞서 가던 사람들의 자취가 보이지 않게 되었는지 나는 알지 못했다.

샛길로 가다 까딱하면 부대로 들어갑니다. 길이 좀 요상하거든요. 남자가 느릿느릿 말했다. 그는 그루터기에 걸터앉아 어쩌는지 보자는 듯 남편과 나를 번갈아 쳐다보았다. 당신 여기 잠깐 있을래? 내가 좀 보고 올게. 남편이 미처 뭐라고 말릴 틈도 없이 샛길로 훌쩍 사라지고 막 뒤따르는 나를 남자가 불렀다. 아주머이는 계세요, 저이 금방 돌아올 겁니다. 첨 가는 이는 못 찾는 길이야요. 이 산 어디에 찾을 수 없는 길이 숨어 있을까. 흰 눈을 인 나뭇가지 위로 청솔모 한 마리가 쪼르르 기어올랐다. 소리없이 눈발이 날려 흩어졌다. 나무들은 연말이면 들여놓았던 스티로폼 조각을 붙인 나뭇가지들처럼 보였다.

꽃은 아름다웠지만 꽃을 파는 일은 그렇지 않았다. 막 받아와 우아한 향기를 뿜는 꽃일수록 질 때의 냄새는 고약했다. 물이끼 긴 양동이 안에서 군내를 풍기며 썩는 꽃의 밑동을 씻어낼 때마다 내 속에서 구역질이 올라왔다. 보이지 않게 썩어들어가는 것. 삶은 그런 것일지도 모른다고 생각하던 그때, 나는 스물한 살이었다. 손님이 뜸한 날이면 나는 『자기 앞의 생』 『섬』 『예언자』 같은 책들을 읽으며 지냈다. 죽은 할머니의 얼굴 가득 향수를 뿌리고 또 뿌리는 모모의 이야기를 읽으면서 나는 조금 울었던가. 그러나 대부분의 책들은 시들했다. 아름다운 문장, 책갈피의 은행잎처럼 산뜻한 구절들도 내게 아무런 감동을 주지 않았다. 그건 그 책들을 빌려준 그에 대해서도 마찬가지였다.

젊었음에도 그는 잊혀진 옛 사진 속에서 걸어나온, 내 아버지나 어릴 적 이웃의 아저씨가 그랬을 듯한, 한 세대 전의 사람처럼 보였다. 낡은 점퍼에 주름진 바지를 입었다든가 뒤축이 닳은 구두, 자를 때가 한참 지난 정결하지 못한 머리카락, 혹은 늘 단 세 송이의 장미만을 사는 청승맞음 같은, 그런 분명한 이유가 있었던 게 아니었다. 그는 대개 넥타이를 맨 정장 차림이었으며 반질반질 윤이 나는 구두를 신고 있었는데 왜 그에게서 궁핍의 냄새를 맡았을까. 어쩌면 그건 그의 표정 때문이었다. 늘 웃는 낯이었는데도 그는 웃는 것처럼 보이지 않는 이상한 사람이었다. 그는 언제나 사춘기 소년처럼 초조해했고 때로 손톱을 물어뜯다 나와 눈이 마주치면 계면쩍게 웃었다.

저녁 무렵이면 꽃, 이라는 커다란 글자를 둘러싼 동그라미 한가운데로 그의 그림자가 나타나고 그는 잠시 그곳에서 안을 들여다보다 주저하며 문을 밀고 들어왔다. 세 송이 장미를 비닐에 싸주면 그가 돈을 건넬 때도, 그렇지 않을 때도 있었다. 그의 눈을 보는 것으로 나는 그에게 꽃값을 치를 돈이 있는지 어떤지 알 수 있었다. 다음에 주세요, 또 오실 거잖아요, 하고 말하면 그는 가장자리가 닳아 실밥이 터진 검은 가방을 열고 책 한 권을 꺼내는 것이었다. 대개 다음날 그가 오기 전에 다 읽을 수 있을, 가벼운 수필이거나 젊은 남자와 여자의 사랑 이야기들이었다. 재개발계획이 진행 중이었던 그 마을에는 꽃을 필요로 하는 사람이 많지 않았으므로 나는 늘 한가했다. 어느 날은 그가 유일한 손님인 때도 있을 만큼.

꽃값을 가져오는 날 돌려주기로 한 책들이 작은 선반 위에 쌓여가고 천장에 닿게 되었을 무렵이었다. 일 주일쯤 오지 않던 그가 여느 때 없이 이른 시간에 찾아와 이제 꽃을 사러 오지 않을 것이라고, 책을 돌려받으러 왔다고 말했다. 그가 얼마간의 돈을 내밀었지만 나는 받지 않았다. 이미 다 읽었으니 그걸로 충분하지 않은가 싶었고 사실 그 꽃들은 그에게 팔리지 않았으면 다음날 버려질 것들이기도 했다. 내가 선반 위의 책을 내리고 노끈으로 묶는 동안 그가 왜 꽃을 사러 오지 않는지 묻지 않는군요, 라고 말했다.

나는 손을 멈추고 그를 쳐다보았다. 그는 몹시 지쳐 보였다. 슬썩 건드리기만 해도 그 자리에 쓰러질 것 같았다. 그의 미간에는 커다랗게 나는 실연했어요, 라고 씌어 있었다. 나는 동그란 간이 의자를 내밀며 말했다. 꽃을 받을 사람이 이사를 갔군요? 그것도 아주 멀리. 그가 조금 웃었던 것 같다. 꼬박 반 년을 꽃을 사들고 찾아간 여자가 결혼한 여자라는 걸 지난주에야 알았다고 그가 말했다. 미리 말하지 못해서 미안하다고, 홧김에 상사에게 고자질할까 두려워서 그랬다고, 그 말을 하면서도 그 여자는 내 눈치를 살피느라 정신이 없었어요. 그 여자는 우리 회사 비서실에서 일하거든요. 기혼녀는 기피 대상이지요. 말을 끊었다 싶은 순간 그가 훅 울음을 터뜨렸다.

그는 오래 울었다. 그때까지 나는 우는 남자를 본 적이 없었다. 평생 불행했으나 내 아버지는 결코 딸의 앞에서 눈물을 보이지 않았다. 아버지가 죽은 후 잠시 머물렀던 이모 집의 유일한 남자였던 이모부는 울 일이 없는 행복한 사람이었다. 그는 혼날까 봐 두려워하는 아이처럼 쿨쩍쿨쩍 숨을 죽이면서도 쉽게 울음을 그치지 못했다. 오후의 비스듬한 햇살이 비쳐드는 좁은 꽃집 안에서 그는 울고 있었고 나는 그를 위로할 어떤 말도 건네지 못한 채 바보처럼 멍청히 그를 바라보고 있었다. 어둠이 천천히 밀려들 무렵 그는 일어서서 책 묶음을 들고 비칠거리며 문을 나갔다.

나는 이따금 그를 생각했다. 읽을 책이 더이상 생기지 않았으므로 나는 그만큼 무료했다. 가끔 이모의 주선으로 선을 보았지만 남자들을 만나고 오면 두 번쯤 세일을 했어도 팔리지 않은 후줄근한 옷을 입은 듯한 기분이 들었다. 말 보태줄 이모라도 있을 때 시집을 가라고 하면서도 이모도 이모부도 나를 채근하지는 않았다. 전문대 출신에 고아나 다름없는 내 처지에 그나마 선볼 자리가 나는 것은 순전히 이모부 덕이었다. 이모부는 좋은 사람이었다. 빠듯한 월급에도 내 학비를 대주었고 그에 관해 누군가 칭찬할라치면 얼굴을 붉히며 화를 냈다. 함께 살 때 나를 위해 서재를 비워주면서도 책들이 많아서 불편할 것, 이라고 오히려 민망해하던 그가 직장을 정리하고 이민을 결정했을 때도 가장 마음에 걸려한 것은 나였다. 혼자 남겨졌을 때 나는 진짜 고아가 된 기분이 들었다. 그의 얼굴이 떠오른 것은 이상한 일이었다. 엄마보다도 떠나간 이모 부부보다도 나는 그가 그리웠다.

그가 다시 찾아왔을 때 나는 그가 그리웠다는 말을 하는 대신 숨어 있었던 탓에 돌려주지 못한 책 두 권을 내밀었다. 그는 왜 여길 다시 왔는지 그제야 알았다는 듯 환한 얼굴로 웃었다. 그는 세 송이의 장미를 다시 사가기 시작했다. 그 여자가 이제 결혼하지 않은 여자가 되었다고 했다. 나는 그가 남긴 책을 읽으며 그 여자의 얼굴을, 꽃을 받을 때의 표정을 생각했다. 그는 나날이 여위고 창백해지고 어느 날은 책도 돈도 없이 찾아오기도 했다. 비닐에 싸인 장미를 들고 나가는 그의 발걸음이 흔들릴 만큼 취해 있을 때도 있었다.

어느 날 한 여자가 나를 찾았다. 유리문을 밀고 들어온 여자는 아리아스와 카사블랑카와 프리지아 더미에 눈을 주고 이윽고 내 얼굴을 지나 선반 위의 책을 쳐다보았다. 저 책들이 여기 있네요. 여자가 내 얼굴을 가만히 쳐다보며 말했다. 그와 몹시 닮은 눈이었다. 마르고 창백한 손으로 여자가 카사블랑카를 살짝 건드렸다. 오빠가 여기서 늘 꽃을 사지요? 그런데…… 이 집도 이제 곧 헐리겠지요? 여자는 내가 무언가 물어주기를 기다리고 있었다.

나는 주문받은 꽃바구니를 만들던 손을 멈추지 않은 채 물었다. 꽃을 사시게요? 어디에 쓰실 건가요? 여자는 머뭇거리며 장미를 달라고 말했다. 그날 이후 그가 오는 대신 그 여자가 나를 찾아오기 시작했다. 쌍둥이처럼 닮은 오누이는 똑같이 말이 없었다. 그녀에게서 그가 앓아 누웠다는 말을 듣기까지 열흘이 걸렸다. 꽃을 바치던 여자가 다시 어디론가 가버렸기 때문이며 어쩌면 영영 돌아오지 않을지도 모르기 때문이라고 여자가 말했다.

그날 나는 그 여자와 함께 그를 찾아갔다. 오랜 단골에 대한 예의일 뿐, 이라고 말했지만 사실은 나는 그가 보고 싶었다. 그러면서도 나는 그를 찾는 일이 두려웠다. 누군가를 그리워한 것이 처음은 아니었지만 그리운 이를 찾아간 것은 그때가 처음이었다. 책들이 가득한 방 한구석에서 그는 시든 꽃처럼 누워 앓고 있었다. 앓는 그를 두고 그의 누이와 나는 식은 차를 마셨다. 그가 열에 들뜬 듯 붉은 눈으로 나를 올려다보다 땀으로 축축한 베개에 얼굴을 묻었다. 그는 나를 알아보았을까. 다음날도 그 다음날도 나는 그를 찾아갔다. 잠든 그를 내려다보다 식은땀이 배인 이마를 닦아주면 그는 신음 소리를 내며 반짝 눈을 떠 나를 보고 휘 방 안을 둘러보고 그리고 다시 혼절하듯 잠이 들었다.

어린 날, 아버지를 시중들 듯 그를 돌보면서 나는 다시 어린아이가 된 기분이 들었다. 그는 내 아버지처럼 오래 앓았다. 사라진 어머니를 찾아 어딘가를 헤매다 기진해서 돌아온 아버지가 그랬듯 꿈결에 내가 알지 못하는 누군가의 이름을 부르기도 했다. 나는, 할 수만 있다면 그 누군가를 그의 앞에 데려다 앉히고 그의 얼굴을 들여다보게 하고 그리고 잠시라도 그 여윈 얼굴을 쓰다듬게 하고 싶었다. 거뭇하게 자란 수염자리를 비비며 일어나라고, 이제 그만 충분하다고 말하게 하고 싶었다.

어머니를 찾아 낯선 거리를 휘돌고 온 아버지가 그랬듯 꿈에서도 욕망을 버리지 못한 그의 숨결은 거칠었다. 나는 꿈속을 찾아가 그를 만나고 싶었다. 꿈속에서 그를 안고 울고 싶었다. 그런 생각이 들 때마다 그는 내가 모르는 이름을 부르고 나는 어린아이처럼 벽에 기댄 채 혼자 울었다. 나는 기다리고 기다렸다. 잠결에 곁을 더듬다 화들짝 깨어 후우, 긴 한숨을 쉬며 나를 보듬던 아버지처럼 그가 나를 알아주기를.

그가 다시 일어나 앉고 멀건 죽을 마시고 한마디씩 말을 건네고, 마침내 희미한 미소를 띠기까지 오랜 시간이 걸렸다. 그가 잠들어 있고 그의 누이가 없는 동안 나는 내가 읽지 않은 책들을 읽으며 지냈다. 누이의 방에는 내가 알고 알지 못하는 무수한 사람들의 책이 있었다. 그녀는 작가 지망생이었다. 미완성인 그녀의 소설들은 그 방의 다른 소설들처럼 어둡고 우울한 색채로 가득 차 있었다. 어둑신한 방 안에서 마쳐지지 않은 소설을 읽다 깜박 잠들었다 깨어난 어느 날 그가 나를 보고 있었다. 납작하게 눌린 뒷머리를 쓰다듬으며 앉아 있었다. 막 퇴근해 들어오던 누이가 언니, 오빠가 웃네요, 하고 말했다. 울먹이는 누이를 향해 그는 찡그리는 듯한 미소를 다시 지어 보였다. 그것으로 충분했다.

몸을 추스르기까지 그와 나는 매일 집 뒤의 산을 올랐다. 십 분이 삼십 분이 되고 한 시간으로 늘어나고 마침내 정상에 오른 후의 어느 날 그는 다시 출근을 하기 시작했고 꽃집이 들어 있던 상가가 헐리던 날 나는 그의 집으로 짐을 옮겼다.

그 겨울에는 눈이 많이 내렸다. 아침이 되기를 기다리지 못하고 내리는 족족 그는 눈을 쓸고 나는 꽁꽁 언 그의 손을 녹여주다 한쪽에 쌓인 눈을 뭉쳐 작은 눈사람을 만들었다. 어느 잡지에 소설이 실리고 한 남자와 사랑에 빠진 그의 누이는 저녁이면 행복한 얼굴로 군밤 봉지를 들고 돌아왔고 그와 나는 밤 봉지를 들고 심야영화를 보러 가기도 했다.

우리에게는 아무 일도 일어나지 않았다. 언니, 정말 믿어지지 않아요. 누이는 때로 평화로운 날을 불안해했다. 그녀도 나도 행복에는 익숙하지 않은 사람들이었다. 계절이 바뀔 때면 거듭되는 남편의 불면, 우리에게 아이가 생기지 않는 일 같은 것은 사소하게 여겨질 만큼.

그날은 토요일이었다. 나는 이른 전철을 타고, 버스를 갈아타고, 다시 승합차로 옮겨 타고 먼길을 갔다. 가방 속에는 남편에게도 시누에게도 말하지 않은 예금통장이 들어 있었다. 꽃집 상가가 헐릴 때 받은 보상금과 꽃집에서 나온 수익금이 지난 오 년 동안 조금씩 불어나 있는 그 통장을 나는 남편을 위해 쓸 생각이었다.

내 손에는 아파트 공급회사에서 나온 사람들이 나누어준 종이가 들려 있었다. 파란 하늘 아래 날씬하게 서 있는 아파트. 고급자재, 편리한 주방시설, 따위의 문구는 내 시선을 끌지 못했다. 일 가구 일 주차장. 내가 염두에 둔 것은 그것뿐이었다. 매일 아침 남편은 여유롭게 식사를 하고 휘파람을 불며 출근할 수 있을 것이었다. 그에게는 안 돼, 라고 말하는 사람을 적게, 어쩌면 한 사람도 만나지 않아도 되는 날들이 이어질 것이다. 승합차가 멈추고 문이 열리자 귀청을 찢을 듯한 음악이 바람과 함께 밀려들었다.

그곳은 축제의 날처럼 붐볐다. 성채처럼 화려한 건물 위에 푸르고 붉은 깃발이 휘날리고 있었다. 62평, 55평이라고 적힌 집을 지나 27평 모델하우스에 들어서자 남자 하나가 내게 따라붙으며 말을 걸었다. 사모님, 저쪽 주방으로 가보시죠. 사모님처럼 젊은 분께서 정말 좋아하실 완벽한 시스템 키친이거든요. 사모님? 내게는 그런 호칭으로 불린 기억이 없었다. 식기세척기와 세탁기가 장착된 환한 부엌을 보면서 나는 들떠 있었다.

흠 잡을 데 없이 꾸며진 세 개의 방. 베란다의 실내 정원에는 물을 뿜는 작은 분수조차 있었다. 저처럼 예쁜 공간에서 차를 마시면 남편과 나의 세계도 그렇게 환해질 것 같았다. 그는 내게 말할 것이다. 여보, 믿어지지 않아. 그리고…… 아직껏 이따금 잠결에 부르는 이름도 그의 꿈속에서 사라지리라. 어쩌면 우리는 예쁜 아이를 낳을 수도 있으리라. 나는 얼른 남편을 그곳으로 오게 하고 싶었다. 그 순간처럼 그가 간절히 그리웠던 적은 없는 것 같았다. 기쁨과 감격으로 일그러지다 환하게 밝아질 남편의 얼굴이 목이 아프도록 보고 싶었다. 내 표정을 읽은 남자가 명함을 건네며 친절하게 말했다. 로열층이 많이 나와 있습니다. 저희 사무실로 가시죠.

남자를 따라 모델하우스를 나오는 동안 나는 구름 속을 걷는 기분이었다. 하얀 차 한 대가 내 옆을 스치듯 바짝 지나갔어도 나는 개의치 않았다. 그 차의 운전석에서 내린 여자가 내 시선을 끈 것도 아니었다. 조수석에서 바바리 코트를 입은 남자가 내렸을 때, 내 걸음이 멈추어지고 하마터면 나는 소리쳐 부를 뻔했다. 여보. 그 순간 남자가 여자의 어깨를 싸안듯 감싸고 모델하우스를 향해 걸어갔다.

고개를 들고 남자의 옷깃을 여며주는 여자. 나는 눈을 깜박이며 그들을 보고 있었다. 남편이 아닐지도 모른다는 생각이 든 것은 남자의 뒷모습 때문이었다. 껑충한 키. 여윈 어깨에 늘 안쓰러워 보이던 남편과 너무도 달랐기 때문이었다. 이제라도 따라가 얼굴을 보아야 하지 않을까, 하면서도 나는 그 자리에 붙박인 듯 서 있었다. 두 사람은 행복해 보였다. 누구의 남편, 누군가의 아내, 그런 것을 따지는 일이 헛되고 덧없고 가혹하다 싶을 만큼. 나는 망연히 남편과 여자가 들어간 건물을 쳐다보고 서 있었다. 바람이 세차게 불었다. 화르락 소리내며 깃발들이 나부끼고 내 눈앞에서 희고 아름다운 모델하우스는 깃발을 달고 그대로 위로 위로 하늘 저편으로 날아올라갔다.

흔들리는 걸음으로 돌아왔을 때 시누가 나를 기다리고 있었다. 무슨 일이 일어났는지 알 리 없는 시누는 남편과 너무나 닮은 얼굴로 나를 보며 남편처럼 희미하게 웃었다. 의논할 일이 있어서요, 언니. 시누가 쭈빗쭈빗 봉투 하나를 내밀었다. 선뜻 봉투를 열기 어려울 만큼 시누의 얼굴이 어두웠다. 어제…… 그쪽에서 보내왔는데…… 본래 말이 느린 시누였지만 그네는 거의 더듬거리고 있었다. 나는 여느 때처럼 차분히 되묻지 못하고 봉투를 열었다. 물목(物目). 시아버지 한복 일습. 시어머니 한복 일습. 시누이 한복 (3). 시동생 양복(2)…… 이게…… 눈앞에 글자들이 아른거렸다. 이걸 다 준비하라 이 말이에요? 그저 물었을 뿐인데도 시누는 겁에 질린 눈으로 나를 쳐다보았다. 내 속에서 무언가 꿈틀거렸다. 주는 걸 어째요, 그냥 받아왔는데…… 언니랑 오빠랑 상의라도 해야겠다 싶어서…… 아가씨. 나는 가라앉은 음성으로 시누를 불렀다. 그 자리에서 펴보고 못 한다 해야지, 첨부터 얘기 다 했잖아요, 농이랑 기본적인 가전제품 외에 혼수는 없는 걸로 하자고. 그 노인네가 그러자고, 자기들도 사람 하나 보고 결정했다고, 바라는 거 없다고 깍듯이 말하는 거, 아가씨도 들었잖아요.

　나는 흥분하지 않았다. 오누이가 차례로 나를 시험한다는 느낌이 들자 오히려 마음이 차분해지는 것이었다. 어쩌면 시누도 알고 있었던 것은 아닐까. 나는 야릇한 눈으로 시누를 노려보았다. 언니, 왜 그래요? 난 그저 어떻게 해야 할지 몰라서…… 마시던 커피잔을 내려놓는 시누의 손이 떨리는 것을 보면서 나는 점점 냉정해지고 있었다. 손톱 하나하나마다 연분홍 매니큐어를 바른 시누의 손, 저 투명한 살빛을 위해 밤마다 정성껏 로션을 바르고 면장갑을 끼고 자는 작가 선생님. 내 입에서 픽 웃음이 새어나왔다. 참 손도 이쁘기도 하지, 이런 귀손이니 그런 어려운 일을 하지. 시누의 손을 쓰다듬으며 윗입술을 오므리고 얌체처럼 웃던 시어머니 자리의 얼굴이 떠오르고 주체할 수 없게 바짝바짝 약이 올랐다. 언니가 그 사람한테 전화해줄래요? 나는 그 사람 얼굴 보고는 말이 안 나와서…… 시누는 거의 울 듯한 얼굴로 떠듬떠듬 말을 이었다. 아가씨. 나는 시누의 앞에 바짝 다가앉았다. 지금 그쪽에서 우릴 만만히 보고 그러는 모양인데 여차하면 없던 일로 하자고 딱 자를 태세로 나가야 한다구요. 시누의 눈이 둥그레졌다. 그 눈이, 금방 눈물이 차오를 듯한 그 눈이 나를 걷잡을 수 없이 심술궂게 만들었다. 나는 오금을 박아넣듯 또박또박 말했다. 대체 뭘 믿고 이런 걸 받아와요? 대책 없기는 오누이가 어쩜 그렇게 닮았어요?

납빛처럼 창백해진 시누가 현관 쪽으로 주춤주춤 걸어나갔다. 시누는 뉘어놓았던 긴 부츠를 당겨 신고 서서 내 쪽을 바라보았다. 박박 대들기를, 소리나게, 문이 부서져라 닫기를 기다렸지만 시누는 조용히 문을 열고 나갔다. 닫힌 문 너머로 또각또각 계단을 내려가는 구둣발 소리가 사라지고 나서 나는 그 자리에 풀썩 주저앉았다.

자알됐다. 나는 커다랗게 소리내어 말했다. 집이 있나, 직장이 있나, 시인? 웃기고 있어. 허우대 값을 할 거라고 그렇게 말려도 오누이가 한통속이 되어 싸고돌더니, 뭐? 물목? 진짜 웃기지도 않아, 날건달 노총각 주제에. 누가 있기나 한 듯 소리를 지르며 나는 시누가 마신 찻잔을 소리내어 씻었다. 씻고 또 씻은 찻잔을 찬장에 넣고 그리고는 다시 그것을 꺼내 씻다가 부엌 바닥에 내동댕이쳤다. 요란한 소리를 내며 찻잔은 산산조각이 났다. 나는 손에 잡히는 대로 그릇들을 온 집 여기저기 집어던졌다. 깨진 유리와 사기조각으로 좁은 부엌과 거실이 발 디딜 틈 없어질 때쯤 남편이 돌아오는 기척이 들렸다.

남편은 무슨 일이야, 당신 왜 그래? 라고 묻지 않았다. 그는 집을 휘 둘러보고 나를 쳐다보았다. 식탁의자에 동그마니 올라앉은 채로 나는 그를 노려보았다. 남편은 오랫동안 내게서 눈을 떼지 않았다. 먼저 눈길을 거둔 것은 나였다. 눈물을 보이지 않기 위해 나는 눈을 꼭 감고 양 무릎 사이에 얼굴을 묻었다. 남편은 신을 신은 채 뚜벅뚜벅 부엌으로 들어가 말없이 빗자루를 찾아들었다.

유리를 쓸어모으는 소리. 구석구석 남은 파편을 꼼꼼히 빨아들이는 진공 청소기 소리. 나는 고개를 들지 않은 채 그 소리를 들었다. 지난 오 년이, 그와의 삶이, 그리고 내 세계가 산산이 부서져버려지고 있었다. 그리고 고요가 찾아왔다. 고개를 들었을 때 내 앞에는 파편 하나, 발을 다칠 잔해 하나 보이지 않았다. 쓰레기 봉투를 열고 파편들을 담는 남편의 등이 보였다. 깨지기 쉬운 유리 같은 날들, 한순간에 조각나버린 시간들이 담긴 봉투를 뚫고 날카로운 파편 하나가 비어져나와 있었다. 그것은 절로 몸이 움츠러질 만큼 위험해 보였다.

그 여자가 돌아왔어. 남편은 묻지도 않았는데 그렇게 말했다. 남편이 내게 한 말은 그것이 전부였다. 그 밤 그도 나도 잠을 이루지 못했다. 여자가 돌아왔다. 다시 혼자가 되어 돌아왔다. 그로써 아무런 설명이 없는 날들이 이어졌다. 그의 귀가가 늦어지기 시작했다. 취해 흔들리는 발걸음 같은 날들이 흘러가는 동안에도 나는 남편에게 이제 어쩔 생각인지 물을 수가 없었다. 묻지 않아도 나는 알았다. 그가 떠나려 한다는 것. 떠나지 않을 수 없다는 것을. 그러나 결코 먼저 그 말을 꺼내지는 못하리라는 것을…… 문제는 나였다. 나는 그를 보내고 싶지 않았다. 어리석은 일이라는 것을 나도 모르지 않았다. 그러면서도 나는 기다렸다. 그녀가 그를 다시 버리기를, 그저 스쳐가는 바람처럼 그의 곁을 지나가고 그가 다시 기진해 돌아오기를.

그는 돌아오지 않았다. 통장을 헐어 시누에게 건네던 날 그는 내게 말했다. 정말이지 미안해. 당신은 나와 결혼하지 말았어야 했어.

이이가 안 돌아오네요? 남자는 어쩌겠냐는 듯 내 얼굴을 쳐다보았다. 후줄그레한 옷차림. 이미 젖어 찰싹 달라붙은 머리카락과 대조적으로 남자의 눈은 맑고 투명했다. 그 눈으로 빨아들일 듯 남자는 오랫동안 나를 바라보고 서 있었다. 길을 또 잃은가 본데…… 그가 다시 말했을 때야 나는 비로소 그 남자가 낯설게 느껴지는 이유를 알았다.

말씨 때문이었다. 남자의 억양은 독특했다. 그것은 내가 알고 있는 어느 지방의 사투리와도 달랐지만 언젠가 아주 가까운 누군가에게서 들어본 적이 있는 듯한 이상한 느낌이 들었다. 아주머이도 저 길로 가보실랍니까? 나는 이만 가야겠는데…… 그것은 아버지의, 아버지와 동향이었던 이모부의 말투였다. 그를 보는 내 눈이 흔들렸을까, 눈앞에서 그가 달라지고 있는 것 같았다. 그리고 천천히, 느린 속도로 놀라움이 찾아왔다. 남자의 얼굴은 어느새 아버지의 그것으로 변해 있었다.

아저씨는…… 어디로 가시는데요? 내 목소리가 떨려나왔다. 온길로 돌아가야지, 아주머이가 저 길로 가볼라믄 내 데려다주고. 남자가 앉은자리를 털고 일어났다. 순간순간 정지되는 화면처럼 그의 동작이 어색하게 여겨지고 어느 순간 그가 훌쩍 내 눈앞에서 사라질 것만 같았다. 나는 남자를 따라온 길을 돌아가기도, 알지 못하는 샛길로 남편의 흔적을 찾아가기도 똑같이 두려웠다. 어느 길로 가든 나는 혼자 남겨지고 말 것 같았다. 산 속에서 길을 잃고 나무들처럼 하얗게 굳고 그 자리에 뿌리내려 움직이지 못하게 될 것 같았다. 아주머니도 저쪽으로 다시 내려갑시다. 이 사람은 부대 안에서 헤매고 있기 십상이야. 그러다 돌아오갔지. 가네들이 놓아주믄 말이지만. 남자는 내 대답을 기다리지 않고 몸을 돌려 걸어갔다. 구부정한 어깨. 소리도 없이 옮기는 남자의 발길이 점점 멀어지고 있었다.

잠깐만요. 나는 남자를 따라잡기 위해 걸음을 빨리했다. 정신없이 굽이를 돌고 얼마를 뛰듯 걸었을까. 남자의 자취는 그림자처럼 사라지고 나는 끝내 그를 찾을 수가 없었다. 등산로를 찾고 낯익은 길을 만나기까지 나는 쉬지 않고 걸었다. 늘 보던 작은 호수가 보이고 비로소 드문드문 사람들이 나타나기 시작했다.

호수는 얼어붙어 그 위로 하얗게 눈이 쌓여 있었다. 문득 홀린 듯 야릇한 느낌이 들었다. 그는 대체 어디로 사라졌을까. 토끼처럼 눈 덮인 산 속 어디에 사는 것일까. 어쩌면…… 그는 환상이었을까. 남자의 뒷모습이 흰 눈 위에 잠깐 어렸다 사라졌다. 산 곳곳을, 내 마음까지도 속속들이 아는 듯하던 남자. 아버지의 억양을 가진 남자…… 평생 버리지 못한 그 그리움으로 병들고 죽어간 아버지…….

호수를 내려다보며 나는 소리내지 않고 울었다. 울면서 나는 생각했다. 막 시작되려는 행복을, 이제 익숙해지려는 그것을 모질게 채어간 여자를. 모델하우스에서 단 한 번 보았을 뿐인 그 여자, 그녀가 아니었다면 내가 꾸미고 가꾸었을 그 집을. 남편을 보내지 않는다면, 만약 지금이라도 그 집을 산다면 남편과 나는 예쁜 집에서 예쁜 찻잔에 향기 짙은 차를 마실 수 있을 것이었다. 그리고 그와 나는 가족으로 남아 있을 수 있을 것이다. 모델하우스의 부속품 같은 가족.

그 호수는 우리의 하산 지점이었다. 가파른 등산로를 내려와 먼 발치에 호수의 물빛이 보이면 남편과 나는 가쁜 숨을 쉬며 마주 웃곤 했었다. 이느 길을 택히든 그는 결국 이곳으로 올 것이다. 그가 오면 작별을 말하리라. 그를 그 여자에게로, 그리운 사람에게로 보내리라. 나는…… 돌아갈 곳이 없는 나는, 어딘가에서 작은 꽃집을 열 수 있을까. 그가 언제고 돌아오기를 기다리며 다시 장미를 팔면서 살아갈까. 그에게로 향한 그리움이 시들고 마르고 마침내 버려질 때까지. 눈 내리는 하늘 저편으로 새 한 마리가 날아갔다. 등뒤에서 한 떼의 사람들의 소리가 들리고 귀에 익은 목소리가 내 이름을 커다랗게 불렀다. 나는 몸을 돌려 그를 향해 마주 걸어갔다.

기차가 지나는

붉고 탁한 핏덩이 하나를 게워냈을 때 내 눈에서 천천히 눈물이 흘러내렸다. 거지처럼, 벙어리처럼 살았던 날들이 부연 시야에
떠올랐다. 그 누구도 겁내지 않고, 아무것도 바라지 않던 날들. 단 하나 바랄 수 없는 것을 품었을 때의 그 고통스럽던 기억.
숯처럼 검게 그을은 시간들……

마을

옛날 기차가 지나가는 마을에 한 처녀가 살았다. 날마다 처녀는 정거장이 보이는 언덕에 앉아 서지 않는 기차를, 그 긴 꼬리를 행군 듯 말간 얼굴로 바라보았다. 어느 날 처녀의 배가 불러왔을 때 그 처녀의 하나뿐인 오빠가 물었다. 누구였니? 처녀는 오빠를 끌고 언덕으로 올라갔다. 철쭉이 흐드러진 봄날이었다. 아지랑이 피어오르는 산 너머 처녀의 손가락이 가리킨 곳에 철컥철컥 소리내며 기차가 달려갔다.

처녀의 오빠는 버들 같은 누이를 바라보았지만 처녀는 어버버, 의미를 알 수 없는 말로 안타깝게 기차를 불렀다. 그 사람이 기차를 타고 갔어요. 처녀의 말은 그렇게 들렸다. 처녀의 오빠는 기차가 사라진 산 너머를 바라보았다. 그는 두려웠다. 그 너머 어느 곳에, 어떤 얼굴의 사람들이 살고 있는지, 아이의 아버지를 찾기 위해 어디를 어떻게 헤매야 하는지 그는 알지 못했다.

아이가 태어나고 서너 걸음 발을 뗄 무렵 마을을 찾아든 남자 하나가 있었다. 단 이틀을 마을 어귀에서 어슬렁거렸던, 마을 사람 중 아무도 생김새도 몸집도 기억하지 못했던 남자였다. 남루한 옷 사이로 주름진 얼굴과 주름진 목을 감추고 남자가 집 앞을 서성이면 착한 마을 사람들은 식은 밥덩이와 곰삭은 김치쪽을 건네주었다. 굳은 땅이 풀리고 풀린 땅에 무언가 심기 위해 집을 비웠던 어느 날, 처녀의 오빠가 돌아왔을 때 그를 맞은 것은 지독한 냄새였다. 그리고 텅 빈 방.

사라진 아이와 사라진 누이를 찾아 처녀의 오빠는 몇 개의 산과 수없는 언덕을 넘었다. 마침내 아이를 찾았을 때, 고치처럼 아이를 감싼 낡고 더러운 담요를 젖혔을 때 그는 짐승의 울음을 들었다. 마을을 서성이던 남자, 벌레처럼 웅크리고만 있던 남자의 기괴한 비명에 둘러앉은 사람들이, 그들이 끓이고 있던 알 수 없는 음식이, 그 음식이 담긴 냄비 아래 불길이 한꺼번에 미친 듯 춤을 추었다. 아이를 꼭 안은 채 처녀의 오빠는 달아났다. 지옥을 본 사람처럼, 건너는 순간 무너질 다리를 지나듯 달리는 그의 뒤로 남자의, 남자들의 어두운 기성이 따라왔다.

아이는 잘 자랐다. 말이 늦은 아이는 제 엄마처럼 언덕에 올라 기차 보기를 즐겼다. 벙어리가 아닌가 의심할 무렵 아이가 처음 입에 올린 말도 기차, 였다. 느그 아부지는 기차지? 동네 아이들이 물으면 아이는 천연스레 고개를 끄덕였다. 처녀의 오빠는 기차도, 정거장도, 그 정거장이 보이는 언덕도 사라지기를 빌었다. 이 아이도 언젠가는 기차를 타고 떠나리라. 불안에 떨면서도 이따금 그는 아이의 손을 잡고 언덕을 올랐다. 영영 소식을 알 길 없는 누이.

어느 땐가 누이가 그 언덕 키 큰 나무 아래 앉아 있을 것만 같았다…….

  정거장이 생기기에는 너무 작은 마을이었다. 산을 등진 십여 호와 들 한가운데 잊혀진 듯 서 있는 두어 채의 집. 타박타박 걷기에 지칠 무렵 나타나는 언덕 너머 또 한 무리의 지붕들. 그리고는 가도 가도 산길이었다. 그런 곳에 역이 있다는 것을 어린 나는 이해할 수 없어했다. 역에 기차가 서는 일은 드물었고 떠나가는 사람은 더욱 드물었다. 기차는 며칠에 한 번 단 한 사람만을 내려놓거나 때로는 내린 사람 없이 그저 징차했다 띠나가곤 했다. 역이 생긴 것은 오래 전, 처음 철로가 놓일 무렵 이 마을에 살았던 어느 유명인의 아버지 때문이라는 이야기도 이미 전설처럼 되어버린 지 오래였다. 아무도, 어른들조차 그의 이름을 기억하지 못했다. 떠나갈 곳도 기다릴 사람도 없는 마을 사람들에게, 그리고 그때의 내게 정거장은 풀기 어려운 수수께끼, 혹은 속임수와도 같았다.
  역사는 한적했다. 그을린 듯 변색해가는 나무 의자. 그 위에 누군가 버리고 간 종이컵이 추적추적 비에 젖고 있을 뿐 사람의 흔적은 어디에도 보이지 않았다. 역 이름이 새겨진 하얀 나무 팻말이 비스듬히 기운 채 나를 쳐다보았다. 애곡. 사람의 시선을 마주 받아내듯 글자를 바라보며 나는 오래 서 있었다. 나를 내려준 기차가 달아난 쪽에서 차가운 바람이 불어왔다. 썩어가는 침목에서 나는 축축한 냄새가 비와 함께 얼굴을 때렸다.
  바람과 비와 익숙한 이 냄새. 모든 것이 그날과 같았다. 플랫폼 한가운데 십 년 내 그렇게 서 있었다는 듯 표면의 군데군데가 파이고 녹이 슨 자판기에서 커피 한 잔을 뽑아들고 서서 나는 곧 이 곳을 떠날 사람처럼, 이제 막 닿을 기차를 기다리는 사람처럼 철로 저편을 바라보았다. 비에 젖어 번들거리는 두 개의 철선이 운무 사이로 파묻혀 사라진 그 끝은 다른 세계처럼 아득해 보였다.

이곳에 내려버렸다, 결국 여기에 왔다, 고 생각하자 다시는 떠나온 곳으로 돌아갈 수 없으리라는 느낌이 들었다. 은하 어딘가를 헤매는 기차처럼 내가 탔던 기차는 결코 두 번 다시 이곳을 경유하지 않으리라는 느낌. 머리카락을 타고 빗방울이 똑, 종이컵 안으로 떨어졌다. 나는 빈 벤치에 컵을 내려놓고 개찰구를 빠져나왔다.

역사 옆의 정류장에서 막 떠나려는 버스에 몸을 싣는 나를 버스 안의 아낙네 하나가 유심히 바라보았다. 여인은 어딘가 낯이 익었다. 이 마을의 모든 사람이 그렇듯이. 자리에 앉은 후에도 목을 뒤로 빼고 나를 보던 여인이 이윽고 내 쪽으로 다가오며 물었다. 숙희 아이가, 니 숙희 맞재? 나는 여자를 똑바로 쳐다보았다. 붉은 목도리를 두른 여자의 얼굴은 빨갛게 얼어 있었다. 나들이옷이었을 우단 바지 끝이 비에 젖어 여자의 발목을 휘감은 것을, 그 위에 점점이 튄 빗방울을, 부드러운 우단이 짓눌린 자국들을 나는 하나하나 꼽을 듯 쳐다보았다. 숙희가 아니에요, 나는. 그런 뜻을 읽었는지 여자가 고개를 갸우뚱하며 제자리로 돌아갔다. 이상시럽다, 외꺼풀하며 똑 숙흰데…… 여자의 중얼거림이 들렸다. 나는 숙희가 아니었다. 그런 촌스러운 이름의 여자애는 이곳을 떠났으며 열 번의 겨울을 겪는 동안 숙희라는 이름을 버렸다. 나는 다시는 그 이름으로 불리고 싶지 않았다.

버스가 두번째 섰을 때 아낙이 내리고 차 안에 혼자 남은 내게 운전사가 물었다. 아가씨. 어디 내리주까요? 버스의 소음과 여태 내리는 빗소리 때문인지 그는 터무니없이 소리를 질렀다. 뻐스 타 그들랑 내린재 너매 내리돌라 캐라. 안 그카믄 지나가뿐다. 카랑카랑한 외숙모의 목소리가 되살아났지만 나는 차창 밖을 보던 눈을 돌리지 않았다. 다닥다닥 창을 때리는 빗소리. 어둠이 내리는 들에서 잔설이 비에 녹는 소리가 들렸다. 저기 저 어름이 내린재이리라 싶을 즈음 버스가 끼익, 급정거를 했다.

와이퍼 사이로 길 한가운데를 걸어가는 남자가 보였다. 남자는 천천히, 버스의 불빛이나 경적 소리 따위는 아랑곳없다는 듯 질질 발을 끌며 걸음을 옮겼다. 길고 검은 외투를 입고 목을 잔뜩 움츠린 남자는 커다란 자루처럼 보였다. 남자가 옆구리에 꼭 끼고 있는 것은 검은 우산이었다. 비스듬히 기운 남자의 머리 위로 빗줄기가 내려꽂혔다.

아이고, 저누무 군상. 또 저 지랄이네. 운전사는 창을 열고 남자를 향해 소리를 질렀다. 어이. 만연이. 차 태워주까? 남자는 고개도 돌리지 않은 채 길 옆으로 비껴서서 천천히 똑같은 보폭으로 걸음을 옮겼다. 전조등의 불빛에 드러난 남자의 머리카락이 눈 맞은 듯 희끗했다. 슬금슬금 속력을 올린 버스가 그를 지나치려는 순간 그가 고개를 들었다. 거칠한 수염이 자라난 그 얼굴은 낯설었다. 아주 잠깐 내 쪽을 힐끗 바라보았을 뿐이었지만 그 짧은 순간 그가 어두운 버스 안을 투시하듯 훑었다는 이상한 느낌이 들었다. 그와 눈이 마주쳤을까. 나는 고개를 돌려 멀어지는 그를 바라보았다. 알 수 없는 안도감과 불안이 순서 없는 조수처럼 밀려왔다.

집은 비어 있었다. 비가 그치고 더욱 검어진 어둠에 묻혀 우두커니 엎드린 짐승 같은 집 어디에도 불빛이 보이지 않았다. 외숙모. 음습한 공기 속으로 내 가라앉은 목소리가 퍼져나갔다. 어디선가 물 떨어지는 소리가 들렸다. 나는 비어 있는 외양간과 닭장을 지나 마당 안으로 들어갔다. 퍼들럭, 안방 창틀에 붙은 비닐이 소리내며 날아올랐다. 외풍을 막기 위한 비닐이 겹겹이 둘러쳐진 낮은 창 안의 방은 그을음 같은 어둠에 묻혀 있었다. 반닫이와 그 옆의 텔레비전과 신문지를 덮어놓은 밥상과 때묻은 이불이 깔린 아랫목. 방은 예전 그대로였다. 단 한 번도 그리워한 적 없는 방이었다.

거 누고? 누가 나무 방 앞에 섰노? 발소리와 함께 손전등 빛줄기가 다가왔다. 쫄랑쫄랑 주인보다 먼저 달려온 강아지 한 마리가 말끄러미 나를 올려다보다 아는 사람에게인 듯 꼬리를 흔들었다. 숙희가? 아이고 숙희 아이가. 외숙모였다. 외숙모는 찬찬히 나를 바라보며 코가 닿을 듯 얼굴을 바짝 디밀었다. 니 맞나? 니 숙희 맞나? 그 입술이 떨리는가 하는 순간 외숙모는 내 손을 움켜잡고 와락 울음을 터뜨렸다. 이것아. 이 매정한 것아. 작은 손으로 내 등을 두들기며 외숙모는 꺼이꺼이 소리내어 울었다. 그녀의 손에서 떨어진 손전등 빛이 어둠 속으로 길게 뻗어나갔다.

니는 뭐 했노. 인물이 없나, 직장 있겠다. 니 올개 몇이고? 스물일곱이라? 닐 모레믄 서른 아이가. 아 어마이가 되고도 남을 낀데 와 시집 안 가노. 내 얼굴을 뜯어보며 외숙모는 츳츳 혀를 찼다. 설거지를 미뤄둔 채 나와 마주 앉은 짧은 동안 외숙모는 세번째 같은 말을 하고 있었다. 그것은 그녀의 버릇이었다. 아이고 이 화상아. 니 뭐 될라카노. 어린 날의 내가 저지른 잘못을 나무랄 때도 외숙모는 같은 말을 반복하고 또 했다. 믿을 수 없게도 그녀는 전혀 달라지지 않은 것 같았다. 앞머리와 귀밑에 두어 가닥 새치가 보였지만 좁은 미간은 잘 구운 옹기처럼 반들거렸다. 헤죽 웃을 때면 드러나는 덧니가 그녀를 여전히 아이처럼 보이게 했다.

니 쫌 웃어봐라, 야야. 느그 삼촌이, 인자 곧 오실 끼다마는 니 보믄 뭐라 카겠노? 우째 십 년 만에 집에 온 아이가 그래 반가운 기색이 없노, 안 카겠나. 집에 그래 오기 싫트나. 외숙모는 또 혀를 찬다. 방이 썰렁하제? 보일라 틀었으니 곧 따수워질 게다. 아이고. 이 집에도 내일 모레믄 사람이 들끓을 기 이이가. 내사 마, 다 꿈인가 싶으다. 말이 없는 나를 쳐다보며 외숙모는 혼자 주절주절 이야기를 늘어놓는다. 명희 가시나 고것이 시집가라 칼 때마다 팩팩 도리질을 해쌓더니 신랑감을 떠억, 델꼬 올 줄 누가 알았겠노. 신랑 인물이 남궁원이보다 낫다. 니 함 볼래? 그녀는 반닫이 서랍을 열고 몇 장의 사진을 꺼냈다.

짙은 눈썹을 부라리며 눈에 한껏 힘을 준 남자가 나를 노려보고 있었다. 봐라. 참 잘생겼제? 서글서글하니, 성격도 참 좋아. 그, 뭐라 카드노. 내사 들어도 잊어뿟다. 컴퓨타 뭐 한다 카제? 통장 말이 좋은 직장이라 카드라. 판검사 못잖은 거라 안 카나. 내 눈치를 힐끗힐끗 살피며 외숙모는 사윗감의 자랑을 늘어놓았다. 그 남자와 함께 나란히 웃고 있는 명희의 사진도 있었다. 그녀는 지난여름 보았을 때와 어딘가 달라 보였다. 쌍꺼풀 수술을 한다고 했던가. 명희의 어깨에 살짝 손을 얹은 남자는 활짝 웃고 있었다. 다정한 입매와 그의 고른 치열을 나는 신기한 물건처럼 들여다보았다. 그가 이처럼 밝게 웃는 사람이었나. 달라진 것은 명희만이 아니었다.

외삼촌은 나를 물끄러미 쳐다보다 니, 왔나, 한마디 하고는 외숙모를 향해 몸을 돌렸다. 밥상 안 채리고 뭐 하고 있노? 눈을 빛내며 무언가를 기대하던 외숙모가 화들짝 부엌으로 들어가고 잠바차림 그대로 외삼촌은 털썩 방바닥에 주저앉았다. 그래. 집 나가니 좋트나? 외삼촌의 눈이 찌르듯 나를 노려보았다. 절로 고개가 숙여지는, 사나운 눈이었다. 그뿐 밥 한 그릇을 다 비울 때까지 외삼촌은 다른 말을 하지 않았다. 그는 묵묵히 수저를 움직이고 소리내지 않고 음식을 씹고 물을 마셨다. 달각달각 수저 소리가 들리는 방 안에서 외숙모와 나는 꾸중들은 아이들처럼 앉아 있었다. 뭔가 얘기할 듯 입을 열려던 외숙모는 그때마다 제풀에 놀란 듯 입을 다물었다. 끼우웅, 방 밖에서 강아지가 울었다. 저놈 저녁 줬나? 외삼촌이 묻자마자 외숙모가 후닥닥 몸을 일으켰다. 아이고, 내 정신 좀 봐라. 오늘은 이상타카이. 배시시 웃는 외숙모를 노려보다 외삼촌은 따악, 소리나게 숟가락을 내려놓았다.

바닥이 찹다. 일로 내려 앉그라. 담배 한 대가 다 타기까지 말이 없던 외삼촌이 아랫목을 탁탁 두들기며 나를 바라보았다. 어린 날, 그토록 주름져 보이던 그 얼굴은 이제 더이상 늙지도 죽지도 않을 사람처럼 십 년 전과 똑같아 보였다. 나는 손가방을 열고 준비해간 봉투를 내밀었다. 이거…… 얼마 안 되지만 명희 혼수에 보태세요. 그 말을 꺼내기가 내게는 몹시 힘이 들었다. 내가 준 돈으로 그애는 밥솥을, 가스 오븐을, 혹은 앙증맞은 알람시계를 사리라. 밥솥은 쌀을 설익히고 오븐은 가스를 뿜어내고, 그리고 알람시계는 때없이 방정맞은 소리로 그애의 잠을 깨울 것이다. 나는 할 수만 있다

66

면 그애의 살림살이를, 수저 한 벌, 빗자루 하나까지 낱낱이 장만해주고 싶었다. 내가 사준 집기들에 둘러싸여 속없는 행복을 누리다 질식하는 그애를 보고 싶었다. 니가, 이랄 필요 없다. 니 우예 사는지는 내 다 안다. 외삼촌이 봉투를 밀어내며 말했다.

나는 흠칫 놀라 외삼촌을 바라보았다. 그가 어쩌면 알고 있으리라는 생각이, 무엇이 나를 돌아오게 했는지, 어째서 쫓기듯 떠나간 땅에 다시 발을 디뎠는지 다 알지 모른다는 생각이 나를 두렵게 했다. 그의 눈이 떨렸다. 집을 떠난 이태 후 나를 찾아왔던 날의 그 눈빛이었다. 수소문 끝에 외삼촌이 찾아왔던 다음날, 나는 짐을 꾸려 방을 옮겼다. 그후 몇 번인가 더 방을 옮기면서 나는 고향 근처의 그 누구에게도 내 연락처를 남기지 않았다. 명희가 내 앞에 나타날 때까지. 죄송해요, 삼촌. 가라앉은 목소리가 새어나왔다. 천천히, 심호흡을 하듯 긴 한숨을 내쉰 외삼촌이 말했다. 왔으이, 됐다. 건너가 자그라. 내일 얘기하자. 나는 봉투를 남겨두고 방을 나왔다. 내일이 되더라도 외삼촌은 내게 아무것도 묻지 않을 것이다. 그는 예전부터 내게 아무것도 묻지 않는 유일한 사람이었다.

앉은뱅이 책상이 놓인 방에는 옅은 화장품 냄새가 배어 있었다. 수학정석, 기초영문법 따위의 참고서와 몇 권의 잡지가 꽂힌 책꽂이. 그 앞에 작은 화장품 용기들이 가지런했다. 니가 가고 나서 제일 아쉬웠던 게 뭔지 알아? 이따금 만날 때면 명희는 내가 떠난 후의 날들을 얘기했다. 머리 땋아줄 사람이 없다는 거였어. 엄마는 원래 그런 거 서툴잖아. 손마디가 여리고 부드러운 외숙모는 그 예쁜 손으로 만지는 무엇이든 망가뜨리는 사람이었다.

명희는 명주실처럼 가늘고 고운 머릿결을 갖고 있었다. 빗질을 하고 긴 머리를 양쪽으로 가지런히 땋아내린, 서양인형처럼 깜찍한 명희를 앞세우고 걸으면 지나가던 누구나 한마디씩 인사를 했다. 맹희, 학교 가나. 참하기도 하재. 누 닮아 저래 이쁠꼬. 남자아이들은 일부러 고개를 숙이고 천천히 우리를 따라왔다. 그애들 중 누구도 함부로 휘파람을 불거나 명희에게 말을 걸지 않았다. 풀먹여 다린 교복 칼라 위로 희고 긴 목을 꼿꼿이 쳐든 명희. 여왕처럼 오만하고 아름다웠던 명희. 그애의 곁에 서면 나는 하녀처럼 보였다.

하녀. 이 집에 남아 있는 한 나는 하녀가 될 신분이었다. 월말이면 또 일등을 했다 따위, 보아주는 이 없는 일기를 쓰며 견뎌냈던 날들은 열다섯의 겨울, 끝이 났다. 니까지 고등학교 보낼 행펜이 못 되는 거, 니도 알제? 군불을 때며 외숙모는 사분사분 속삭이듯 말했다. 막 꺼내온 김치를 썰던 나는 그만 손을 베고 말았다. 차가운 얼음이 스친 듯 서늘한 느낌이 이는 손마디에서 빨간 피가 배어나왔다. 행펜이 그런 거 우야겠노. 명희 그 가시나도 마 집에 델꼬 있으마 똑 좋겠구마는 합격했는데 우예 안 보내겠노. 떨어진 핏방울이 시뻘건 김칫국물 속으로 스며드는 것을 나는 가만히 바라보았다. 니한테 참말로 미안타. 고개를 돌려 나를 쳐다보는 외숙모의 토끼처럼 빨간 눈에서 눈물이 흘러내렸다.

연기 때문이었지만 그 순간의 외숙모는 정말 울고 있는 듯, 애처로워 보였다. 내게는 그 얼굴을 향해 나도 합격했어요, 라고 말할 용기가 없었다. 제가 할게요, 이리 나오세요. 나는 외숙모를 제치고 아궁이 앞에 앉아 안을 들여다보았다. 타다 꺼진 생나무에서 나는 매운 연기가 쓰라렸어도 나는 울지 않았다. 나는 거멓게 타다 만 나무를 끄집어내고 새 장작을 넣었다. 설마른 장작에는 결코 불이 붙지 않는다는 것을 나는 알고 있었다.

얼음 같애, 너는. 헤어지기 전 그는 내게 그렇게 말했다. 차가운 사기 같다고, 너를 안으면 찬바람이 등을 친다고도 말했다. 그건 그가 처음 내게 했던 말과 같았다. 다만 다른 눈빛, 다른 어투였을 뿐. 변한 것은 내가 아니었다. 달라진 그에게 나는 말했다. 그게 나야. 그는 어둡고 슬픈 눈으로 오래도록 나를 바라보았다. 그처럼 보아준 것으로 자신의 일은 다 했다는 듯 그가 결연히 몸을 일으켜 나갈 때까지 나는 아무런 말도, 손끝 하나의 움직임도 없이 앉아 있었다. 입을 열면, 몸을 돌리면 그 순간 눈물이, 폭발하듯 솟구칠 것만 같았다. 피처럼 흐르는 눈물이 내 몸 안의 모든 기운을 앗아가 흐물흐물 빈 자루처럼, 썩은 짚단처럼 무너질 것 같았다.

그가 사라진 후에도 나는 이따금 그때처럼 무릎을 감싸안고 앉아 있곤 했다. 깍지 긴 손가락부터 서서히 몸이 굳고 내 안의 피돌기가 멈춘 후 붉은 피 대신 무언가가 몸 안에 가득 차올랐다. 석고처럼 툭 부러질 듯, 몸 어디를 잘라내도 그 단면에서 흰 가루가 떨어질 듯 굳은 나를 다시 살아나게 하는 것, 그것은 고통이었다. 그의 따뜻한 체온으로도 데울 수 없었던 내 사기 같은 몸처럼 차가운 고통. 미지근한 눈물이나 의미 없는 술로 나는 그것을 씻어내지 않았다. 나는 고통을 피하지 않았다. 그것만이 나를 살게 하는 듯, 긴 고드름을 입에 대듯 나는 시린 고통을 향해 몸을 열었다. 내 심장이 얼음처럼 차가워질 때까지.

자나? 발소리도 없이 다가온 외숙모가 방문 밖에서 물었다. 가벼운 몸의 그녀는 언제나 연체동물처럼 기척 없이 내 앞에, 등뒤에 그림자처럼 나타났다. 야야, 자나? 나는 눈을 감고 숨을 죽였다. 그 새 잠들었나 베. 혼잣말을 중얼거리던 외숙모가 조심스레 문을 열었다. 찬 기운이 코끝을 스치고 그림자처럼 조용히 들어온 외숙모는 쯧쯧, 혀를 차며 나를 흔들었다. 야야. 일나봐라. 이불이, 그게 아이고. 이거 덮어야지. 그녀가 나를 깨운 것은 이불 때문이었다. 꽃무늬가 화사한 이불을 걷어내고 외숙모는 울긋불긋한 담요를 끌어내렸다. 명희 신행 갔다 오믄 깔아줄 낀데, 니가 몰랐구나. 어둠 속에서 외숙모는 반듯이 갠 이불을 먼지 털 듯 탁탁 두들겼다. 섭섭캐 생각지 마래이. 니도 시집가믄 다 해주꾸마. 묵직한 담요를 들추는 내게 외숙모가 말했다. 그지없이 살가운 목소리였다. 꾸중도 칭찬처럼, 어떤 부탁도 은혜를 내리듯 나지막하고 정겹게, 결코 거부할 수 없게 하던, 어린 날의 나를 한없는 혼란으로 몰아넣었던 그 목소리였다.

겨울밤은 길었다. 투덕투덕 다시 내리는 빗소리 사이로 이따금 끼깅대는 강아지의 소리가 들렸다. 빗소리에 반닫이를 여는 달그닥 소리, 그 안을 뒤지는 내 손의 떨림까지 흔적 없이 묻히기를, 흐르는 빗물에 골목 안의 내 모든 발자국이, 열일곱 해의 셀 수 없는 나날들이 거짓말처럼 씻겨가기를 빌던 그 밤의 억수 같은 빗소리가 귀를 때렸다. 우두두 하늘이 무너질 듯 사나운 굉음과 칼날 같은 번개. 산 저 너머에, 눈길 닿는 아득한 곳에 창살처럼 꽂히는 벼락. 거대한 나무가 쓰러지는 환영에 시달리며 그 날카로운 빛이 가슴을 찌른 듯 엄습하던 동통을 안고 미친 듯 달려가는 여자아이. 불쑥불쑥 앞을 막는 나무들. 등뒤에서, 골목 안의 모든 집이 물에

잠기고 말리라는, 돌아보는 순간 그대로 석상이 되고 말리라는 두
려움에 입술을 떨고 턱을 떨고 온몸을 떨며 귀신들린 사람처럼 이
상한 신음을 내뱉는 나…… 그때 내가 느낀 것은 무엇이었을까.
살아남은 오직 한 사람인 양 순간순간 교차하던 희열과 공포는 어
디로 갔을까. 저도 모르게 내 입에서 흐느낌이 새어나왔다. 앓는
사람처럼, 열에 들뜬 듯 멍한 귓속으로 천천히 눈물이 흘러들었다.

　여보, 여 쫌 나와보소, 명희 온다카네요. 오전내 골목을 서성이
던 외숙모가 달려들어오며 소리를 질렀다. 역에 내렸다꼬, 십 분
내로 노착한다꼬, 언탁왔구나. 손에 든 까만 휴대폰을 흔들며 외숙
모는 아이처럼 배시시 웃었다. 이거를, 지가 거년에 사주디마는, 내
사 이런 게 무신 필요 있나꼬 캤디마는 이랄 때 참 생광시럽네. 솔
가지를 묶던 손을 멈추고 외삼촌이 외숙모를 쳐다보며 내뱉듯 말
했다. 방정 쫌 대강 떨어라. 머쓱해졌나 하는 순간 어느새 웃음을
빼물고 외숙모는 재빠르게 묶은 솔가지 단을 들었다. 그카지 말고
얼릉 드가서 옷 갈아입으시이소. 아아들이 금방 온다 안 카능교.
이거는 내가 하께, 얼릉 드가소, 고마. 으흠. 헛기침을 남기고 방으
로 들어가는 삼촌의 등뒤에서 외숙모는 눈짓으로 내게 말했다. 이
거 마저 쌓아놓고 들온나.
　젖은 생솔가지는 풀단처럼 나긋했다. 그것들을 담벼락에 가지런
히 쌓는 동안 솔 향기가 코끝에서 온몸으로 스며들었다. 싸늘한 공
기 속에 하얀 입김을 뿜어내며 나는 남은 가지를 묶고 묶은 단을
쌓았다. 줄기와 잎들이 엇갈려 묶인 단이 사이좋은 형제처럼 서로
의 몸을 얽으며 줄줄이 쌓여 올라갔다. 반쯤 쌓였을 때 나는 예전

처럼 한 걸음 물러서서 나뭇단을 바라보았다. 손은 십 년 전을 정확히 기억하고 있었다. 너무 성기지도, 촘촘하지도 않은 나뭇단 사이로 알맞은 바람이 들고 그것들은 천천히 맞춤하게 건조되리라. 오래 타는, 타는 향기조차 그윽한 땔감이 되리라.

언니, 와 있었구나. 등뒤에서 반가움에 겨운 목소리가 들렸다. 까만 우단 목도리가 먼저 눈에 들어왔다. 깎은 듯 흰 얼굴과 환한 미소. 명희는 자박자박 가벼운 발소리를 내며 내게로 걸어왔다. 언제 왔어, 언니? 정말 반가워. 나를 만나게 된 것이 기뻐 어쩔 줄 모르겠다는 표정으로 그애는 연신 언니, 언니, 하고 나를 불렀다. 함께 살 때, 단 한 번도 내게 언니라는 호칭을 쓰지 않던 아이였다. 아이, 오랜만에 와서 일하고 있었어? 이제 이런 거 안 해도 되는데. 덥석 내 손을 잡던 명희가 말했다. 나는 잡힌 손을 빼내고 낡은 목장갑을 벗었다. 그저, 심심해서…… 오느라고 힘들었지? 내 목소리는 언니답게 차분하고 의젓했다.

대문 입구에, 낯선 곳에 끌려온 아이처럼 툭툭 땅을 차며 서 있는 남자에게 명희가 소리를 질렀다. 준석 오빠. 왜 그러고 있어? 언니 첨 봐? 와서 인사해. 채근을 받은 남자가 두어 걸음 다가와 내게 깊이 머리를 숙였다. 안녕하셨어요? 고개를 든 그의 눈과 내 눈이 천천히 허공에서 만났다. 누군가 뒷덜미를 내리쳤을 때의 표정이 그럴까. 핏기가 가신 얼굴은 방금 잘라낸 나무 속처럼 흰빛이었다. 정지된 듯 움직이지 않는 그 동공에 내 차가운 얼굴이 들어 있었다. 안녕하세요. 차가운 얼굴의 여자가 차갑게 말했다. 아이고, 야들아. 왔으믄 들오잖고 뭐 하노? 얼릉 들온나. 춥다. 호들갑스러운 목소리와 함께 외숙모가 달려나왔다. 방으로 들어가면서 그가 무어라 말했는가, 명희가 힐끗 나를 돌아보았다. 베일 듯 날카로운 눈이었다. 나는 돌아서서 천천히 남은 단을 마저 쌓았다. 맨손에 닿는 솔가지가 간간이 손을 찔렀다.

놀랐는가, 그는. 표백한 듯 창백해진 얼굴이 눈앞에 떠올랐다. 안녕하세요. 무감각하던 내 목소리가 나는 마음에 들었다. 그를 두렵게 할 수 있다면, 명희의 시선을 그처럼 날서게 할 수 있다면 나는 얼마든지 그렇게 말할 것이다. 눈썹 하나 까딱 않고 백 번이고 천 번이고, 얼음처럼 싸늘한 목소리로 말할 것이다. 안녕하세요. 안녕하세요. 안녕하세요…… 단 쌓기를 마치고 몸을 들던 나는 소스라쳐 소리를 질렀다.

울 밖, 쌓아놓은 낟가리 위로 사람 목 하나가 비죽이 솟아 있었다. 겹겹이 쳐진 눈자위의 주름 속에 푹 파묻힌 남자의 눈, 부연 백태가 낀 눈이 똑바로 나를 쳐다보았다. 와? 와 그카노. 쥐 나왔나? 내 비명 소리에 외숙모가 방문을 열고 고개를 내밀었다. 저기, 어떤 사람이…… 누가? 누가 왔나? 외숙모와 함께 내다본 길 위에 비칠비칠 걸어가는 남자가 있었다. 검은 외투 자락, 옆구리에 꼭 끼고 있는 우산. 버스 안에서 본 그 남자였다. 난 또 누구라꼬. 만연이 아니가. 피이, 입술을 일그러뜨리며 외숙모가 말했다. 이 동네 사람이에요? 내가 물었다. 으응, 그게 저어, 느그 삼촌한테 물어봐라, 하다 말고 외숙모는 웬일인지 뜨끔한 낯으로 드가자. 새신랑이 인사한다꼬 기다린다, 하며 부산스레 방으로 들어갔다. 무어든 참견하기 좋아하는, 언뜻 본 사실 하나로 온 마을을 사흘은 들끓게 할 이야기를 만드는 외숙모로서는 드문 일이었다.

명희의 결혼식 날, 나는 세번째로 그 남자를 만났다. 새벽부터 바빴던 명희가, 한줌에 들 듯 잘록한 허리의 명희가 신부 입장을 위해 선 순간 내 숨쉬기는 정지되었다. 좁은 식장에 넘쳐흐를 듯 웅장하고 장엄한 피아노 소리가 울렸지만 내 귀에는 그 소리도 들리지 않았다. 명희를 기다리며 저만치 서 있는 그의 모습. 인형처럼 예쁜 얼굴을 숙이고 한 걸음, 한 걸음 식장으로 걸어들어가는 명희의 등을 나는 숨을 멈추고 지켜보았다.

목선이 깊이 파인 드레스 위로 드러난 흰 뒷덜미. 내가 바라보는 동안 거짓말처럼 그애의 등에서 파르라니 소름이 돋아났다. 나는 독기를 뿜어내듯, 보이지 않는 줄로 독이 가득한 즙액을 쏘는 거미처럼 그애의 등을 노려보았다. 오톨도톨 솟은 소름이 그애의 몸으로 번졌는가, 명희가 휘청, 걸음을 엇놓는 듯했다. 페인트 냄새가 가시지 않은 식장의 조잡한 천장화가, 거기 걸린 조명등이 그애를 향해 떨어져내릴 듯 흔들리는 것 같았다. 사람들 사이에 물결처럼 조용한 신음이 일었다. 그때 나는 그 냄새를 맡았다. 타다 만 담요에서 나는 듯한 야릇한 냄새. 냄새를 향해 고개를 돌리자 거기에 그 남자가 있었다.

남자는 여전히 발목을 가릴 듯 긴 잿빛 외투 차림이었다. 남루한 일상에 대한 보복인 양 알락달락한 한복을 입은 사람들 틈에서 그 남자는 무성영화의 인물처럼 두드러져 보였다. 나달나달한 남방 깃 위로 푸릇하게 언 목을 드러낸 그 남자의 주위를 커다랗게 부푼 풍선처럼 감싸도는 냄새. 나는 사람들을 제치고 남자를 향해 다가갔다. 남자는 고개를 숙이고 조심스레 걷고 있었다. 그의 손에 들린 커다란 꽃무늬 접시는 잡채와 김밥과 고기 몇 점, 그리고 푸르스름한 와사비가 비치는 초밥 두어 덩이로 빼곡했다.

그는 접시를 들고 식장 옆의 방으로 들어갔다. 피로연이 열리는 장소였다. 즐비한 탁자들의 맨 끝, 구석진 자리에 앉아 음식을 먹는 사람들과 아직껏 배급을 기다리듯 서 있는 사람들의 긴 줄을 바라보는 남자를 아무도 주목하지 않았다. 남자의 시선이 한순간 내 얼굴에 머물렀다 비껴 지났다. 탁자 위에 놓여 있는 편육과 과일과 떡 접시를 흘낏 쳐다본 남자가 외투자락에서 한 벌의 수저를 꺼내들었다. 그는 천천히 접시의 음식들을 먹기 시작했다.

만연이, 왔나? 누군가 남자에게 인사를 건넸다. 잔치 있는 줄 구신같이 알고 왔네. 오늘은 얼매 벌었능가. 자네 그 벌이 다 뭐 할라고 하는가. 숨카논 자식이라도 있능가. 다른 사람 하나가 또 물었다. 남자는 대답하지 않았다. 접시가 깨끗이 빌 때까지 고개도 들지 않았다. 먹기를 마친 그는 수저를 말끔히 닦아 주머니에 넣고 그때서야 주위를 바라보았다. 부연 눈을 멀뚱히 뜬 그는 귀머거리처럼, 낯선 곳에 끌려온 눈뜬장님처럼 보였다. 식장을 빠져나가는 남자를 따라 막 한 걸음 떼는 내 뒤로 외숙모의 높은 목소리가 들렸다. 숙희야, 숙회 어데 갔노? 사진 찍어야제. 어데 가뿌렀노?

귀밑머리를 알뜰히 올리고 족두리를 쓴 명희는 그림처럼 예뻤다. 좁은 폐백실 가득 들어찬 사람들이 히야, 탄성을 질렀다. 곱게 눈을 내리깐 명희가 부축을 받아 큰절을 올릴 때 외숙모는 기다렸다는 듯 찔끔찔끔 눈물을 흘리기 시작했다. 애고, 그래, 그래. 복받고 잘살아라. 아들 딸, 많이 낳아라. 명희의 치마폭에 밤, 대추를 던지며 외숙모는 연신 눈가를 훔쳤다. 나와 맞절을 하는 동안 명희도 그도 눈을 들지 않았다. 새신랑이 부끄럼 타는가베. 누군가 말했다.

처형 보기가 범맨크로 무섭은가베. 범처럼 사나운 눈, 눈 가득 파란 인광을 담아 나는 그를 노려보았다. 숙인 그의 미간에 순간적으로 깊은 주름이 파이고 언뜻 고개를 든 그가 내 눈을 똑바로 마주쳐다보았다.

그의 손이 떨리고 손에 든 잔 가득한 술이, 내게로 건너오지 못한 술이 그의 옷 위로 방울져 흘렀다. 관복 아랫자락의, 짙푸른 빛 얼룩처럼 그의 얼굴이 파랗게 질리기 시작했다. 주술 걸린 듯 부들부들 떠는 그를 보는 동안 내 눈은 단 한 번도 깜박이지 않았다. 와 저카노, 신랑이 어데 아픈가베. 숨죽인 사람들 틈에서 누군가의 목소리가 들리는 순간 그의 손에서 잔이 툭 떨어졌다. 모든 일은 천천히, 숨막히는 정적 속에서 일어났다. 내리깔고 있던 명희의 눈이 반짝 들린 것, 그애가 그의 소매를 툭, 쳤던 것, 벌떡 몸을 일으켜 폐백실을 나가던 그의 휘청한 어깨, 그리고 외숙모의 멍한 얼굴…… 둘러선 사람들의 어깨 너머로 부연 빛을 보내는 그 남자의 눈동자…….

문을 열었을 때 먼저 닿아온 것은 지독한 지린내였다. 살아 있는 물체에 떠밀리듯 나는 휘청, 한 걸음 뒤로 물러났다. 어둑한 방 아랫목에 깔린 나일론 이불. 분무식 살충제 하나. 낡고 더러운 구두 한 켤레, 펼쳐진 화투 몇 장, 육각형의 성냥통, 그리고 부연 배설물로 가득 차 있는 사기 요강. 방은 거대한 냄새의 덩어리였다. 그것은 인간의 냄새가 아니었다. 터덜터덜 갈라진 베니어 문 안의 그 방에는 오래 묵은 상처에서 나는 듯한, 무어라 말할 수 없이 역한 냄새가 났다. 오후의 햇살도 바람도 비껴간 방의, 수년 동안 흐름이 정지되어 단단한 고체처럼 굳은 공기가 열린 문 앞의 나를 밀어냈다.

　방 밖에 서 있는 내 눈앞에 상처 입은 짐승이 떠올랐다. 웅크린 채 눈을 감고 있는, 이따금 보이지 않는 눈을 뜨고 썩어가는 상처를 핥는 흉측하고 거대한 짐승…… 진물이 흐르는 팔을 들어 보이며 희죽 찡그리듯 웃던 얼굴…… 끈끈한 공기를 밀듯이 뚫고 들어가 나는 방 한가운데 털썩 주저앉았다. 보이지 않는 짐승의 숨소리가 들렸다. 나는 기다렸다. 짐승이 모습을 드러내기를, 숨막히는 이 냄새가 나를 온전히 삼키기를.

　시린내가 짐짐 숨을 막을 듯 나를 조여왔다. 천식환자처럼 하아, 숨을 뱉는 내 입에서조차 그 냄새가 새어나왔다. 한 걸음 내디디면 밖이었고 그곳에는 찬 공기가, 폐부를 씻어낼 시린 공기가 있었지만 서서히 몸이 굳어진 나는 나란히 모은 두 발을, 깍지낀 손 안에 묻은 얼굴을 움직일 수가 없었다. 느그 삼촌이 보일라 놔줘, 소지(청소)해줘, 병들믄 수발해줘, 아, 형님이 살아온대도 그래는 못 할따. 외숙모의 목소리가 살아났다. 그 인간이 첨 나났을 직(적)에 느그 삼촌 놀란 얼굴 봤으믄…… 니도 놀라대? 그 사람 보이까네 뭐 생각키는 게 있더나? 갓난쟁일 때 일이라 캐도 말짱 잊어뿐 거는 아인 모양이제? 하기사 피는 못 속인다 카는 말이 백제(공연히) 있겠나…… 외숙모는 거기까지만 말하고 입을 다물었다. 명희의 이름을 입에 올리다 말고 갑작스레 생각났다는 듯 그 남자의 이야기를 꺼낸 외숙모였다. 내가 지금 이 얘길 와 하고 있노, 좋은 날에 니 맘 상하그로. 스스로 딱하다는 듯 숙모가 혀를 츳츳 찼다. 밖에서 누군가 안주인 어데 갔노, 하고 외숙모를 찾는 소리가 들렸다.

나는 아무것도 기억 안 나요. 내 말은 거짓이 아니었다. 내 기억 속에는 아무것도 남아 있지 않았다. 어두운 굴속 같은 방. 둘러앉은 사람들의 검고 커다란 등. 누군가 그 빛을 뚫고 들어와 나를 안았을 때 무리 중의 한 사람이 질러대던 기괴한 비명 소리. 그리고 냄새, 냄새, 냄새…… 니 낳을 때는 참 이뻤다. 외숙모가 말했다. 그녀의 목소리가 깊이 가라앉았다. 느그 어매가 니 배가주고 떨라꼬 벨 짓 다 했는데도 우째 그래 매꼬리하든동, 눕혀 놓으믄 방이 다 환했디라. 그런 아아가, 세상에 말도 마라, 어데 그런 몰골이 있겠노. 숯껌뎅이에, 숭악한 내미에…….

외숙모의 그윽한 눈이 건너왔다. 나를 다시 데려오던 날을, 그날의 이야기를 할 때의 외숙모는 언제나 저런 눈이었다. 그런 아이를 씻기고 입히고, 먹여 재운 여자의 여리고 순한 눈. 니가, 명희 혼인에 우째 왔는지 내 다 안다. 명희한테 다 들었다. 외숙모가 처연한 목소리로 말했다. 명희도 니한테 미안타꼬 카드라. 김서방이, 싫다 캐도 자꾸 만내자 카고, 니하고는 아무 상관 없다꼬, 그냥 한 직장에서 일하는 거뿐이라꼬…… 야야, 숙희야. 외숙모가 내 손을 잡았다. 쭈빗, 머리끝이 설 듯 소름이 끼쳤지만 나는 그 손을 뿌리치지 못했다. 살다 보면 벨일이 다 있는 벱이다. 일이 이래 됐으이, 우야 겠노. 아께 김서방 얼굴 봤제? 마, 다 잊어뿌라. 명희가 어데 일부러 그랬겠나…….

외숙모 말이 옳았을지도 몰랐다. 그애가 일부러 그러지는 않았을지도. 그를 처음 보았을 때, 나와 나란히 사무실을 나서던 그에게 새초롬한 눈길을 보냈던 명희. 친구냐, 고 묻는 그에게 짐짓 고개를 끄덕이며 내 팔을 잡던 명희. 그를 만나는 날이면 몇 번이고 거듭되던 그애와의 우연한 조우…… 명희도 맘 고생이 심했는갑 드라. 어젯밤에 가 그 얘길 하믄서 펑펑, 울어서 내가 혼이 났다. 신부가 눈이 부어서 우짜겠느냐고 암만 말겨도 어데 들어야 제…… 외숙모의 눈에 물기가 비치기 시작했다. 명희도 외숙모도 마르지 않는 눈물샘을 갖고 있었다. 내게는 없는 그것. 여서 뭐 하 노? 부엌에서 찾고 난리구마는. 누군가 방문을 왈칵 열어젖혔다. 그 사람을 바라보는 숙모의 입가에 거짓말처럼 배시시 웃음이 물 려 있었다. 우리 숙희가 뭔 일로 맘이 상해서…… 지가 와 안 그 렇겠노. 명희캉 둘이 오죽 친했디나. 섭섭어서 우짤 줄 모르겠능 모양이라…… 그래서, 심술 부리니라꼬 새신랑을 그래 째렸다 말 이가? 방 밖에 선 여자가 나를 쳐다보며 물었다. 외숙모의 눈에서 가득 차오른 눈물이 흘러내렸다.

짐승은, 방 주인은 나타나지 않았다. 만연이. 언제 마을에 들어왔 는지 알 길 없는 거지. 그를 보게 되면 무얼 어쩌자는 것인지 알 수 없는 채로 나는 그를 기다렸다. 벽 한쪽 못에 걸린 걸레 같은 바지를 향해 나는 물었다. 당신은 누군가. 왜 외삼촌은 당신을 돌 보는가. 돈 한 닢 도(줘). 하루 온종일 그 한마디만 한다는 당신은 정녕 바보인가. 어째서, 도대체 왜 당신의 냄새가 이토록 내게 익 숙한가. 그의 흐릿한 눈을 보듯 나는 바짓자락을 노려보았다.

발치 끝 비닐 장판이 살짝 들린 틈새로 지네 한 마리가 스멀스 멀 기어나왔다. 내 발치에서 꼬물대던 지네가 다시 들어간 그 사이 로 가무룩한 종잇장이 보인 듯했다. 장판을 들추어내자 가맣게 그을린 종이들이, 더러는 장판에 올라붙고 더러는 찰싹 바닥에 들러 붙은 채로 모습을 드러냈다. 수천 년 묵은 양피지처럼 곰삭은 만원 권, 오천원, 천원짜리, 혹 입김 한줄기에도 낱낱이 해체되어 날아갈 듯한 지폐들…… 그곳은 금고였다. 거지의 금고. 그게, 영 바보, 빙 충이 같아 보여도 셈 하나는 밝은 거라. 십원짜리 아홉 개 들고 와 서 백원 돌라카고 백원짜리 아홉 개는 천원캉 바까달라카는 거라. 아무한테나 그카는 게 아이고, 지가 맨날 가는 가게가 안 있나. 외 숙모의 빈정대는 눈이 떠올랐다. 안쪽으로 들어갈수록 까맣게 탄 지폐가 낱낱이, 형체를 알 수 없게 변한 채로 뭉텅이졌다 떨어져내 렸다. 달아오른 시멘트의 열기가 한 장 한 장 그것들을 굽고 있는 것을 알지 못한 채 거지 만연은 매일매일 구걸한 돈을, 셈껏 교환 해 모은 돈을 차곡차곡 집어넣었을 것이다.

나는 충동적으로 미친 듯 비닐장판을 끝까지 들춰냈다. 거멓게 타들어간 지폐 사이사이를 재빠르게 달아나는 지네의 무리. 마침 내 바닥이 남김없이 드러났을 때 나는 곰팡이 진 장판 위에 주저 앉아 토하기 시작했다. 욕지기가 그치지 않고 나를 뒤흔들었다. 엎 어진 요강에서 흘러나온 배설물과 토사물이 흥건한 바닥 위로 내 안의 모든 것이 울컥울컥 솟구쳐 올라왔다. 붉고 탁한 핏덩이 하나 를 게워냈을 때 내 눈에서 천천히 눈물이 흘러내렸다. 거지처럼, 벙어리처럼 살았던 날들이 부연 시야에 떠올랐다. 그 누구도 겁내 지 않고, 아무것도 바라지 않던 날들. 단 하나 바랄 수 없는 것을 품었을 때의 그 고통스럽던 기억. 숯처럼 검게 그을은 시간들…….

실핏줄까지 말갛게 비워졌을 때 나는 흐느적거리며 일어나 방을 둘러보았다. 내 묵은 욕망의 찌꺼기. 덩어리 진 토사물 더미 위로 모로 쓰러진 성냥통과 성냥 알갱이들이 흩어져 있었다. 나는 벽에 걸린 바지를 벗겨내고 떨리는 손으로 불을 붙였다. 불은 조용히, 탐스럽고 아름다운 기세로 타들어갔다. 바짓자락의 불길이 벽을 타고 오르는 것을 확인하고 나는 방문을 꼭 닫았다. 닫힌 방 안에서 타닥타닥 불길이 번지는 소리, 울부짖는 짐승의 소리가 들렸다. 지폐들이, 굼실대던 수많은 지네들이, 그 위에 쏟아낸 내 토사물이, 버려진 날들과 버림받은 시간이 남김없이 재가 되는 소리……

산 어룽이 외딴 곳의 불길을 누군가 보았는가, 멀리서 사람들의 기척이 들렸다. 사람들의 모습이 보이기 전에 나는 돌아서서, 처음 떠나던 날처럼 맹렬히 달리기 시작했다. 언덕을 넘고 산을 오르고 멀리 기차의 바퀴 구르는 소리가 들릴 때까지.

불륜의

모든 것을 토해내고, 모든 것을 물로 흘려내도 내 안의 냄새는 가시지 않았다. 도둑고양이처럼, 정 선생처럼, 현미 엄마처럼, 충격요법을 충격적으로 받아들인 그의 아내처럼 그것은 절로 움직이는, 살아 있는 물체였다. 내 숨 끝에 달라붙어 나를 숨쉬게 하는, 혐오스럽고 두려운, 그러나 친근해진 물체.

방식

"선생님 같은 분이 동참해주셔야지, 안 그래요?"

현관 안으로 들이민 한 발이 완강했지만 여자의 말투는 지극히 상냥했다. 일요일 아침. 잠결에 들은 초인종 소리에 응답을 한 순간, 부녀회장이라는 말에 선뜻 문을 연 그 순간 휴일의 평온은 여지없이 깨어졌다. 부녀회라는 것이 사람을 설득하는 방법을 연구하는 모임이 아닐까 싶을 만큼 여자는 끈질겼다. 예의 바르고 친절하게, 단호하고 절제된 어조로 여자는 내가 동참해야만 하는 이유를 또 한번 설명했다. 하나님을 찾는 모든 사람들이 예배에 열중한 사이, 조잡한 유인물을 디밀며 또다른 하나님을 이야기하는 수상쩍은 종교의 전도사처럼 여자의 얼굴에 알 수 없는 열기가 가득했다.

"저기…… 실은 오늘 일직(日直)이에요. 곧 학교에 가봐야 되거든요."

여자의 얼굴에 낭패감이 스쳤다. 일직이라는, 휴식의 기대를 통째로 삼키는 그 괴물이 바야흐로 휴일의 안식을 되찾게 해주는 순간이었다. 슬그머니 문 밖으로 발을 빼며, 안타깝기 그지없다는 표정으로 돌아서는 여자의 등뒤로 문을 닫으려는 찰나 여자가 아참, 하며 문을 부여잡았다.

"나중에 연판장 돌릴 때 사인이라도 꼭 해줘요. 이따가 진정서 한 부 갖다 드릴게. 이상한 부분이 없나 점검도 좀 해주시고."

"그럼요, 그쯤은 당연히 협조해야죠. 어려운 일을 맡으셔서, 고생 많으세요."

여자를 보내기 위해서라면 무슨 말인들 못 할까, 나는 한껏 친절해졌다. 안녕히 가시라는 인사까지 덧붙인 후 문을 닫고 막 방 쪽으로 한 걸음 떼려는 순간 저기, 선생님, 하고 여자가 문을 두드렸다. 나는 심호흡을 두 번 하고 눈곱 낀 눈 가득 웃음을 띠고 문을 열었다.

"이거, 흔들면서 구호 외칠 거거든요. 출근하시는 길에 들러보기라도 해주세요."

여자가 내민 흰 수건 한 장을 받아들고 서서 나는 계단을 내려가는 여자의 등을 눈으로 꾹꾹 누르듯 노려보았다. 잠은 이미 말끔히 달아나 있었다.

오리 아파트 주민 대책위원회. 수건 아랫단의 글자가 눈을 찔렀다. 여자의 완강한 말투처럼 선명한 검은빛의 글자에서 짙은 잉크 냄새가 풍겼다. 그러니까, 우리가 우리 권익을 찾아야지요, 안 그래요? 그냥 이대로 악취 속에서 살 수는 없지 않겠어요? 후각이 마비될 지경인데 가만히 있으면 누가 알아주겠어요? 아이를 달래

듯 사분사분 늘어놓던 여자의 말이 되살아났다. 나는 수건을 내려놓고 커피 메이커에 원두를 넣었다. 잉크 냄새를 지우며 기분 좋은 너트 향이 피어올랐다. 부엌의 작은 창으로 저 아래, 아파트 광장을 가로지르며 걸어가는 사람들이 보였다. 저마다 손에 든 흰 수건이 햇살을 받아 발광체처럼 희게 빛났다. 남의 일이 아닌데 뒷짐지고 있다 혜택이나 입는다면, 그 마음이 편하겠어요? 미안하지 않겠어요? 부녀회장의 수다한 말들이 떠올랐지만 나는 전혀 미안하지 않았다. 휴식을 반납한 저 사람들처럼 나도 권익을 잃었을지도 몰랐다. 맑은 공기를 마실 권리. 악취에서 벗어날 권리. 그러나 나는 권익을 되찾고 싶은 생각 따위는 조금도 갖지 않았다. 냄새 같은 것은 아무래도 상관없다는 것이 아니다. 쓰레기 매립지 위에 건설된 아파트. 파내도 파내도 끝이 없는, 사방 어디에도 쓰레기뿐인 곳에 세워진 아파트에 입주하면서 사람들은 어떤 향기를 기대한 것일까. 몇 겹의 흙더미, 자갈과 시멘트로 그 악취를 영원히 봉할 수 있다고 믿은 것일까.

휴일의 학교는 이상하다. 벽마다 총총한 발전하는 우리 학교, 쓰레기 분리수거의 중요성, 한국의 민물고기, 우리가 알아야 할 우리 꽃 따위의 사진들. 아무런 현실감 없는 사진들이 음충한 빛으로 번득이는 복도는 덜 마른 걸레 냄새로 가득 차 있었다. 누군가 잊고 간 우산이 먼지를 뒤집어쓴 채 꽂혀 있고 외짝의 실내화가 빈 신발장에 덩그러니 놓여 있는 그곳은 단 하루 비어 있을 뿐인데도 오래 잊혀진, 버려진 건물 같았다.

"전화해서 귀찮았지? 미안, 그렇지만 자기도 심심했지?"

교무실 문을 열자 정 선생이 예의 코맹맹이 소리로 나를 맞았다. 노란 셔츠에 감색 조끼, 그녀는 막 광고에서 빠져나온 사람처럼 경쾌해 보였다. 스물아홉, 아직은 생머리가 어색하지 않은, 몸에 착 달라붙는 검은 진 바지를 망설임 없이 입을 수 있는 나이.

"사실은 조금 있다 누가 올 거야. 그래서 자기가 같이 있어줬음 해서 전화했지."

누가, 라고만 했지만 나는 대뜸 그녀의 말을 알아들었다. 정 선생의 남자. 지난달 이래 시시때때로 내게 이야기하던 남자를 오늘 비로소 보게 될 것이었다. 어제 보랏빛 셔츠를 샀어. 그 사람은 그런 색이 어울리거든. 한국 남자치고는 얼굴이 흰 편이야. 게다가 무척 말랐어. 양호실에서, 함께 점심을 먹은 여선생들이 잠깐 자리를 비운 사이 내게 중대한 비밀을 털어놓듯 속삭이던 정 선생이 며칠 후 셔츠에 어울릴 근사한 회색 넥타이를 샀다는 것, 그 셔츠에 그 넥타이를 맨 그 남자와 강이 보이는 곳에서 랍스터를 먹었다는 것, 그 사람의 신용카드가 웬일인지 승인이 떨어지지 않았으므로 정 선생이 계산을 했지만 자신은 그런 일에는 전혀 신경 쓰지 않는다는 것…… 따위를 나는 알고 있었다. 비밀을 털어놓을 때 그녀의 음성은 낮았고 눈은 은밀한 빛으로 반짝였다. 보물을 가진 아이가, 아무에게도 자랑할 수 없는 보물을 숨긴 아이가 단 한 사람 그 사실을 알아차린 이에게 보이는 눈빛.

나, 어제 자기 차 봤다. 그날 정 선생이 그렇게 속삭였을 때 나는 바보처럼 멀뚱히 그녀를 쳐다보았다. 느닷없는 친밀감, 그리고 자기, 라는 호칭 때문이었다. 고작 세 살 아래였지만 무용과 국어라는, 과목의 거리만큼 그녀는 나와 뜨악한 사이였다. 점심시간이면 양호실파와 상담실파, 과학실파로 나뉘는 여선생들. 그녀는 양호실파였으며 나는 그 사이를 오가는 처지였다. 그날 나는 양호실에 있었다. 늘 그랬듯이 배달시킨 음식을 나누어 먹고 난 후 양호 선생은 끓는 물을 부어 커피를 타고 있었으며 누군가 먹은 그릇들과 신문지를 치우느라 분주했고 벌써 치약을 묻힌 칫솔을 입에 문 선생도 있었다. 내 차라니?라고 묻기 전에 그녀가 또 속삭였다. 나중에, 나중에 얘기해요.

오후 수업은 잘 진행되지 않았다. 나는 자주 말을 놓쳤고 그런 후에는 내가 하던 이야기를 전혀 떠올릴 수가 없었다. 몇몇 아이들이 의아한 눈으로 나를 바라보았다. 다른 아이들은 기회를 놓치지 않고 잡담을 늘어놓기에 여념이 없었으며 점점 소란스러워지는 와중에도 고개를 꺾은 채 잠든 아이도 생겨났다. 나른한 날이었다. 열린 창 밖에서 연초록의 뾰족한 잎들이 채 떨어지지 않은 꽃들을 밀어내며 솟고 있었다. 흰 체육복을 입은 학생들이 운동장을 가로질러 달려왔다. 그 뒤에서 빨간 모자를 쓴 정 선생이 걸어오다 나를 향해 손을 흔들었다. 선생님. 종쳤어요. 누군가 길게 소리를 질렀다.

나, 자기 차 봤다. 그녀의 은밀한 목소리가 내 귀를 떠나지 않았다. 양수리 어귀. 붉고 푸른 은폐용 플라스틱 띠들이 줄줄이 늘어진 주차장 입구. 그 한구석에 서 있던 내 차를 그녀가 어째서 알아보았는지, 추리하는 일은 어렵지 않았다. 그녀의 뜬금없는 친밀감도. 정 선생이 종례와 청소 따위의 일에 잡혀 있을 시각에 나는 교무실을 빠져나왔다. 그녀가 보았다는 내 차. 낡고 허름한 잿빛의 차가 거기 서 있었다. 군데군데 생채기가 난 차가 전에 없이 싫어져서 나는 거칠게 차를 몰았다. 함부로 끼여들고 차선을 바꾸는 동안 차는 그륵, 소리를 내며 주인의 부당한 화풀이를 비난했다. 수도 없이 빵빵 소리를 들은 후 누군가 경광등을 번쩍이다 내게 욕설을 퍼부으며 지나간 후에야 나는 비로소 차분해졌다. 누군가 내 차를 보았다고 말해주었다는 사실이, 이제야 내가 모텔을 드나드는 여선생임이 드러났다는 것이 묘한 안도감을 주기까지 했다. 어쩌면 그 많은 생채기들이 날 동안 누구도 내 차를 알아보지 못했다는 사실이 오히려 신기한 일일 수도 있었다. 그 누군가가 정 선생이었던 것이 내게는 불행이었음을 그때 나는 알지 못했다.

그날 밤늦게 전화를 걸어온 정 선생은 취해 있었다. 왜 그냥 갔어요? 나 할 얘기가 있었는데. 응석부리는 아이처럼 몇 마디 늘어놓던 정 선생이 급기야 쿨쩍거리기 시작했다. 나, 정말 놀랐어요. 자긴 도덕파인 줄 알았거든. 나 같은 사람이랑 다를 줄 알았거든. 그러면서도, 미안해요, 사실은 반가웠어. 나, 정말 힘들거든요, 요즘에. 집에선 자꾸 결혼하라고 하는데 이 남자랑 헤어질 생각은 전혀 못 하겠거든요. 그러면서도 어쩐지 달라진 것도 같고…… 횡설수설하던 정 선생이 아이, 내가 취했나 봐, 하면서 전화를 끊은 것은 자정이 지난 무렵이었다. 여자들과 남자들이 모텔을 떠나 집으로 돌아갈 시간.

정 선생의 남자는 오지 않았다.

"이 사람이, 원래 약속시간을 잘 안 지켜. 착한 사람들이 대개 시간관념이 없잖아?"

시계를 힐끗 쳐다본 정 선생이 변명처럼 말했다. 정오가 지나 있었다.

"내가 잘못했지, 뭐. 휴일 아침에 만나면 어떤 기분일지, 알고 싶어서 무리하게 약속을 했거든."

휴일에는 만날 수 없는 사람을 사랑하는 여자에게 걸맞은 슬픈 눈, 그런 눈에 어울리는 가라앉은 목소리로 정 선생이 내게 물었다.

"자긴 이해하지? 그런 거, 있잖아. 다 차지할 수 없다는 거, 원래 알고 있었으면서도 이따금 욕심이 나는 거, 투정부리고 싶은 거."

그녀는 바야흐로 비극의 주인공이 될 준비중인 모양이었다. 찰랑거리는 머리카락을 손가락으로 빗어내리며 긴 한숨을 내쉰 정 선생이 온전히 내 것일 수 없는 사람, 안타깝다고 말하기에도 너무 안타까운 거, 그런 거 있잖아, 하고 연극적인 대사를 시작했다.

"내가 있지, 그 남자한테 그랬어. 만약 부인이 알게 되면 어쩌겠느냐고. 유치한 질문이지? 내가 원래 유치 빼면 시체잖아."

깔깔거리며 재밌어 죽겠다는 듯 웃던 정 선생은 어느 순간 진지한 기색을 회복하고 말했다.

"그래도 너랑은 헤어질 수 없다, 너 없는 내 삶은 상상할 수 없다, 뭐 이런 답을 기대할 정도로 바보는 아니지만 알고 싶었거든. 그런데, 이 그 남자가, 이러는 거야. 그 여잔 평생 가도 모를 거야. 내게 아무런 관심이 없는 여자야. 아, 정말 충격이었어. 그 남자 눈이, 너무 슬펐던 거 있지."

충격과 슬픔을 한꺼번에 표현하느라 정 선생의 긴 속눈썹이 바르르 떨렸다.

"그 남자가 내게 처음 다가왔을 때도 그랬어. 그런 거 뭐라고 하잖아, 왜. 화두? 그래, 그 남자가 내게 준 화두가 슬픔이었어."

화두? 나날이 가용 어휘가 달라지는 그녀를 나는 놀라운 눈으로 바라보았다.

"내가 얘기했지? 그 사람 처음 만난 날. 아니, 처음 본 건 아니고 맨 처음 말을 걸어왔던 날."

그 남자, 마흔 살의 중견 실업가. 집 근처의 빵집에서 그 남자가 처음 말을 걸어온 날, 그날은 그녀의 스물일곱번째 생일이었다. 축하해줄 남자친구는 군대에 있었고 저녁을 사겠노라 한 두 명의 친구는 차례로 전화를 걸어왔다. 때마침 생긴 피치 못할 사정. 그 모든 것이 운명, 이었다고 그녀는 말했다. 귀가길에, 그냥 들어가기엔 너무 쓸쓸했던 그녀는 불이 환한 빵집에서 예쁜 케이크를 골랐다. 빨간 딸기가 시럽에 묻혀 생생한 빛으로 빛나는 생크림 케이크를 포장하던 종업원이 물었다. 초는 몇 개 드릴까요? 스물일곱 개. 폭죽은 필요없어요. 그 말을 하면서 그녀는 무척 슬펐으며 그 순간 그 남자가 말을 걸어왔다. 생일인가 보죠? 긴 바게트를 골라 들고 있던 그 남자를 그녀는 몇 번인가 본 적이 있었다. 늦은 밤 비디오 가게에서, 혹은 세탁물을 맡기러 간 길, 혹은 아파트 앞 잡화점, 혹은 퇴근길 차를 세우다가, 혹은, 혹은…… 그럴 때 그가 늘 혼자였다는 사실을 상기해낸 그녀가 자축이라도 하려고요, 라고 말한 순간 몹시 쓸쓸한 표정을 지은 남자가 천천히 말했다. 혼자 케이크를 자르는 건 너무 슬프지요.

"그 남자를 보고 있으면 세상 모든 것이 슬프게 느껴져."

정 선생은 모른다. 모든 다른 사랑처럼 불륜에도 슬픔이라는 양식이 필요하다는 것을. 슬픔은, 불륜을 불륜답게 만드는 절대적인 자양분임을. 더 슬플수록 사랑의, 불륜의, 늪이 깊어간다는 것을.

"진짜 괴물이야. 그 남자 부인 말야. 어제도 집 앞 가게에서 봤는데, 수입상품 가게에 모이는 동네 아줌마들 있어. 거기 끼어서 수다떨고 있는 거 있지. 추리닝 바람에 맨발에, 어휴, 그 바지 색깔을 자기가 봤어야 되는데. 저녁 지을 시간인데 어쩜, 그러고 있니. 애도 둘이나 있거든. 일곱 살, 아홉 살. 걔네들도 꼴이 말이 아냐. 정말 귀여운 애들인데."

그 남자 아내의 험담을 시작할 때 정 선생의 목소리는 아연 활기를 띤다. 전형적인 조강지첩형. 정 선생 스스로의 분류법에 따르면 그녀는 조강지처를 두지 못한, 악처에 시달리는 남자의 안식처, 조강지첩이었다.

"자기 얘기도 좀 해봐라. 어쩜 그렇게 시치밀 떼냐. 자길 보면 남자 따위에는 아무런 관심도 흥미도 없는 사람 같잖아. 누가 자기더러 연애하는 여자라 하겠어? 자긴 그러니까 내숭형이야. 그 남자 직업이 혹시 교수나 뭐 그런 거 아냐? 어떻든 전문직이지?"

어때, 내 말이 맞지? 하는 듯 느긋한 표정으로 정 선생이 나를 바라보았다. 뒷걸음질로 닭 잡는 소. 느릿느릿 늘어놓는, 의미가 통하지 않는 문장이 때로 촌철살인의 날카로움을 발하는 것은 참으로 놀라운 일이었다. 정 선생의 추측에 의하면 나의 남자는 교수이거나 연구원 등등의 직업을 가진 인텔리이며 아내는 완벽한 조건을 갖춘 미인일 것이며 미술 또는 음악을 하는 딸이 있을 것이고 아내와는 음악회나 전람회 따위를 다니는 문화인이지만 나와는 영화관람조차 하지 않는 무덤덤한 사람일 것이고……

"그런 남자가 왜 바람을 피겠어?"

"어머. 자긴 여태 모르는구나. 그런 남자일수록 혼외정사에 휩쓸릴 확률이 높아. 그런 사람은 대개 자기처럼 전혀 외모에 신경 안 쓰는 여자, 심지어 못생긴 여자를 만나는 거야. 왜냐하면 내가 구하는 것은 외적인 아름다움이 아니다, 고 스스로 착각하고 싶거든. 그리고는 진실한 사랑에 중요한 것은 이것뿐이라는 듯 섹스에 몰두하는 거야. 변태일 확률이 높다고 할 수 있지. 말하자면 이중의, 그거 있잖아, 뭐라고 하지? 그래, 이중의 허위의식이지."

나는 참지 못하고 피식 웃음을 흘렸다. 단어 하나하나를 신중히 선택하며 불륜의 사회학을 설파하는 정 선생은 영락없는 사회학자였다.

"이제 보니 정 선생, 전문가 뺨치겠어. 아예 그 방면으로 나서지 그래?"

내 말 속의 가시를 보지 못한 정 선생이 상그레 웃음을 지었다.

"아픈 만큼 성숙해진다, 그거 맞는 말이야. 난 이 남자 만난 거 절대 후회 안 해. 그저 시시한 남자애들 만났어봐. 내가 이런 생각들을 했겠어? 불행한 사랑을 하는 여자는 가끔 턱없이 유식해지기도 하는 거야. 사회의, 그 뭐냐, 이면을 보는 눈이 생기는 거지. 알고 보면 산다는 일은 정말 슬픈 거야."

스러지는 빛처럼 그녀의 얼굴에서 천천히 웃음기가 걷혔다. 그녀는 갑자기 나이들어 보였다. 삶의 뒤안길에 쓸쓸히 늙어가는 노파처럼 추연한 눈빛의 그녀가 오늘의 결론은, 하고 말했다.

"알고 있겠지만 자기 남자 같은 이들은 절대로 가정을 버리지 않아. 불륜의 상대로는 어쩌면 최상일 수도 있지. 양쪽 다 가정이 있는 경우에 말이지만."

말을 마친 정 선생이 아아, 봄날은 정말 싫어, 하며 길게 기지개를 폈다. 모래를 실은 바람이 운동장을 가로지르며 몰려왔다.

손가락을 움직이듯, 눈꺼풀을 깜박이듯 내 몸의 모든 기관들을 자유로이 움직일 수 있다면 나는 가장 먼저 심장 박동수를 줄일 것이다. 일 분에 팔십 회쯤으로, 다시 일흔다섯, 일흔, 그리고 예순으로 낮아지고 심장 스스로도 느끼지 못할 만큼 시나브로 정지할 때까지. 혈압이 비정상적으로 치솟을 때면, 뒷덜미 안의 핏줄이 누군가 잡아당기는 듯 뭉쳐질 때면 매번 나는 내 몸이 나를 거부하는 듯한 절망감에 빠지곤 한다. 마음을 가라앉히고 몇 잔의 물을 마시고 면벽하고 앉았어도 한번 기세가 오른 혈압은 좀처럼 떨어지지 않는다. 음주도 흡연도, 육식조차 즐기지 않건만 언제나 평균치를 웃도는 콜레스테롤의 수치. 선천성인가 하면 그건 아니었다. 120~160. 그가 전화를 걸어왔을 때 나는 막 혈압계의 수치를 확인하던 중이었다.

"약이 떨어졌을 텐데."

그는 의사다웠다. 환자의 상태를 보지 않고도 정확히 짚어낸다.

"오늘은 늦었고, 내일 들르지. 미리 준비해둘게."

"괜찮아요. 어떻게, 버텨볼 작정이에요."

목소리가 강경하게 들리기를 바라는 내 마음이 너무 굳어 있었을까, 그가 웃는 소리가 들렸다.

"내가 그랬잖아. 혈압약은 한번 복용하면 죽을 때까지 먹어야 된다고. 어떻든 한번 들러. 얼굴이나 보게."

그의 목소리는 변함없이 상냥했다. 전화를 끊고 난 후에도 한동안 그의 나직한 목소리가 귓가를 떠나지 않았다. 순조로운 맴돌기를 하지 못하는 피들이 몸 곳곳에서 아우성을 치는 소리가 들렸다. 열이 오르고, 몸이 둥실 떠오르는가 하면 한없는 나락으로 떨어지는 느낌이 들기도 했다. 전화기가, 그 옆의 화분이, 그 아래의 바닥이, 나를 둘러싼 공간이 비현실적인 것으로 여겨지는 것도 그 순간이었다. 혈압이 오르면 내 몸이 그렇듯 나는 그에게, 그리고 내게 일어난 그 모든 일들이 꿈처럼 여겨지는 것이었다. 기억조차 나지 않는, 다만 생생한 공포로만 남아 있는 불쾌한 꿈. 그러면서도 결코 헤어날 수 없는 무엇.

그가 처음 내 몸을 만졌을 때, 그때 그 느낌이 그랬다. 초음파 검사를 위해 내 배 위에 젤을 바르고 무언지 알 수 없는 기구를 든 그의 손이 마사지하듯 배 위에 둥근 원을 그리기 시작했을 때, 전기 오른 듯 찌릿한 느낌이 배꼽을 타고 빠른 속도로 아래로 번져나갔다. 그에게 벗은 몸을 보인 것이 처음은 아니었다. 발가벗고 먹 감던 시절, 서로 야윈 궁둥이를 본 적조차 있는, 언제나 오빠처럼 대했던 그의 손이 불러낸 그 느낌은 근친간의 음욕처럼 몹시 수치스러웠다. 모니터를 들여다보던 그가 됐어, 이제 일어나도 돼, 라고 말하며 칸막이 저편으로 나갔을 때까지도 나는 여전히 수치감을 떨쳐내지 못했으며 진찰대 옆의 화장지로 배 위의 젤리를 닦아내고 옷을 추스를 즈음에는 스스로가 마치 손님을 치른 창녀처럼 여겨지는 것이었다. 너, 약 먹어야겠다. 칸막이 너머에서 그가 말했다. 혈압이, 심각할 지경이야. 몸의 균형이 깨져서 소화도 뭣도 다 안 되는 거지. 그는 처방전을 갈겨쓰다 말고 회전의자를 좌우로 돌리며 나를 쳐다보았다. 몸만이 아냐. 심리적으로 불안해져서, 막 화가 치밀고, 갑갑하고, 너 그렇지, 요즘? 그가 약올리듯 빙그레 웃었다. 멀쩡하던 혈압이 왜 그처럼 올라가는지 다 알고 있다는 표정이었다.

서른이 지날 때까지, 그때까지도 네게 아무런 일이 일어나지 않는다면 나랑 결혼하자. 오빠와 단둘이 자취하던 방을 무시로 드나들던 그가 어느 날 그렇게 말했을 때 그 말은 지나친 농담, 혹은 악담처럼 들렸다. 나는 스물세 살, 막 임용된 신출내기 교사였다. 아이들은 사랑스러웠으며 동료들은 친절했다. 차 한 잔만으로도 몇 시간을 보낼 수 있는 친구가 있었으며 내 보살핌을 필요로 하는, 다림질해둔 옷을 입을 때면 정겨운 눈으로 나를 보는 오빠가 있었다. 나는 아이들 모두를 공평하게 대했으며 내 주변의 누구에 관한 험담도 하지 않았다. 교재연구에 밤을 새고, 인사동, 무명화가의 전시회를 돌며, 빳빳한 팜플렛이 책꽂이 한 칸을 메울 만큼 연극을 보는 사이 성긴 바구니의 모래처럼 시간이 빠져나갔다.

작은 키, 얽은 얼굴, 송곳 꽂을 땅뙈기 한 평 없는 부모. 내과의라는 간판이 가진 것의 전부인 그에게 여자가 생겼을 때 나는 스물아홉이었다. 미대 출신의, 아름답기까지 한 여자가 집과 차와 또 다른 것들과 함께 그에게로 올 때까지 내게는 아무런 일도 일어나지 않았다. 그가 결혼하던 날, 오빠와 올케언니와 함께 식장을 빠져나오던 순간부터 나는 어지러웠다. 몇 차례 약을 지어주던 동네 약사가 아무래도 몸살 같지 않다며 혈압계를 꺼낼 때까지 나는 내 문제가 무엇인지조차 알지 못했다. 140~180. 그래, 이거였어. 약사가 밝은 얼굴로 나를 바라보았다. 고혈압과 편두통. 그것은 누구도 미워하지 않고 아무도 특별히 사랑하지 않았던 시간을 보낸 날들의 형벌 같았다.

　세번째 약을 타러 갔던 날 그가 말했다. 너, 좀 있다 나랑 같이 나가자. 니네 동네에 볼일이 있거든. 그는, 그러나 내가 사는 동네로 차를 몰지 않았다. 무슨 일이 일어날 것, 이라는 예감이 든 순간부터 혈압이 빠른 속도로 상승하는 듯했다. 너, 안 되겠다, 잠깐 차 좀 세울게. 어둠 속에서도 내 숨소리를 감지한 그가 차를 몰아 내려간 곳은 고수부지였다. 불을 끈 차들. 저마다 다시는 움직이지 않을 듯 서 있는 차들 안에 사람들이, 도둑고양이처럼 소리내지 않는 사람들이 있었다. 어둠 저편, 강 위에 흔들리는 불빛이 어지러웠다.

　혈압 강하제를 복용하면서 나는 몸이 불었다. 아침이면 긴 밤의 삭이지 못한 욕망의 흔적처럼 얼굴이 부석부석 부어올랐다. 이뇨제를 좀 쓰지 뭐. 그의 처방에 따라 이뇨제를 먹기 시작한 후 부기가 가라앉은 대신 얼굴 곳곳에 흰 비듬 같은 각질이 생겨났다. 원래 혈압은 만병의 근원이야. 비타민제를 처방해주며 그가 말했다. 한 옴큼의 알약, 그것들을 소화시키기 위한 액체 위장약을 건네주며 그가 덧붙였다. 빼먹지 말고 먹어. 좀 괜찮다고 안 먹으면 점점 강한 약을 써야 되거든. 충격요법이 필요하면 언제든 말해. 그가 얽은 얼굴을 일그러뜨리며 웃었다.

　그의 충격요법이 효력이 있었을까. 그는 다감한 사람은 아니었다. 나를 만나면 외진 곳으로 가기 위한 외곽도로에 접어들 때까지 그는 말없이 정면을 응시하며 차를 몰았다. 오직 그곳으로 가는 일만이 중요하다는 듯 운전에 열중하던 그는 도시 초입에 들어서면 다변이 되었다. 처음 그와 서울을 벗어나던 날, 가평 휴게소라는 간판이 보일 때까지 나는 그곳이 목적지임을 알지 못했다. 그는 마치 토박이인 듯 그 작은 도시의 구석구석을 알고 있었다. 가평에서 두 시간을 머무는 동안 나는 그곳이 잣의 명산지임을, 휴게소에서 산 과자가, 호두과자와 똑같은 겉모습 속에 작고 단단한 잣들을 품고 있음을, 잣의 판로 촉진을 위해 해마다 잣 아가씨를 뽑는다는 것을, 가을이면 잣 아가씨라는 어깨띠를 두른 여자들이 한복자락을 날리며 차 앞으로 다가온다는 것을 알았다. 그애들이 내미는 바구니 속에 과자가 잔뜩 담겨 있는데 말야. 한 입 깨물면 잣이 실금 씹히는데 말야, 그 기분이 기가 막혀. 약간 쌉쌀한 맛도 맛이지만 말캉한 속엣것을 씹을 때 때맞춰 개네들이 쌩긋 웃으며 쳐다보거든. 그렇게 말하는 그의 입에서 비릿한 냄새가 났다.

가평이 그랬듯 양평, 춘천, 여주…… 그와 거친 도시들은 내게 다른 얼굴로 다가왔다. 매 학기 시작 무렵, 귀경길, 중앙선 기차를 타고 양평에 이르면 보이던 풍차 달린 카페. 그 풍차는 내게 긴 여행이 끝났음을 알리는 표지였다. 창 저편에 풍차가 나타나면 오빠와 나는 예천의 어머니를, 어머니를 속인 사소한 거짓말들을 떠올리며 계면쩍어했다. 그리고 새학기의 각오를 다지는 착한 오누이…… 양평에서, 그가 풍차를 힐끗 보며 유원지마다 물레방아, 풍차 따위의 장식이 흔한 이유를 설명했을 때 빙빙 도는 풍차에서는 더이상 따뜻한 느낌이 나지 않았다. 불온하고 혼란스러운, 그러나 살아나게, 펄럭이게 하는 바람. 그 바람을 몰고 오는 풍차…… 그런 이야기를 듣는 동안 뒷덜미가 묵직한 느낌은 거짓말처럼 사라지고 산들이, 거리들이 말갛게 씻긴 듯 눈앞으로 다가들었다. 너무 짙은 컬러사진처럼, 선명해진 세상을 뒤로 하고 서울로 돌아오는 길, 그의 침묵이 깊어질수록 내 속의 피들은 불손하게 움직이기 시작했다. 운전석을 내게 넘겨준 그가 후미진 골목 한쪽에 세워두었던 자신의 차로 걸어가면, 그의 여윈 어깨를 보고 있노라면 탁탁 소리가 들릴 만큼 관자놀이의 핏줄이 빠르게 뛰었다.

"어디 안 좋으세요? 이 선생 안색이 영 그런걸?"

교감의 목소리가 여느 때 없이 친절했다. 이마를 짚었던 손을 떼고 몸을 바로 하는 나를 그가 염려스러운 눈으로 쳐다보았다.

"어쩌지? 오늘 수고 좀 해주셔야겠는데."

특별활동 발표회 전의 리허설에 내 감독이 필요하다고 교감이 말했다. 나는 사물놀이반의 지도교사였다.

"명예교사가 열정적으로 지도해주지만 교외로 나간 만큼 누가 가봐야 되지 않겠어요? 거의 끝나갈 거예요. 좀 있다 가서 애들 보내고 뒷정리만 좀 해주세요."

"뒷정리도 다 알아서 해주실 거예요. 저희 명예교사는 특별하잖아요."

교감이 못마땅한 얼굴로 혀를 끌끌 차며 그러지 말고 어서 가보라는 듯 손사래를 쳤다.

"자기도 그 여자 만나기가 싫은 거지?"

교감이 사라지자마자 내 곁에 다가온 정 선생이 속삭였다.

"그 여잔, 틀림없어. 뭔가 다른 게 있는 거야. 자긴 얘기 못 들었지? 다들 그 여자를 푼수 취급하는 거 모르지?"

"뭐야, 또. 제 신명나서 일하는 사람을 왜 그래?"

혈압이 오르면 으레 그렇듯 내 목소리가 높아지고 몇몇 선생들이 우리 쪽을 돌아보았다. 사물놀이반의 명예교사, 현미 엄마에 대한 소문을 모르지 않았지만 나는 짐짓 엄한 목소리로 정 선생을 나무랐다.

"잘 알지도 못하면서 그러지 마. 그냥 순수하게 받아들여봐, 좀."

"순수?"

정 선생의 혀가 뱀처럼 빠르게 나왔다 들어갔다.

"내가, 무용 선생 아냐. 어쩌다 체육실에 들르면 그 여자가 거기 떡, 앉아 있는 거야. 특활 없는 날에도 말야. 뭐, 말로야 그러지. 사물놀이 기구들, 그거 거기 보관하잖아, 그것들 손보러 왔다고. 멀쩡히 잘 있는 꽹과리 한번 쩽 두들기면서."

정 선생의 눈이 세모꼴로 변했다.

"김 선생, 새로 온 체육 선생 말야, 그 선생 말이 그 여자가 걸핏하면 거기 와서 담배 한 대 달라 한다는 거야. 떨떠름한 얼굴을 하면 뭐, 술은 권하면서 담배는 왜 안 되느냐, 담배는 기호식품이다, 여성도 기호를 즐길 권리가 있다, 이러면서 푼수를 떤다는 거야. 교감은 모르는 줄 알아? 교무주임, 학생주임, 다 안다니깐. 어쩜 교장도 알걸? 선생들 몇이 그 여자랑 대성린가 어디 놀러까지 갔대잖아."

정 선생의 목소리가 찰진 반죽처럼 엉겨붙었다. 더이상 참지 못한 내가 정색을 했다.

"정 선생."

단지 부르기만 했을 뿐인데도 정 선생은 담박 풀이 죽었다. 애꿎은 꾸중을 들은 아이처럼 억울한 눈으로 나를 보던 정 선생이 기어이 한마디 덧붙였다.

"이건, 푼수형 불륜의 전형이야. 내 말이 틀린가 어디 두고 봐."

컴퓨터, 꽃꽂이, 영어회화 등등의 특별활동 시간을 책임지는 학부모들, 명예교사라는 이름으로 불리는 그들은 말 그대로 명예만을 위해 봉사하는 사람들이었다. 학기초, 교사라는 호칭에 끌려 눈을 빛내며 학교를 찾던 명예교사들이 여느 선생들과 다름없이 흐릿한 눈으로 교실 벽의 시계만을 쳐다보는 데는 채 두 달이 걸리지 않았다. 매 학기 새로운 명예교사를 찾기에 골몰할 때면 지도교사들은 부러운 눈으로 나를 쳐다보며 말했다. 자긴 좋겠다, 붙박이 있어. 무려 오 년째 사물놀이반을 지도하는 현미 엄마를 사람들은 붙박이라 불렀다.

처음 사물놀이반을 맡았을 때 조금 배웠다, 며 장고채를 잡는 폼이 예사롭지 않았을 뿐 그녀는 그저 얌전한 학부형이었다. 다만 그녀는 지나칠 만큼 열심이었다. 텁텁한 목소리, 남자처럼 퍼질고 앉아 장고를 두들겨대는 그녀의 기세에 눌려 나는 첫학기 이후에는 사물놀이반을 찾지 않았다. 특별활동이 있었던 어느 날 체육주임이 나를 찾았다. 그를 따라 내려간 체육실. 어두운 지하방 구석에서 여자가 잠들어 있었다. 질펀한 사물놀이 한마당을 놀고 난 놀이패의 행수처럼 젖은 여자에게서 역한 땀냄새가 났다. 내가 흔들어 깨우자 여자는 화들짝 놀라 일어나 주위를 두리번거렸다. 제가 잠들었나 봐요? 주섬주섬 물건을 챙기고 체육실을 나가기 전, 여자는 나와 체육주임을 바라보며 애매한 미소를 지었다. 두어 번 더 그런 일이 되풀이되었을 때 내가 말했다. 너무 피곤하시면 그만두셔도 돼요. 여자는 펄쩍 뛸 듯 놀라며 손을 저었다. 절대로, 결코 그런 일이 없을 거라고 다짐을 둔 여자의 말대로 체육주임은 나를 부르러 오지 않았다.

일학년, 삼학년이던 현미 자매가 모두 졸업하던 지난해, 그녀는 검은 우단 표지의 감사장을 받았다. 소감 한마디를 청한 교장에게 깊이 고개를 숙인 후 그녀는 명예교사로 일한 지난 오 년이 자신을 어떻게 변화시켰는지, 그 일이 자신에게 얼마나 소중한 것인지를 시간을 들여 천천히 설명했다. 삶의 기쁨, 생의 보람 따위가 열에 들뜬 목소리에 실리고 회의실을 메운 교사들이 손마디를 꺾고 고개를 외로 꼬다 흐음, 헛기침을 할 즈음에 그녀가 교장을 향해 다시 깊이 허리를 굽혔다. 얼떨결에 마주 인사를 하는 교장에게 그녀는 간곡한 목소리로 이렇게 말했다. 교장선생님. 제 능력이 허락하는 한 이 일을 계속하게 해주십시오. 말끝을 떠는 그녀를, 그 입가의 어설픈 미소를 보던 교장과 교감, 다른 주임들이 멍한 표정으로 내 쪽을 쳐다보았다. 누군가 뒤쪽에서 수군대는 소리가 들렸다. 무언가 나를 망설이게 했지만 나는 결국 고개를 끄덕이고 말았다. 그녀를 변화시킨 게 무엇이든, 내게는 그것을 빼앗을 용기가 없었다.

주말의 구청은 한산했다. 체육관 앞 공터에서 민소매 셔츠를 입은 남자애들이 농구를 하고 있었다. 이른 더위를 맞아 채 피기도 전에 희부옇게 시들어가는 꽃을 얹은 채 게으른 아낙처럼 서 있는 나무들. 그 사이로 아이들의 마른 함성이 날아갔다. 이미 연습이 끝났는지 삼삼오오 짝을 지은 아이들이 건물에서 나오는 모습이 보였다. 주차장 한쪽에 차를 세우고 막 차 밖으로 나오려던 나는 이미 내딛은 한 발을 황급히 거두고 문을 닫았다. 여자애 두 명이 내 앞을 스쳐 지나가고 있었기 때문이었다. 그애들의 툭툭 내뱉는 말 때문이었다. 저기, 봐라. 이제 곧 주임이 나타날 거야. 그 똥차 끌고 오면, 저 아줌마 인제 그 차 탄다, 두고 봐. 저기 봐, 저기 내 말이 맞지? 나는 몸을 낮추고 그 아이가 가리킨 곳을 쳐다보았다.

아이들이 말한 저 아줌마, 현미 엄마가 저만치 걸어가고 있었다. 질끈 동여맨 꽁지머리, 한복바지 아래 행전을 친 선머슴 같은 현미 엄마가 꺼떡꺼떡 걸어가는 앞에 하늘색 차 한 대가 스르르 멈추어 서고 한 남자가 나왔다. 남자는 정중한 시종처럼 조수석의 문을 열었다. 아이들 몇몇이 남자에게 꾸벅 절을 하는 모습이 보였다. 차가 떠나기 전, 현미 엄마는 창을 열고 아이들에게 무어라 소리를 질렀다. 수고 많았다거나 내주에 보자는 따위였을 테지만 아이들 중 누구도 그녀를 돌아보지 않았다. 돌아보지 않는 아이들에게 손을 흔들며 그녀와 남자가 떠나간 뒤로 아이들이 어슬렁어슬렁 걸어갔다. 달아오른 유리, 달구어진 차체의 열기가 코끝에 밀려들었다. 신열 오른 듯 땀이 나기 시작했지만 나는 꼼짝도 하지 않았다. 그대로 차 전체가 둥 떠오를 것만 같았다. 무언가 툭, 차창에 와 부딪히고 남자아이 하나가 천천히 차 쪽으로 걸어왔다. 떼구르르 굴러가는 공을 주워든 아이가 달아오른, 땀투성이의 얼굴로 나를 쳐다보다 저만치 뛰어갔다.

충격요법. 내가 그 요법의 유일한 대상이 아니었음을 알려준 것은 텔레비전이었다. 너, 강 내과 애기 들었니? 지금 뉴스에 나오는 게 그 얘기 같은데? 늦은 밤의 전화에서 오빠는 다짜고짜 그렇게 말했다. 나는 누운 채 리모컨을 눌러 티브이를 켰다. 병원, 입원실, 진료실이 엇갈리는 화면이 어지러웠다. 어제 문상 갔다 왔거든. 좀 이상하다 싶긴 했어. 암이었다는 둥, 사고라는 둥 횡설수설하더라구. 멀쩡하던 마누라가 죽었으니 그렇기도 하겠지 하고 말았지. 넌 몰랐구나? 걔가 원래…… 내 손에서 수화기가 툭, 떨어졌다. 번득이는 모자이크 화면 뒤편에 한 남자가 숨어 있었다. 충격을 주고 싶었던 것뿐인데…… 기계를 거친, 새된 아이 같은 목소리로 남자가 말했다.

초점이 맞지 않은 사진처럼 흐릿하게 처리된 여자의 얼굴. 의문의 죽음, 자살? 혹은 타살? 수수께끼 같은 말로 말문을 연 기자가 사납고 빠른 어조로 말을 이었다. 한 여자가 죽었다고, 부부싸움 끝에 독극물이 든 주사액을 스스로 팔에 주입했다고, 그 독극물은 의사인 그 남편이 이틀 전 남겨둔 것이었다고, 환자들과의 수상한 관계를 캐묻는 아내를 달래며, 믿어주지 않으면 죽을 수도 있음을, 충격적으로 결백을 증명하기 위해 보여주었던 것이라고, 사건이 알려지자 원장 강모씨에게서 불쾌한 진료를 받은 적이 있다는 여성들의 제보가 이어지고 있다고…… 기자의 뒤편에 서 있는 붉은 벽돌 건물, 모자이크 처리된 병원 간판을 보는 순간 내 속에서 무언가 울컥 치밀어올라왔다. 소화되지 않은 약들, 노란 위액에 섞인 알약을 보며 나는 어지럼증을 느낄 때까지 속안엣것들을 게워냈다. 가파르게 상승하는 혈압, 내 속의 피 한 방울까지도 남김없이 쏟아낼 기세로 나는 끊임없이 토하고 토했다.

알약들이, 토사물에 묻혀 부푼 알약들이 살아 움직이는 것 같았다. 시큼한 냄새를 풍기며 온 방 안으로 굴러다닐 것만 같았다. 시트를 걷어내 토사물 위에 들씌우고 나는 방을 나왔다. 좁은 거실과 온 벽에 냄새가 달라붙어 있었다. 왈칵 현관문을 밀어젖혔을 때 또다른 악취가 나를 맞았다. 부패하는 날계란에서 나는 듯한 비릿하고 역겨운 냄새, 쥐와 고양이와 사람의 시체가 한꺼번에 썩어가는 환영에 시달리며 막 계단을 내려가는 나를 누군가 불렀다.

"선생님, 이 밤에 어딜 가세요? 그 옷이……."

부녀회장이었다. 맨발에 자리옷 차림의 나를 그녀가 의아한 눈으로 바라보았다.

"냄새 때문에요. 집에 냄새가 심해서요."

내 목소리가 화난 사람처럼 거칠었다.

"그러게요, 내가 뭐랬어. 환기통을 타고 실내로도 들어온다니깐. 문 꼭꼭 닫고 있다고 해결될 일이 아니에요. 그래서 말인데, 이것 좀 봐주시라고 가져왔지."

종이 한 장을 내밀면서도 그녀는 여전히 내 맨발을, 엉클어진 머리카락을 훑듯이 바라보았다.

"진정서예요. 문안 좀 손봐주시고, 더 괜찮은 말로 바꿔줘봐요. 모레쯤 구청에서 시위할 건데 그때 접수시킬 생각이에요."

"진정서 낸다고 어쩌겠어요? 땅 파고 쓰레기 다 치우겠어요? 그런 거, 다 무슨 소용이에요?"

나는 정상이 아니었다. 발악하듯 소리를 지르는 내게 그녀가 주춤주춤 다가왔다. 선생님, 하며 내 팔을 잡던 그녀가 어머, 이건 다른 냄샌데? 선생님 토하셨구나? 했다.

"일동에서도 그런 일이 있었어요. 갓난애가 구토를 계속하는데 알고 보니 악취 때문이었대요. 실신한 노인도 있어요. 선생님, 보기보다 예민하신가 보다?"

멍한 시야에 갑자기 친근해진 그녀의 눈이 보였다. 나는 종잇장을 받아들고 현관문을 열었다.

"구청에 진정한다고, 시위 몇 번 한다고 당장 뭐가 해결되겠어요? 주민들이 하도 난리를 치니까 한번 해보는 거지."

계단을 내려가며 부녀회장이 혼잣말처럼 중얼거렸다.

방문을 열고 물컹한 시체 같은 토사물을 시트째로 세탁기에 넣고 나는 베란다로 나갔다. 가시지 않은 냄새가 나를 포위하듯 몰려들었다. 어쩌면 냄새는 내 폐 속에, 실핏줄 끝까지, 혈관을 다고 히연 뇌수의 주름 사이사이마다 스며들지도 몰랐다. 나를 서서히 죽이고 있을지도 몰랐다. 영원히, 죽음에 이르기까지 놓아주지 않을 그것. 향기로도, 어떤 방취제로도 막을 수 없는 그것. 단 한 번 주입으로 절명케 하는 독극물과 똑같은 것일 수도 있었다.

숨을 쉬고, 숨을 쉬고, 숨을 쉬며 나는 오랫동안 베란다 난간 앞에 서 있었다. 검고 작은 물체들이 주차된 차들 사이를 재빠르게 가로질러갔다. 소리내지 않는 도둑고양이들. 그것들의 더러운 털에서도 썩어가는 오물의 냄새가 날 것이었다. 나는 가만히 난간 앞으로 한 발 다가갔다. 더러운 공기를 뚫고 더러운 바람이 불었다. 나는 몸을 내밀고 한껏 바람을 들이켰다. 미지근한 바람이 불러낸 물줄기가 눈가에 꼬리를 그으며 흐르기 시작했다. 모든 것을 토해내고, 모든 것을 물로 흘려내도 내 안의 냄새는 가시지 않았다. 도둑고양이처럼, 정 선생처럼, 현미 엄마처럼, 충격요법을 충격적으로 받아들인 그의 아내처럼 그것은 절로 움직이는, 살아 있는 물체였다. 내 숨 끝에 달라붙어 나를 숨쉬게 하는, 혐오스럽고 두려운, 그러나 친근해진 물체. 난간에 기대서서 나는 여태 손에 들려 있던 진정서를 천천히 찢기 시작했다. 내 손의 온기로 꿉꿉해진 종이는 잘 찢어지지 않았다. 꼼꼼히, 손톱이 아플 만큼 힘을 주어 찢은 작은 조각들을 나는 힘껏 허공에 뿌렸다. 바람에 실린 조각들이 검은 공중으로 날아갔다.

개양귀비

시어머니는 물뿌리개를 조심스레 들고 이파리 하나하나에, 꽃을 다칠세라 저어하며 많지도 적지도 않은 양의 물을 부었다. 그것은 어쩌면 단지 물이 아니었을지도 모른다. 당신 가슴속의 그 무엇, 넘쳐흘러 비워내지 않고는 도저히 견딜 수 없었던 그 무엇, 나눠받기를 거부한 사람에게, 나눠주지 못했던 당신의 시간과 삶 자체였을지도 모른다.

"저기, 저 집인가 봐."

남편이 가리킨 곳에 집 한 채가 서 있었다. 집은 눈부신 흰빛이었다. 전원주택이 바로 이거구나, 싶게 집 주위는 멋대로 자란 풀밭이었고 뒤쪽으로는 야트막한 언덕이 보였다. 양생이 막 끝난 듯 산뜻한 흰 길이 현관까지 뻗은 집은 아름다웠다. 다만 길 양 옆으로 터를 닦아놓은 자리에 비죽이, 마른 가지처럼 올라온 철근이 을씨년스러웠다.

"목조주택 단지로 조성된 곳이거든. 터만 닦고 집들을 못 지은 거야. 경기 탓이지."

남편의 설명을 들으며 외딴 곳에 단 한 채의 집이라니 무섭지 않을까, 하는 내 마음을 읽기라도 한 듯 뒷자리의 시어머니가 말했다.

"여긴 딴 세상이로구나. 이런 데 사는 사람은 얼마나 좋을꼬."

탐나는 물건처럼 빈터를 훑어보는 시어머니가 내리기를 기다리
지 못한 아이 둘이 차 밖으로 퉁기듯 뛰어내렸다. 주인보다 먼저
우리를 발견한 커다란 개까지도 흰빛이다. 웍, 으르르르…… 개가
나지막하고 위압적인 소리로 짖었다.

"이야, 멋있다. 무지하게 크다."

초등학교 일학년인 큰애가 손을 내밀자 갑자기 개는 사납게 으
르렁거리며 튀어올랐다. 기겁을 하는 아이의 소리에 나와 남편이
한꺼번에 달려갔고 현관문이 열리며 놀란 토끼 눈의 여자가 나타
났다.

"실버. 얌전히 있어. 손님이잖아."

주인여자가 황황히 사과를 늘어놓았다.

"죄송해요. 차 소리를 못 들었어요. 별것도 아닌 음식 장만하느
라. 어머, 할머니도 오셨네. 안녕하세요?"

뒤미처 차에서 내리는 시어머니에게 여자가 호들갑스레 인사를
했다. 햇살에 이마를 찡그렸던 시어머니가 소녀처럼 수줍게 웃었
다.

열린 문으로 달큰하고 쌉쌀한 음식 냄새가 풍겨나왔다. 찌개나
튀김 따위에서 나는 것이 아닌, 흰 집에 어울리는 품위 있고 은은
한 낯선 냄새였다. 하얀 앞치마와 질끈 동여맨 긴 머리, 새하얀 집
과 썩 어울리는 해사한 얼굴의 여자의 뒤를 따라 들어간 집 안은
온통 나무 일색이었다. 바닥과 천장, 거실 장식장과 소파까지. 단풍
나무가 그처럼 우아한 빛임을 나는 처음 알았다. 지기 직전의 햇살
이 깊숙이 들어온 거실은 촬영을 기다리는 세트처럼 정갈했다.

"선배님은 아직 퇴근 전이신가 보지요?"

남편의 물음에 여자가 그렇다고, 조금 늦을지 모르겠다고, 새 품종을 가져오기 위해서 어딘가엘 들르기 때문이라고 말했다.

새로운 품종의 의미를 여자는 설명하지 않았지만 남편도 나도 알고 있었다. 남편의 선배인 집주인은 식물연구소 연구원이었으며 그는 허브의 다양한 세계에 목하 열중하고 있다고 했다. 아름다운 이름의 라벤더, 디기탈리스, 로즈메리, 레몬밤, 안젤리카, 그리고 이름을 알 수 없는 것들. 앞뒤 마당에 촘촘한 허브들이 더러는 늘어지고 더러는 키를 자랑하고 있었다. 언뜻 보기에도 십여 종이 넘어 보였다. 식물 키우기를 좋아하는 사람들. 그것들을 가꾸는 데 온갖 공을 들이는 사람들을 나는 그다지 좋아하지 않았다.

꽃 보기를 사람 보기보다 즐겨하는 사람. 시어머니도 그중 한 사람이었다. 장미, 백합, 모란 같은, 품위 있는 다년생보다는 한 해 키워 꽃을 보고 씨를 받아 갈무리했다 이듬해 다시 심는 일년초들을 선호했으므로 시어머니의 한 해는 낮은 풀들의 한살이로 시작되고 그리고 끝이 났다. 이른봄부터 늦가을까지, 시어머니의 좁은 마당은 자리바꿈하는 붉고 노란 꽃들로 어지러웠다.

꽃을 유별나게 좋아한다는 것이, 무어 흠이라고 할 수는 없었다. 모종을 심고 거름을 내고 필요한 비료를 사들이는 일들이 간단치 않아 보였지만 시어머니는 단 한 번도 그런 일에 자식들의 도움을 청하지 않았다. 재작년 시아버지가 돌아가신 후로 혼자 살기를 고집해온 시어머니에게 꽃 가꾸기는 훌륭한 소일거리였으며 남편은 그런 어머니를 기꺼워했다.

이야, 이번엔 보라 꽃이네. 이건 이름이 뭐래요? 이런 건 처음 봐요. 남편이 마당의 꽃을 보고 반색을 하면 시어머니는 짐짓 대수롭지 않은 얼굴로 이건, 노루귀라는 꽃이다, 원래는 북방종이라 온기를 싫어한단다, 기특하게도 꽃을 피웠구나, 하며 꽃의 습성이나 개화시기를 설명하는 광경이 연출되는 주말 오후는 그들 모자에게는 더없이 소중한 시간이었다.

나는 그런 시어머니가 탐탁지 않았다. 돋보기를 끼고 관련서적을 뒤적이다 꽃 앞에 주저앉아 홀린 듯한 눈으로 그것들을 들여다보고 잎을 쓰다듬는 시어머니를 보면 어쩐지 언짢았다. 검버섯이 일기 시작했지만 아직 팽팽한 얼굴에 소녀 같은 그 눈이 문득 징그럽게 여겨지는 것이었다. 꽃들에 쏟는 정성의 반의 반, 아니 십분의 일만큼이라도 손자들에게 기울여보시지 싶어서였다. 수학여행 기간이나 교사연수회 따위로 집을 비워야 하는, 단 며칠간도 시어머니는 아이를 맡아주려 하지 않았다. 기운이 달려서. 그것이 어머니의 대답이었다. 이십 분 마을버스, 이십 분 도보의 거리에 있는 꽃시장에서 쌀 한 말 무게는 좋이 될 비료 포대를 밀대에 얹어 끌고 오기를 소풍가는 것처럼 즐기는 양반이 그렇게 말했을 때, 나는 조금 과장하자면 피가 거꾸로 솟는 것 같았다.

평소에도 아이들에게 여느 할머니처럼 살갑게만 대해주지 않는 것이 유난히 깔끔한 성품 탓이라는 것을 알면서도 그랬다. 똑같은 장난꾸러기인 두 사내아이들이 마루로, 안방으로 오가는 뒤를 졸졸 따라다니며 아이들이 흘리는 과자 부스러기를 치우고 비뚤어진 탁자를 바로 잡고, 아이가 앉았던 소파 위의 방석을 반듯이 고쳐놓는 시어머니를 보고 있노라면 대체 저 양반이 어떻게 사남매를 낳아 키웠을꼬, 싶었다. 너희 가고 나서 꼬박 네 시간을 청소했다. 유리창이고 어디고 할 거 없이 손자국을 내놔서 그거 닦느라고 온 팔이 다 우리하다. 주중에 전화를 드리면 시어머니는 응석부리는 아이처럼 말했다.

시어머니가 아이를 낳기는 했지만 다 키우지는 못했다는 것을 알게 될 때까지 나는 그 깔끔 떠는 성품을 도무지 이해하기 어려웠다. 그럴 때면 결혼 전, 인사를 하러 간 집에서 비슷한 연배의, 비슷한 용모의 두 할머니를 보았을 때의 당혹스러움이 새삼스레 떠올랐다.

오늘, 우리집에 가지 않을래? 하고 남편이 말했을 때, 나는 다른 사람들처럼 당연히 부모님과 그가 함께 사는 집을 생각했으므로 낯선 동네의 구불구불한 골목 끝에 차를 세운 그가 다 왔어, 여기야, 하는 순간 몹시 어리둥절했다. 높다랗고 긴 담장 안 깊숙한 곳에, 황토 빛깔의 기와 한끝이 내다보였다. 청동 손잡이가 달린 나무 대문 앞에는 베고니아가 기와와 똑같은 황토 빛의 화분에 담겨 함빡 피어 있었다. 언뜻 보기에도 백여 평이 넘을 듯한, 가히 저택이라 불릴 만한 집의 초인종을 천연덕스레 누르는 그를 나는 한동안 바라보았다.

그 집은 그가 세워둔 중고 소형차, 그의 손에 들린 낡은 가죽 가방, 세일에서 산 듯 유행이 한철 지난 그의 양복과는 전혀 어울리지 않았다. 이 년여 동안 익히 보아온, 늘 일에 쫓기는 스물아홉의 건설회사 직원이 살 만한 곳이 결코 아니었다. 현관에서 만난 모시 적삼의 중년 여인도 그의 어머니라 하기에는 지나치게 우아했고 뒤이어 많은 문 가운데 하나를 열고 나온 얼굴 흰 노인도 그의 아버지로는 너무 나이 들어 보였다.

다행스럽게도 그가 말했다. 인사해. 우리 할아버지와 할머니이셔. 한약방을 경영한다던 그의 할아버지. '약방'이라고 했으므로 돋보기를 낀 허리 굽은 노인네가 늙수그레한 아줌마를 상대로 첩약을 짓는 것을 상상했었던 나는 갓 상경한 촌색시처럼 다소곳하고 어눌하게 인사를 했다. 선생님이시라, 역시 요즘 색시 같지 않구먼. 잘 왔어요. 노인의 음성이 카랑카랑했다. 일흔 중반? 여든? 나이를 짐작하기 어려운 노인에 비해 그의 할머니라는 여인은 어떻게 보더라도 환갑을 넘긴 사람으로는 보이지 않았다. 부모님은? 형제는? 하는 의례적인 질문과 답변이 오가는 사이 안쪽의 다른 문에서 여자 하나가 나타나 다가왔다. 어머니, 오셨어요? 그가 그 여인에게 말했다.

오셨어요?라니. 나는 드디어 연극 속으로 들어온 기분이 되고 말았다. 여인은 엉거주춤 일어서는 나를 찬찬히 뜯어보았다. 회색빛이 도는 날카로운 눈이었다. 내 이마와 콧날과 입술과 블라우스 끝의 분필 가루 흔적을 샅샅이 훑은 그녀가 말했다. 앉아요. 나는 일어날 때처럼 엉거주춤 앉았다. 어멈도 게 앉거라. 그의 할아버지가 말했다. 잠시 끊어졌던 이야기를 이끌어나간 것은 그의 할아버지와 그였다. 간간이 할머니가 무언가 내게 묻고 대답하는 나를 보고 따뜻하게 웃었다. 그 집을 나올 때까지 그의 어머니는 단 한마디도 더 내게 말을 건네지 않았다. 객지 살림에 오죽 힘이 들겠느냐고, 곧 한식구가 될 터이니 어려워 말고 받아가라며 밑반찬을 싸준 것도 어머니가 아닌 그의 할머니였다.

내 궁금증을 속 시원히 풀어줄 어떤 말도 그는 하지 않았다. 중요한 결정은 할아버지 몫이기 때문에. 그것이 그 집에 나를 데려간 이유의 전부였다. 무슨 할머니가 그렇게 젊으냐고, 왜 엄마는 손님처럼 구느냐고, 무엇보다 아버지는 어째서 나타나지 않았느냐고 묻지 못한 것은 내 성격 탓이었다. 누구에게든 따지고 묻고 확인하는 일을 나는 잘 하지 못했다. 김 선생은 도대체 아이들을 어쩌려고 그래요? 내가 학교에서 가장 흔히 듣는 말이었다. 여자아이들. 고등학교에 다니는 여자아이들의 그 짐작할 수 없고 무분별한 듯한 행동들을 제대로 통제하지 못한다고 생각하는 많은 사람들이 그렇게 말했지만 내 생각은 달랐다. 아이들은 단순하다. 단순한 만큼 통제하기 쉬울 듯하지만 오히려 그 반대인 것이다. 통제하기 어려운 아이들을 나루는 법, 그저 가만히 시켜보는 것, 그 방식이 가장 효과적이라고 믿지는 않았지만 다른 사람들의 방식도 그다지 훌륭해 보이지 않기는 마찬가지였으므로 나는 내 방식을 고수했다. 그를 좋아하게 된 것도 그가 나와 똑같았기 때문이었다.

그는 너그럽고 따뜻한 사람이었다. 자상하고 친절했지만 때로 지나칠 만큼 무심했다. 이해하기 어려울지도 모르지만, 결혼 십 년이 된 지금에는 이따금 후회하기도 하지만 나는 그 무심함을 사랑했다. 만난 지 백 일이 되었다고, 일 년이 되는 날이라고 꽃을 사주는 친구의 남자들을 보면 나는 닭살이 돋는 성격이었다. 그랬으므로 그가 어머니와 할머니와 아버지에 대해 별다른 설명을 하지 않은 일도 나는 무심히 받아들였다. 무언가 다른 집안과 같지 않은 사정이 있다고 해서, 그것이 그를 달리 보게 하지는 않았다는 말이다.

그런 나조차도 담담히 지나칠 수 없는 일이 생긴 것은 그로부터 한 달쯤 지났을 때였다. 오늘 우리 어머니 집에 가지 않을래? 하고 그가 물었다. 어머니 집, 이라는 말은 그의 집이 따로 있다는 뜻이었고 그의 집은 내가 방문했던 '우리집'이었던 것이다. 아버지 집도 있나요? 나는 그렇게 물음으로써 내 궁금증을 표시했다. 아니, 그런 건 없어. 그는 간단히 대답했다. 비죽이 고개를 들던 궁금증이 내 속 어딘가로 숨어들 만큼 짧은 대답.

'우리집'에 비해 작고 아담한 한옥인 어머니 집에서는 두 명의 누이와 어머니가 나를 맞아주었다. 어머니 집, 에 어울리게 그의 어머니는 주인처럼 굴었고 그는 손님처럼 깍듯했다. 누이들은 처음 보는 오빠의 결혼 상대자에게 적당한 예의와 알맞은 호기심을 보여주었다. 그 집에 그의 방이 없다는 것, 그리고 끝내 아버지가 나타나지 않았다는 것을 제외한다면 평범하기 이를 데 없는 가정이라 할 수 있었다. 결혼식장에서 처음 보게 된 그의 아버지는 키가 크고 마른, 한 가정을 삼십 년간 이끌어온 가장의 냄새를 조금도 풍기지 않는 얼굴의 남자였다. 그는 마치 오랜 독신생활을 한 사람처럼 외롭고 그늘진 눈으로 나를 바라보았다.

이이는 왜 여태 안 오는 거야. 여자가 혼잣말을 하며 동그란 창으로 밖을 내다보았다. 그새 흰 개와 친해진 아이들이 엉기중기 뛰어다니고 있을 뿐 남편의 모습은 보이지 않았다. 피곤한 듯 소파에 몸을 기댄 채 눈을 감은 시어머니를 남겨두고 나는 여자의 안내를 받으며 부엌과 거실, 아래층과 이층의 방들을 차례로 둘러보았다.

"이 방은 별을 소재로 꾸몄어요. 딸애가 극성스러울 정도로 별을 좋아하거든요."

이층 복도 끝의 방을 들어서며 여자가 말했다. 별이 촘촘히 수놓인 커튼이 별 모양의 집게에 물려 걷어올려진 창에 커다란 은빛별이 매달려 있었다.

"빛을 받으면 저 별이 빛나고 어두워지면 천장 가득 별이 반짝여요. 보실래요?"

여자가 커튼을 내리자 손톱만한 별들이 희미하게 보이기 시작했다. 서서히 드러나 점점 뚜렷해지는 연초록의 야광빛. 별들이 눈앞에서 막 돋아나는 것 같은 느낌이었다. 침대 바로 위로부터 수많은 별이 은하수의 물결처럼 무리지어 흘렀다. 하마터면 나는 여자에게 물을 뻔했다. 저 많은 야광 스티커를 붙이고 나서 목이 성했어요? 막 그렇게 말하려는 찰나 나는 유난히 빛나는 별 하나를 보았다. 그것은 북극성이었다. 그저 촘촘히 붙인 것처럼 보였던 별이 밤하늘의 별자리와 똑같다는 사실에 나는 경악했다. 북극성의 주위로 정확한 모양의 북두칠성이 있는가 하면 카시오페이아, 전갈자리, 쌍둥이자리, 천칭자리가 차례로 눈에 들어왔다. 간신히 고개를 바로 했을 때 나는 소감을 묻는 여자의 시선과 마주쳤다.

"예쁘게, 붙이셨네요."

뻣뻣해진 내 목에서 갈라진 목소리가 새어나왔다. 벽 한쪽에 앙증맞은 첼로가 별빛을 받아 신비한 광택을 내며 서 있었다.

"따님이 첼로를 하는군요. 레슨받으러 간 모양이지요?"

"그앤 지금…… 유학중이에요. 저건…… 아이가 어렸을 때 켜던 거구요. 첼로는 아이 키에 맞춰 바꿔줘야 되거든요."

지금은 여름방학이 아닌가, 물으려던 나는 언뜻 입을 다물었다. 어슴푸레한 빛에 떠오른 여자의 얼굴이 창백했다. 천장 가득한 별들 아래 여자와 나는 한동안 말없이 서 있었다. 별들이 여자와 내

머리 위로 쏟아질 것만 같은, 어질머리가 일 즈음에 여자가 나가볼
까요? 하고 말했다. 여자의 눈에 어린 물기를 본 것은 내 착각인
듯 여자의 목소리는 밝았다.

내려오는 계단의 벽에 사선으로 나란히 걸린 사진들을 보며 여
자가 물었다.

"괜찮아 보여요? 오래 전부터 저렇게 걸어보고 싶었어요."

나무 액자 속의 얼굴들은 온화하고 편안해 보였다. 주인여자가
내 뒤를 따르며 설명을 했다. 시부모 내외와 열서넛쯤 되어 보이는
딸아이, 그리고 여자의 남편이 내 눈을 똑바로 쳐다보며 웃었다.
이미 이 세상 사람이 아닌 두 사람과 먼 나라에 있는 딸아이 틈에
있어서일까, 문득 여자의 남편도 이 집에 살고 있지 않는 듯한 느
낌이 들었다.

언제 찍은 사진인지 알 수 없었지만 사진 속의 그 얼굴은 내가
만났던 사람과는 달라 보였다. 개양귀비에 대해 묻고 다니다 알게
된 남편의 고교 선배, 시종일관 노인처럼 희미한 웃음을 지으며 이
야기하던 남자가 나무 액자 속에서 별처럼 반짝이는 눈을 빛내며
나를 보고 있었다. 단정한 미소 때문에 성가대 소년처럼 보이는 남
자의 사진 아래 총총히 놓인 화분들마다 이름을 알 수 없는 허브
가 자라고 있었다. 소년 같은 얼굴로 허브를 키우는 남자. 이이는
왜 안 오지. 여자가 또 혼잣말을 했다. 시어머니는 잠들어 있었다.
쌕쌕 고른 숨소리를 내는 시어머니를 여자가 그윽이 바라보았다.
아이들의 소리도 잠잠해지고 여자와 나, 단둘만이 세상에 남겨진
듯 고즈넉한 집 안에 허브들이 뿜어내는 향기가 안개처럼 피어올
랐다.

작년 시어머니가 공들여 가꾼 화단에서 내가 이름을 아는 유일한 꽃이 붓꽃이었다. 난초처럼 긴 이파리 사이에 보랏빛으로 피어난 제비붓꽃, 노란 애기붓꽃, 타래무늬 붓꽃, 키가 작아 난쟁이붓꽃, 부채 같은 부채붓꽃, 단 한 송이 피어났던 청자색의 만주붓꽃…… 청초하고 기품 있어 뵈는, 아이리스라는 우아한 이름으로도 불리는 그 꽃이 활짝 핀 칠월 어느 날, 시어머니는 꽃 필 때면 으레 그러듯 이웃 노인들을 청해 국수잔치를 벌였다. 오늘 좀 다녀갈 수 있겠니? 하는 전화에 토요일이니 퇴근 후에 애들 데리고 가지요, 했더니 애들일랑 두고 오너라, 차 손님들이 오신다, 하는 거였다. 일곱 살, 다섯 살의 사내 애 둘을 어디다 어떻게 둔다는 말이냐, 싶었지만 나는 별수 없이 네, 했다.

이웃 여자에게 애들을 부탁하고 가면서 구시렁거렸던 나도 온 마당에 피어난 붓꽃을 보고는 한순간 말을 잊었다. 무어든 무더기로 있으면 썩는다고, 사람도 음식도 그렇다고 입버릇처럼 말하는 시어머니가 유일하게 예외를 두는 것이 꽃이었다. 꽃은 무리 지을 때가 아름답단다. 하나보다는 둘이, 둘보다는 열, 스물이 더 귀하니 신기하지. 그 말이 옳았다. 무리 진 붓꽃은 그대로 한 세계였다. 대문 앞까지 발을 디딜 벽돌이 깔린 좁은 길을 제외한 온 마당에 피어난 꽃을 보는 순간 아무런 생각도 나지 않았다. 노란빛은 너무나 노랬으며 보랏빛은 더할 수 없이 고귀해 보였고 청자색은 세상 어떤 손도 거부하는 듯 도도했다. 더러 물기를 머금은 날씬한 잎들조차 꽃처럼 아름다웠다.

애, 왔으면 들어올 일이지, 일손이 바쁜데, 하는 핀잔을 듣기까지

나는 넋을 잃고 꽃을 보고 있었다. 소담하거나 풍성한 것과는 다른, 만개했음에도 흐드러질 것 같지 않은 단아한 꽃이기에 그랬을 것이다. 그 꽃들이 지고 말 것이라는 사실이 믿어지지 않았다. 그것은 영원히, 뜰 안에 해가 비치고 빗방울이 드는 한 변함없이 그렇게 피어 있을 것 같았다.

시어머니의 차 손님은 모두 다섯이었다. 하나둘 모여들기 시작한 그들은 붓꽃 핀 마당을 내려다보며 찬 국수를 먹고 붉은 오미자차를 마셨다. 둘러앉아 차를 마시는 그 분위기는 뭐랄까, 운을 띄워 시 한 수를 차례로 읊기라도 해야 어울릴 듯 보였다. 이 여사. 그들 중 하나가 시어머니를 불렀다. 저마다 누군가의 할머니가 되었을 연배의 그들이 서로를 부르는 호칭이 그랬다. 이 여사는 공안 쳐? 우리 나갈 때마다 늘 한 자리 비는데. 나야 박 여사 같은 팔자가 되나? 자고 나면 일 천지야. 저것들, 보기보다 얼마나 손이 가는지 몰라. 혼자 손에 힘든 일이 한두 가지라야 말이지. 마침 과일 접시를 내려놓던 나를 다섯 명의 여사들이 일제히 올려다보았다. 너도 게 앉아라. 안 하던 일 하려니 힘들지? 차 한잔 하렴. 정이 뚝뚝 듣는 목소리로 시어머니가 말했다.

지난번엔 버디를 잡았다는 박 여사에 이어 또다른 여사의 서예전 이야기가 이어지는 그 자리에서 내려다본 꽃은 더이상 아름답지 않았다. 노란 꽃은 희떱게 보였으며 청자색은 턱없이 새침해 보였고 보랏빛은 가당찮게 오만해서 달랑 모가지를 꺾어버리고 싶을 지경이었다. 여러 여사들 중 한 사람이 일어나지 않았다면, 끙몸을 일으키며 손자 밥 챙겨줘야 한다고 말하지 않았다면 그 꽃들은 내 시선을 못 견디고 시들었을지도 모른다. 여편네들이 할 일들이 없어서. 나와 함께 집을 나선 그 여사의 말을 들은 것은 나뿐이었다.

꽃이 아름다운 것은 그것을 보는 이가 아름답기 때문이다. 문학 소녀의 비망록에 적혀 있음직한 말을 천연덕스러운 얼굴로, 움푹 꺼진 눈자위에 어울리지 않게 눈을 빛내며 말하는 시어머니가 나는 싫었다. 그 말을 할 때의 꿈꾸는 듯한 눈에는 '여자'가 들어 있었다. 내가 싫어한 것은 그 '여자'가 아니었다. 예순다섯의 나이에 그처럼 여성스러움을 간직하고 있다는 것은 좀 징그럽기는 해도 비난할 일이라고는 할 수 없다, 고 나는 생각했다. 내가 싫어한 것은 그 드러내는 방식이었다. '우아'의 탈을 쓴 교태. 나는 그것을 그렇게 정의했다. 남편과 함께 있을 때 시어머니는 위엄과 교양을 갖춘, 부지런하고 깔끔한 어머니였지만 나와 단둘이 되는 순간이면 새색시처럼 새침하고 부끄럼조차 타는 여자로 돌변했다. 얘, 이건 너무 하잖니. 시어머니가 눈을 곱게 흘기면서 그렇게 말하면 나는 소름이 끼쳤다. 왜 그런지는 알 수 없지만 그럴 때의 시어머니를 보면 마당 한쪽에서 개암나무 등을 타고 올라가는 능소화가 떠올랐다. 적황색의 탐스러운 꽃과 그 아래 거멓게 죽어가는 지주목.

그런 시어머니가 금년 여름 피워낸 꽃이 개양귀비였다. 개양귀비라는 이름은 좀 뭣했지만 꽃은 참으로 아름다웠다. 시어머니가 일러주지 않았다면 남편도 나도 그 낯선 꽃의 이름을 알 리 없었다. 이건 개양귀비야. 귀한 꽃이지. 연초에 미국의 네 동생에게서 얻어온 모종에서 이렇게 꽃을 피웠구나. 자랑과 기쁨으로 눈을 빛내는 시어머니의 음성이 나지막했다. 비밀스런 화원에 남몰래 꽃을 숨긴 소녀처럼 개양귀비를 보던 시어머니는 이틀이 지나지 않아 결국 다시 여사들을 불렀다.

그 꽃에 대한 여사들의 반응은 각각이었지만 '개'자 붙은 것치고 제대로 된 것 없다는 말이 그른 것이다. 로 요약할 수 있는 것이었다. 이 여사는 참말 귀손이야. 어쩌면 이렇게 이쁘게 가꾸우, 그래. 여사 하나가 붉은 잎에 손을 대려는 찰나 시어머니가 전에 없이 기겁을 했다. 정 여사. 그건 유별나게 손타는 물건이야. 건드리면 시들어요. 머쓱한 얼굴로 손을 거두던 정 여사의 옷소매가 꽃가지 하나를 분지른 것은 우연이었을까. 아니, 저런, 하며 마당으로 내려가는 시어머니의 서슬에 놀란 정 여사의 뒷걸음질에 서너 대의 꽃대궁이 부서지고 말았다.

시어머니의 안색은 숫제 흙빛이었다. 부러진 대궁을 망연한 얼굴로 바라보는 시어머니에게 누군가 말했다. 양귀비꽃은 하루 피고 진다지 않아. 이것도 그런 셈 쳐. 그래, 그래. 명색 양귀비이니 이름값 했다고 생각해. 네 명의 여사들이 명색 값에 대한 서로의 견해를 한마디씩 피력하는 사이 시어머니도 어쩔 수 없다는 듯 긴 한숨을 한번 쉬고는 마루 끝에 앉아 대화에 끼여들었다. 그래도 양귀비는 양귀비고 개양귀비는 어떻든 개양귀비지. 선문답 같은 말을 끝으로 그날 모임이 파했을 때 시어머니는 전에 없이 넋을 잃고 꽃바라기를 하며 앉아 있었다. 저물도록 꼼짝 않고 꽃을 보고 있던 시어머니는 가겠다는 내 말에도 건성으로 응, 응, 할 뿐이었다.

일이 벌어진 것은 바로 다음날이었다. 급한 일이라는 남편의 전화메모를 받고 달려갔을 때, 세상에, 시어머니는 유치장에 동그마니 앉아 있었다. 시어머니의 죄목은 무시무시하게도 아편재배였다.

갑자기 들이닥쳐서는, 글쎄 꽃을 한 포기씩 세더니 덜컥 수갑을 채우는구나. 한여름이었음에도 달달 입술을 떨며 시어머니가 말했다. 관상용이라고 말해보았지만 두 포기 이상은 재배가 허용되지 않는다고 담당 형사는 딱 잘라 말했다. 그렇더라도 노인인데, 구속까지 할 거 있느냐. 불구속으로 수사를 할 수도 있지 않느냐는 남편의 항변이 끝나기도 전에 마약사범은 예외 없는 구속수사, 라고 형사가 다시 말을 잘랐다.

남편과 나의 일상은 엉망으로 뒤틀리기 시작했다. 낮이면 시어머니를 면회하고 변호사를 만났으며 눈에 선 법조문을 들춰가며 밤을 새웠다. 이럴 때 할아비지가 게셨다면, 그렇다면 당장 답을 얻을 수 있을 텐데. 고민하던 남편이 수소문해준 대로 찾아간 대학의 식물학 교수는 두터운 안경 너머로 나를 노려보다 이렇게 말했다. 개양귀비도 양귀비지. 학명도 이름도 다르지만 같은 과임에는 틀림없지. 오십을 조금 넘긴 듯한 그가 왜 내게 반말을 하는지 의아했지만 그걸 물어볼 계제는 아니었으므로 나는 공손히 그의 다음 말을 기다렸다. 양귀비는 한해살이, 개양귀비는 두해살이니까 다르기는 하지. 꽃도 다를걸? 양귀비꽃은 대개 붉어요. 간혹 흰빛이 있지만 개양귀비는 자색이야. 갑갑해진 내가, 그러니까 마약성분이 있느냐, 개양귀비를 아편이라 할 수 있느냐, 고 재우쳐 묻자 그 교수는 왜 그러는지, 개양귀비가 무슨 죄인지 알고 싶어했다. 아편재배 혐의로 구속된 친지 때문입니다. 내 간략한 대답에 입을 비죽 내밀고 무언가 생각하는 듯 침묵하던 그는 한참 만에 천천히, 중대한 사실을 알려주겠다는 듯 말했다. 개양귀비는 마약이라고도 하고 아니라고도 하지. 구미에서 개양귀비는 관상용으로 기르거든.

무언가 더 말해주기를 기다리는 내게 그는 딱하다는 듯 덧붙였다. 자세한 것이야 낸들 알 수 있나. 본 적이 없으니. 오 분쯤 더 앉아 있었지만 그가 아무 말이 없었으므로 나는 인사를 하고 자리에서 일어났다. 문을 나서는 나를 그가 뭐 잊은 것 없느냐는 듯 쳐다보았다. 그 짧고 시덥잖은 자문을 위해 준비했던 봉투를 내미는 내 손이 떨리는 것을 그는 말없이 바라보았다.

남편과 내가 사방으로 뛰어다녔지만 개양귀비는 아편과 다르고 그러므로 마약이 아니다, 라고 말해줄 사람을 만나기는 쉽지 않았다. 사건을 수임한 변호사조차도 그 둘의 차이를 알지 못했으므로 시어머니가 유죄인지 아닌지 판단을 내리지 못했다. 미결수로 지내는 날이 지날수록 시어머니는 시든 풀처럼 야위어갔다. 눈만은 형형히 살아 있는 시어머니는 면회 오는 내게 말했다. 너무 애쓰지 마라. 꽃 키운 게 죄라면 어쩌겠냐. 맥이 탁 풀리게 하는, 할말을 잊게 만드는 시어머니를 나무라지 못한 그날 나는 남편에게 쏘아붙였다. 도대체 어머니는 왜 알지도 못하는 꽃을 키우신대요? 꽃 따위 때문에 이게 무슨 난리야? 그렇게 분통을 터뜨린 것은 어쩐 일인지 남편이 시어머니의 일을 뜨악하게 바라본다는 느낌이 들었기 때문이었다. 안달하는 것은 나 혼자뿐 두 시누이들도 뒷짐지고 있고 당사자인 시어머니까지도 투옥된 양심수라도 된 양하는 형세를 나는 도무지 이해할 수가 없었다.

꽃 따위라고 말하지 마라. 남편이 그렇게 말했다. 엄청난 모욕을 당한 사람처럼 그의 낯이 붉었다. 어이가 없어진 나는 더 말없이 방으로 들어갔고 그는 나를 따라 들어오지 않았으며 그걸로 끝이었다. 그것이 우리 부부가 싸우는 방식이었지만 나는 이번만은 바꾸어보고 싶었다. 다음날도 그 다음날도 나는 그 잘난 꽃, 을 들먹이며 남편의 심기를 건드렸다. 사흘째의 저녁 그가 물었다. 당신 정말 몰라? 어머니가 왜 꽃을 키우는지?

사람들은 왜 꽃을 키우는가. 아름답기 때문에, 피어나는 것이 기꺼워서, 정성을 들인 만큼 보답을 하는 것이므로, 혹은 심심풀이로…… 그 밖에 또다른 이유가 있는가, 나는 알지 못했다. 아버지 때문이야. 그의 대답이 엉뚱했다. 돌아가실 때까지 기껏 서너 번 보았을 뿐인 시아버지의 얼굴은 자세히 생각조차 나지 않았다. 야윈 어깨. 세상 아무런 일에도 관심이 없다는 듯한 어두운 눈이 떠올랐다. 당신 아버지가 왜요. 그 양반이 무슨 죄를 지었어요? 내 듣기에도 퉁명스러운 내 음성을 남편은 탓하지 않았다. 그가 할아버지 집에서 자랐다는 것, 그를 키운 것은 할아버지의 재취였던 그의 젊은 할머니라는 것은 나도 이미 알고 있는 사실이었다. 장손이니까. 그것이 내가 들을 수 있었던 이유였다.

내가 갓 태어났을 때였대. 젖먹이 아들과 아내를 두고 집을 나간 시아버지는 달포가 지나도 돌아오지 않았다고 했다. 그가 돌아왔을 때 너무 젊은 재취를 들인 것이 아들의 심기를 상하게 한 것이라 생각한 그의 할아버지는 집을 장만해 아들 내외를 분가시켰지만 아들은 해를 못 넘기고 다시 집을 나갔다. 그렇게 떠나갔다 되돌아오기가 반복될 때마다 그의 할아버지는 아들의 마음을 잡기 위해 물었다. 너 대체 왜 그러느냐. 무슨 문제가 있느냐. 아들의 대답은 늘 같았다. 아닙니다, 아버지. 아무 문제도 없습니다. 아들이 원하는 바를 일러준 것은 그의 며느리였다. 아버님. 그 양반이 공부를 그만두고 싶은가 봐요. 그의 할아버지는 가업을 잇기 위해

외아들에게 한의학을 배우기를 종용하던 의사를 접었다. 아버님. 그이가 그, 오토바이를 갖고 싶다지 뭐예요. 60년대 초. 오토바이라는 말조차 낯설던 시절이었지만 그의 할아버지는 그것을 사주지 않을 수 없었다.

어머니가 그랬지, 흰 바지를 입은 아버지가 번쩍거리는 오토바이를 몰고 나가면 동네가 다 환해졌다고. 남편이 쓴웃음을 지으며 말했다. 가출을 밥먹듯 하는 지아비를 섬긴 여자라? 단 한 번도 시어머니에게서 시아버지를 원망하는 말을 들은 적이 없었으므로 나는 그의 말이 종내 믿어지지 않았다. 무슨 그런 아버지가 있어요? 어머님은 그걸 보고만 계셨대요? 그럼 어쩌겠어. 아무런 이유 없이 나가는 사람을. 어머니는 아버지를 탓하지 않았고 나도 그런 아버지가 밉지는 않았어. 그 어머니에 그 아들인 남편이 말했다.

오토바이를 타고 나간 아버지는 좀더 오랜 기간이 지나 집으로 돌아왔다. 젊고 잘생긴 부잣집 서방님은 갖고 싶은 것이 끝이 없었다. 누대를 이어온 가업 덕택에 남부럽지 않은 재산가였던 할아버지도 고개를 흔드는 일이 일어났다. 그이가 영화를 하고 싶대요. '영화를 한다'는 것이 무슨 의미인지 제대로 알 리 없는 며느리의 말에 그의 할아버지는 처음으로 혀를 찼다. 그놈이 이제는 집을 다 들어먹을 작정이로구나. 그의 어머니는 시아버지가 야속했지만 남편에게 그대로 전할 수밖에 없었고 남편은 알았다, 는 짧은 대답을 남기고 집을 나갔다. 그후로 아버지는 아무것도 요구하지 않았다. 두어 해 걸러 배가 불러오는 며느리. 그의 할아버지가 아들의 자취를 확인할 수 있는 것은 단지 그것뿐이었다.

뜸하게나마 아버지가 오지 않게 된 어느 날, 그는 학교로 찾아온 할아버지를 만났다. 할애비랑 살지 않겠니. 그는 초등학교 이학년이었다. 아직 어머니의 품을 파고들 나이였지만 조숙했던 그는 할아버지의 뜻을 따르는 것이 어머니에게도 이로울 것이라는 생각이 들었다. 그날 밤 어머니는 할아버지의 전화를 받고 그를 불렀다. 할아버지가 찾아갔던 사실을 알 리 없는 어머니는 아무런 반대 없이 책과 옷가지를 챙기는 아들을 보고 상처를 입었으며 그 상처는 오래도록, 그가 철들고 청년이 되도록 덧나기만 할 뿐 아물지 않았다. 여자들만 있는 집에서 사내아이의 기가 꺾일 것을 염려한 젊은 할머니의 주장으로 그 일이 이루어졌음을 알게 된 것은 몇 해가 지난 후였다.

　나는 너무 철든 척한 걸 후회하면서도 철든 아이, 라는 어른들의 기대를 저버릴 수가 없었어. 남편이 길게 한숨을 쉬었다. 할머니는 내게 어머니 같았어. 어머니가 할아버지의 집에 올 때면 나란히 서 있는 할머니와 어머니를 보기가 괴로웠어. 오지 않는 아버지를 기다리다 지친 어머니는 할머니보다 오히려 나이 들어 보였지. 그 즈음이었을 거야. 어머니는 꽃을 키우기 시작했어. 봉숭아, 채송화, 맨드라미 같은 것이었지만 어머니가 심은 것들은 유난히 붉고 선명한 꽃을 피웠지. 이따금 들러도 어머니는 내게 꽃 이야기밖에는 아무것도 하지 않았어. 내 동생, 그애가 태어났을 때 아이를 보러 갔던 할아버지는 무언가 못마땅한 듯 어두운 얼굴로 돌아왔지. 할머니가 물었어. 왜 그러세요? 아이가 신신치 않기라도 해요? 고개를 저으며 방으로 들어간 할아버지는 오래도록 나오시지 않았지. 결국 동생은 젖떼고 바로 큰집으로 입양됐지. 당신도 본 적 있지? LA의 종숙모 말이야. 그 밑으로 양자 간 거지. 아니, 잠깐만요. 머리가 복잡해진 내가 남편의 말을 끊었다. 그러니까 뭐예요. 할아버지가 형님의 아들에게 자기 손자를 주었다, 이거예요? 그래, 맞았어. 그 집에 아들이 없었거든. 나중에, 훨씬 나중에 할아버지는 내게 말했어. 어머니에게서는 그 아이가 제대로 자라지 못한다고, 무언가 흉한 일을 당할 것 같았다고. 할아버지는 역학에 밝은 분이었거든.

그런 경우가 어디 있어요? 도대체 말이 되는 이야기예요? 역학이든 뭐든 아이 하나를 데려간 걸로 부족해서 또 애를 떼어놓는 걸, 그걸 고스란히 당하고 있었단 말이에요? 무슨 이조시대도 아니고. 경우 밝으신 어머님이 이제 보니 헛똑똑이 아니에요? 나는 마치 자식을 앗긴 당사자인 듯 흥분해서 소리를 질렀다. 그러게 말이야. 남편이 너무 순순히 내게 동의했으므로 나는 제풀에 맥이 빠졌다. 아이의 장래를 위해서라고, 집을 떠나야 그애의 운이 편다고 하는 말을 거역할 수가 없었던 거지. 아무리 그래도 그렇지. 그런 법이 어디 있어요. 젖먹이 때 어미 떨어진 애가 무슨 운이 그렇게 장히 펴겠어…… 말을 마치지 못하고 나는 입을 다물었다. 남편의 친동생, 학기중이라고 결혼식 때도 오지 못했던 그를 나는 이듬해 남편의 미국출장 길에 동행했을 때 처음 만났다. 그는 남편과 달리 통통한 몸에 귀여운 인상이었으며 우스갯소리로 나를 즐겁게 하고는 웃는 나를 보고 더 크게 웃는 사람이었다. 그때 아직 대학생이었던 그는 지금 갓 서른을 넘긴 나이에 미국 유수의 대학에서 박사학위를 받고 또다른 유명 대학의 교수 임용을 기다리는 중이다. 그는 운이 장하지 못하다고는, 결코 말할 수 없는 남자였다.

동생은, 그애는 진작부터 그 사실을 알았어. 할아버지가 이야기를 해준 거지. 그애는 양쪽 어머니에게 다 깍듯이 잘 했어. 동생도 어머니도 할아버지를 원망하지 않았어. 그럴 수밖에 없었다고 생각했겠지. 할아버지도 그나마 겉도는 아들을 끝까지 지켜준 것에 대해 어머니에게 늘 고마워했지. 어머니의 기운이 집안 남자들의 기를 약하게 하고, 그 때문에 아버지가, 내가, 동생이 집을 떠나야만 했다고 믿으면서도 그런 태도를 유지한다는 것이 쉽지는 않았으리라 생각해. 어머니에게 그런 눈치를 준 것은 할머니였을 거야. 어머니는 무언가 당신의 기운을 소진할 일이 필요했지. 꽃을 심고 가꾸면서 어머니는 점점 조용해졌어. 원래는 그런 분이 아니었거든. 어릴 때 본 어머니는 씩씩한 여장부였어. 머릿수건을 활활 털며 큰 소리로 웃던 어머니가 지금도 생각나. 꽃 때문에, 어머니는 식물성이 된 것 같아. 가끔 어머니가 꽃에 대해 이상한 집착을 보이는 건, 그건 다 아버지 때문이야.

참 이상한 가족이다, 고 나는 생각했다. 너무 박식한 할아버지, 역마살 긴 아버지, 일찍 철든 두 형제, 그리고 자신에게 일어난 모든 일을 식물처럼 받아들이는 어머니. 그들 한 사람, 한 사람을 당신 곁에서 차례로 떠나보낸 시어머니가 조용히 꽃에 물을 주던 정경이 떠올랐다. 시어머니는 물뿌리개를 조심스레 들고 이파리 하나하나에, 꽃을 다칠세라 저어하며 많지도 적지도 않은 양의 물을 부었다. 그것은 어쩌면 단지 물이 아니었을지도 모른다. 당신 가슴 속의 그 무엇, 넘쳐흘러 비워내지 않고는 도저히 견딜 수 없었던 그 무엇, 나눠받기를 거부한 사람에게, 나눠주지 못했던 당신의 시간과 삶 자체였을지도 모른다. 그렇게 나눔받은 꽃이 그렇듯 가만히 바람과 먼지를 받으며 당신 앞의 세월을 지켜보는 것. 어쩌면 어머니가 꽃을 키운 것이 아니라 꽃이 어머니를 키웠다는, 이상한 생각이 들었다.

"이건 꽃보다는 향기 땜에 기르는 식물이래요. 어머니."

어느새 깨어난 시어머니와 주인여자가 소파 옆 탁자 위의 라벤더를 들여다보고 있었다. 화분을 사이에 둔 여자와 시어머니는 다정한 모녀처럼 보였다.

"빛이 있으면 있는 대로, 없으면 또 그대로 잘 자라요. 실내보담은 밖의 것들이 더 충실한데, 나가보시겠어요?"

여자가 이끄는 대로 일어나는 시어머니가 어지러운 듯 잠깐 이마를 짚었다. 구치소에서의 두 달은 시어머니에게 십 년 후에나 닥칠 것 같던 퇴행성관절염, 백내장, 잦은 현기증들을 한꺼번에 안겨주었다.

이 주 전, 선고 공판정에서 초췌한 얼굴의 시어머니는 걱정 말라는 듯 나와 남편을 향해 고개를 끄덕였다. 검은 법복 위로 더 희게 보이는 얼굴의 판사는 위엄이 가득한 음성으로 판결문을 읽어 내려갔다. 판사가 마약의 폐해, 마약과 관련된 범죄의 심각성 따위에 대해 준열히 꾸짖는 동안 남편과 나의 가슴은 점점 오그라들었다. 무궁화 문양 한가운데 '法' 자가 또렷이 새겨진 법대(法臺) 뒤의 세 명의 판사들은 단 한 차례도 눈을 깜박이지 않는 것 같았다. 빈 방청석을 돌아 우렁우렁 울리는 판결문에 따라 마약커녕, 커피 한 잔도 제대로 삭이지 못해 밤잠을 설치는 노인네인 시어머니는 점점 용서할 수 없는 마약사범으로 변해갔다. 마침내 판사의 입에서 이 년, 이라는 형량이 발음된 순간 남편이 벌떡, 말릴 새도 없이 자리에서 일어났다. 그를 힐끗 쳐다본 판사가 초범이며 미수에 그친

점, 그리고 피의자의 연령을 참작하여 집행을 유예한다, 고 판결문을 마저 읽었을 때 남편이 천천히 무너지듯 주저앉았으며 피고석에 서 있던 시어머니가 풀썩, 지푸라기처럼 쓰러졌다.

집에 돌아와 몸을 추스른 후에도 시어머니는 쑥밭이 된 화단을 보면서도 손을 대려 하지 않았다. 개양귀비가 뽑혀나간 자리가 허옇게 말라가고 작고 큰 키의 꽃들은 이미 말라죽었으며 물기를 얻지 못한 나뭇잎들이 푸슬푸슬 먼지를 일으키며 흔들리는 마당 한끝에 손바닥만한 능소화가 홀로 피어 있었다. 나뭇가지를 비비틀며 올라간 줄기가 시들시들했지만 꽃만은 거짓말처럼 탐스러웠다. 한동안 능소화를 바라보던 시어머니가 얘, 지것 좀 잘라버려라. 사위스럽다, 하며 꼴도 보기 싫다는 듯 방으로 들어갔다. 나는 정원가위를 들고 꽃에게로 다가갔다. 몇 번 줄기에 갖다대던 가윗날을 나는, 그러나 끝내 거두고 말았다. 주황과 붉은 기가 도는 꽃잎은 얇았으며 그 끝은 수많은 주름들로 오그라져 있었다. 하나하나 꽃받침과 연결된 미세한 주름들은 힘겹게 습기를 빨아올렸을 것이다. 꽃은 처연한 아름다움으로 나를 보고 있었다. 사위스러워 보이거나 말거나, 그것은 꽃의 죄가 아니다. 그 꽃은 내게 그렇게 말하는 것 같았다.

"왜요. 꽃도 피지요. 화려한 것은 아니지만 무리 지으면 보기 좋아요."

현관을 나서자 여자의 말소리가 들렸다. 집 앞 화단에 심은 꽃을, 공기놀이하는 아이들처럼 쪼그리고 앉아 들여다보는 여자와 시어머니의 등뒤로 기우는 햇살이 비스듬히 앉아 있었다. 멀리서 아이들의 고함 소리, 개 짖는 소리가 들려왔다. 아이들을 찾아 언덕 뒤로 오르던 나는 나란히 내려오는 남편과 집주인을 만났다. 나를 본 남편이 왠지 어색한 표정으로 어, 당신이야? 했다.

"언제 오셨어요? 안에서 무척 기다리시던데."

두번째 본 주인남자는 여전히 조용히 웃는 눈이다.

"좀전에, 뒷길로 오다가 이 친구를 만나 함께 산에 갔다 왔지요."

"산에요?"

묻는 내게 남편이 의미가 담긴 눈짓을 했다. 나는 남편과 집주인의 뒤로 잡목이 우거진 소로를 바라보았다. 무언가 알지 못할 일이 그 사잇길에 숨어 있는 듯, 서늘한 바람이 불었다.

"실은…… 오늘이 우리 딸애 기일이거든요. 꽃다발을 갖다놓고 오는 길이지요."

기일? 유학간 딸아이의 기일? 별을 좋아하는 아이의 기일? 나는 망연한 얼굴로 남자를 바라보았다.

"집사람은…… 그런 얘길 안 하지요. 삼 년이 지났지만 아직도 아이 방을 치우고 아이랑 이야기를 해요. 여기로 옮긴 것도 집사람 때문이에요. 매일 아이 보듯 꽃을 기르며 사니까……"

천천히, 무거운 침묵에 싸여 언덕을 내려오자 아직껏 화단 앞에 앉아 있던 시어머니와 여자가 부스스 몸을 일으키며 우리를 바라보았다. 눈이 부신지 이마를 가리는 시어머니의 손가락 사이로 새파란 초록 줄기가 보였다.

"아범아. 이것 보렴. 이 댁네가 종류별로 나누어주는구나. 어쩜 이런 풀도 다 있구나."

새로운 장난감을 얻은 아이처럼 흥분한 시어머니의 옆에서 여자
는 가만히, 딸을 보는 어머니처럼 흐뭇한 웃음을 지었다. 저만치에
서 아이들이 소리를 지르며 달려왔다.

스케이트보드를 타는

바람의 저항을 최소화하며, 나 자신의 탄력과 균형감각만으로 나는 안착할 것이다. 그는 눈을 부릅뜨고 앞을 노려보았다. 아파트와 낡은 가게들과 헐벗은 나무들 위로 파랗게 얼어붙은 하늘이 보였다. 아무도 그의 앞을 막지 않았다. 마치 그대로, 세상 끝까지 날아갈 사람처럼 그는 앞으로 앞으로 나아갔다.

남자

『감기를 달고 사는 아이들』. 그 책이 눈에 들어오는 순간 그는 안도의 숨을 쉬며 눈을 감았다 다시 떴다. 벽이 천천히 그의 앞에 서 흔들렸다 가라앉았다. 나는 집에 있다, 그는 생각했다. 나는 집에 있다. 내게는 아이가 있다, 감기를 달고 사는 아이. 집 안 어디에서도, 아무런 소리도 들려오지 않았다. 어떻게 해서 이 방으로 들어왔는지, 그것이 언제쯤이었는지 전혀 기억할 수가 없었다.

서향의 창으로 건물을 돌아든 희읍스름한 빛이 들어왔다. 오후가 되면 미세한 먼지 알갱이까지 잡히게끔 밝아지는 방은 아직까지 부드럽고 아늑한 빛에 싸여 있었다. 아이는 유치원에 갔을 것이다. 아내는? 아내를 찾아 방문 손잡이를 잡던 그는 슬며시 손을 떼고 한 걸음 물러났다. 문을 여는 순간 무언지 알 수 없는 물체와 맞닥뜨릴 듯한 두려움이 일었다. 이곳은 내 집이다. 나는 이 집의 주인이다. 내가 찾는 것은 나의 아내다, 고 되뇌어보았지만 불안감은 가시지 않았다. 초조함과 비굴함과 분노가 뒤엉킨 아내의 얼굴이 순간적으로 떠올랐다 사라져갔다. 필경 지난밤, 아내와의 사이에 무슨 일이 있었던 듯했지만 단 한 가지도 머릿속에 떠오르지 않았다. 숙취 뒤의 메슥함 때문에 그는 몇 번 헛구역질을 했다. 문을 열지도, 간이침대에 다시 눕지도 못한 그는 책상 의자에 앉아 멀거니 책꽂이를 바라보다 『감기를 달고 사는 아이들』을 뽑아들었다. 원인 제거, 신선한 공기 제공, 양질의 단백질 공급 따위 상식선을 벗어나지 않는 이야기들이 적혀 있었다. 운동을 시켜야 한다, 가령 수영 혹은 롤러 블레이드나 스케이트보드 같은 폐활량을 늘리는 운동…… 달리 할 일이 없었으므로 그는 꼼꼼히 책을 읽기 시작했다.

그날 그는 운이 없었다. 불운은 열시 정각, 팀원회의에서 시작되었다. 한구석에 서 있는 온풍기에서 다르륵, 방정맞은 기계 소리가 울리는 회의실로 들어설 때만 해도 여느 날과 다른 것은 없어 보였다. 낯익은 먼지 냄새와 축축한 비닐 의자도 한결같았으며 원탁을 빙 둘러 커피가 담긴 종이컵을 내려놓는 미스 정의 변함없이 아슬아슬한 스커트 길이, 그 아래 뻗은 날씬한 종아리를 보며 그가 보일락말락 미소를 지은 것까지도 정해진 순서 그대로였다. 미스 정이 다른 때와 달리 생긋 웃지 않았다고 해서 그걸 이상하게 여길 만큼 그는 예민한 사람이 아니었다. 그는 회의실 벽 한가운데 걸린 시계를 올려다보았다. 시계는 막 열시를 가리켰으며 그 순간 팀장이 회의실 문을 열고 들어왔다. 그는 다른 날처럼 서류 더미를 들고 있지 않았다. 팀장이 자리에 앉기까지 아주 짧은 순간 다르를, 울리던 기계 소리가 멎으며 야릇한 공기가 원탁 위를 지나가는 듯한 이상한 느낌이 들었다.

드디어 저것이 수명이 다했나, 그가 흘낏 온풍기 쪽을 쳐다보았을 때 팀장이 입을 열었다. 다들 알고 있겠지만 이번 프로젝트는 민 건축으로 떨어졌습니다. 팀장이 선언하는 순간 누군가의 신음 소리가 들렸다. 원탁에 둘러앉은 열다섯 사람이 저마다 옆을 돌아보았다. 누구였지?라고 묻고 있던 그들 모두의 시선과 마주쳤을 때야 그는 그것이 자신의 입에서 나온 소리라는 것을 알았다. 사람들은 지진아를 보는 선생님처럼 그를 바라보았다. 그를 바라보던 시선이 하나씩 서두어시기를 기다려 그는 주머니의 담배를 꺼내려다 말고 엉거주춤 손을 거두었다. 지난 가을 이래 사내 전체에는 금연이 선포된 터였다. 그의 얼굴에 손짓처럼 어색한 미소가 떠올랐다. 그의 신음 소리와 어설픈 손짓이 멎은 실내가 무겁게 가라앉았다.

팀장의 말은 근 두 달간 주야로 매달렸던 베가스 작전이 헛수고였다는 의미였다. 태백의 폐탄광촌에 들어설 카지노와 신흥 도시를 설계하는 프로젝트. '베가스 작전'이라 명명했던 그 일에 매달린 두 달 동안 팀원 누구도 자정 이전에 귀가할 수 없었으며 점심으로 때운 자장면과 김밥을 닮아 모두의 낯빛이 거멓게 죽어갔고 누구는 코피를 쏟기도 했다. 단 오천만원의 설계비를 받고 그 네댓 배만큼의 비용을 들여 입찰에 참여한 업체는 모두 네 곳이었다. 설립 사 년째인 민 건축. 경쟁상대로 생각조차 않았던 신흥 설계사무소가 이 일을 수주한 데는 무언가 있다, 싶었지만 그도 이번에는 입을 열지 않았다.

프로젝트 하나가 수포로 돌아간 일. 그것이 끝이 아니라는 것을 팀원 누구나 알고 있었다. 곧 대량감원과 엄청난 구조조정이 밀어닥칠 것이었다. 팔천억짜리 프로젝트였다. 팀원뿐 아니라 회사 전체를 오 년간은 먹여살릴 두 달간의 노력이 수포로 돌아간 허탈감이 팀장의 얼굴에는 보이지 않았다. 그 동안 수고가 많았지만 아쉽게 됐다는, 의례적인 말조차 그는 하지 않았다. 두 달 동안 꿈속에서도 되뇌었을 '베가스'라는 단어는 이제 금기가 된 것 같았다. 팀장은 평소의 엄격하고 빛나는 눈으로 팀원을 둘러보았다. 다음 작업까지는, 다들 알고 있겠지만 이 주간 교육이 있습니다. 교육 성적도 인사고과에 반영된다는 것을 명심하고 교육 장소와 기간을 확인하도록 하세요. 그는 역시 팀장다웠다. 자신감. 그것이야말로 구조조정의 위태로운 난간에서 유일한 밧줄이 될 것임을 팀장은 잘 알고 있는 듯 보였다.

그로서는 아무래도 동료들의 그 태연함을 이해하기 어려웠다. 회의가 끝나고 일제히 회의실을 빠져나가는 사람들의 꽁무니에서 그는 다급하게 동료 하나를 불러세웠다. 김은경씨, 나 좀 봐. 김은경이라고 불린 여자가 눈꼬리를 치올리며 그를 돌아보았다. 이미 문 밖으로 빠져나간 한 발을 거두지 않은 채 그녀가 물었다. 왜요, 과장님. 문을 닫으라는 손짓을 두어 번 거듭했을 때도 김은경은 밀고 있던 문에서 손을 떼지 않았다. 무슨 일이신대요? 저, 가봐야 하는데…… 그는 의아한 눈으로 은경을 바라보았다.

지난 두 달간 그녀는 그의 파트너였다. 열네 명의 팀원이 둘씩 짝을 짓는 과정에서 그가 은경과 파트너가 된 것은 순전히 그녀의 의사였다. 저는 이 과장님이랑 할래요. 당돌하게 선언했을 때 팀장이 먼저 웃음을 터뜨렸다. 아, 해. 뭘 하는지는 모르겠지만 누가 말려? 엉뚱한 비약을 일삼는 정 대리가 느글거렸지만 그녀는 눈 하나 까딱하지 않았다. 캐나다에서 역이민 온 2세답게 발랄하고 과감한 그녀와 한 팀이 된 것이 그로서는 부담스러웠지만 이틀이 지나지 않아 그의 어투는 은경보다 더 상냥해져 있었다. 은경의 어학 실력 때문이었다.

카지노 호텔. 그 주변의 거대한 위락시설을 설계한다는 것은 상상 이상으로 엄청난 일이었으나 그의 고민은 다른 팀원의 그것과는 또 달랐다. 정신없이 몰아치는 일감에 시달리고 퇴근하는 무렵이면 팀장이 어김없이 그에게 서류뭉치를 내밀었다. 이 과장, 이것 내일 브리핑할 거야. 알아서 좀 해줘. 팀장이 내미는 서류의 깨알 같은 글자들이 그의 눈을 어지럽혔다. 테마파크 설계를 위해 초빙한 미국 설계사들이 알아볼 수 있도록 영역을 마친 서류를 제출한 날 저녁이면 번역을 기다리는 미국측의 서류들이 그의 몫이 되었다.

달랑 이 년이었지만, 지금은 그곳에서 무얼 배웠는지도 희미하지만 그는 유학파였다. 번역을 위해 그가 밤새워 눈이 아프도록 사전을 뒤적여야 한다는 사실을 알 리 없는 사람들은 다섯 명의 미국인들과 함께 한 설계진행 회의가 끝나면 그의 주변에 원을 그리며 다가들었다. 자, 설명해줘. 쟤네들이 뭐래? 회의를 주도한, 미국 시민권자인 사장이 미국인들과 함께 퇴장한 후였으므로 그가 도움을 청할 사람은 어디에도 없어 보였다. 그러니까, 저어, 말이지요. 띄엄띄엄 설명을 이어가는 그를 구원해준 것이 은경이었다. 네이티브 스피커와도 같은 그녀의 영어 실력이 유감없이 발휘되는 순간에도 그녀는 그를 향해 이따금 되묻기를 잊지 않았다. 그런 의미였지요, 그쵸, 과장님? 유창한 설명을 이어갈 때보다 살짝 눈을 치뜨며 그의 동의를 구하는 그녀의 모습이 그지없이 사랑스러웠다. 그런데, 그랬는데 무엇이 잘못된 것일까. 그는 딴 사람처럼 달라진 김은경의 눈길을 받느라 저도 모르는 사이에 말을 더듬었다.

다들, 다들 알고 있었나? 김은경이 그를 똑바로 쳐다보며 물었다. 무얼 말씀이세요? 이번 프로젝트 결과 말이야. 왜들 그렇게 관심 없다는 표정이야? 어떻게 그럴 수 있지? 그는 습관처럼 주머니 속의 담배를 꺼냈다. 꾸깃한 담뱃갑에서 한 개비를 뽑아드는 그의 손가락 끝을 김은경의 시선이 따라왔지만 그는 기어이 담배에 불을 붙였다. 후우, 그의 폐부 깊숙한 곳을 돌아나온 연기가 주춤주춤 김은경에게로 번져나갔다. 지그시 한쪽 입술을 물고 있던 그녀가 어쩔 수 없다는 듯 건네준 종이컵에 재를 떨며 그는 기다렸다.

무언가가, 밤 사이 그가 알지 못하는 무슨 일인가 있었음에 틀림없다는 생각이 들었다. 그가 기다리고 있음에도, 그것을 잘 알 것임에도 불구하고 김은경의 작은 입술은 더 옹다물어진 듯 보였다. 야근을 마치고 불 켜진 해장국집과 심야 카페를 찾아다닐 때, 무언가를 바라듯 그를 향해 늘 열려 있던 그 입술이 아니었다. 그는 피던 담배를 종이컵 속으로 집어넣었다. 꽁초는 금방 젖어들며 야릇한 냄새를 피워올렸다. 몇 달 묵은 먼지 냄새 같은, 갈아주지 않은 화병에서 나는 군내 같은 냄새였다. 그는 냄새가 배일 것을 겁내듯 종이컵을 멀찌감치 밀어놓았다. 역시, 담배를 피우는 게 아니었다, 는 생각이 들었다.

그 프로젝트 따내지 못한 것, 그걸 말씀하시는 건가요? 김은경이 물었다. 그럼. 지금 우리가 그 얘기한 것 아냐? 그는 갑자기 어리둥절한 기분이 되고 말았다. 회의 내내 다른 의제가 오갔는데 졸고 있다 불쑥 엉뚱한 질문을 한 기분이었다. 김은경의 눈이 한층 싸늘해지는 것을 보지 못한 그가 어눌하게 말을 이었다. 그게 어떤 일이었는데…… 밤잠 못 자고 한 일이 헛것이 되었는데 억울하지도 않아? 어째서 그렇게들 남의 일처럼 태연할 수가 있지? 다들…… 그의 말은 갑작스런 김은경의 한숨으로 허리가 잘렸다.

긴 한숨의 끝에 김은경은 이해할 수 없을 만큼 빠른 속도로 그에게 말을 늘어놓았다. 그건 중요한 게 아니에요. 아직도 모르시겠어요? 프로젝트는 물 건너갔어요. 누가 물 건너간 것에 관심을 갖겠어요. 저마다 발등에 떨어진 불 끄느라 야단인데. 당장 눈앞에 나도는 블랙 리스트 확인할 겨를도 없는데. 그렇게 애착을 보인다고, 그걸 누가 애사심으로 보아주기라도 한대요? 그의 눈이 커지고 덩달아 다물었던 입이 천천히 벌어지기 시작했다. 블랙 리스트라는, 그가 알지 못한 단어 때문이 아니었다. 말끝마다 과장님, 과장님을 성가실 정도로 붙이던 김은경이 그를 나무라듯 함부로 말하고 있었다. 낡은 팜플렛을 들고 철 지난 전집류를 팔러 다니는, 생각도 하기 싫은 병을 들먹이며 보험을 권유하는, 전혀 효용이 있을 것 같지 않은 운동기구들을 사라고 부추기는 외판원을 대하듯 무례하기 짝이 없는 말투였다. 벌어진 그의 입이 다물어지기 전에 김은경은 몸을 돌려 회의실을 빠져나갔다.

그의 두번째 불운이 닥친 것은 정오 무렵이었다. 이 과장님, 일번 전화요, 미스 정의 말이 들렸을 때 그는 블랙 리스트를 생각하다 지쳐 깜박 졸고 있던 참이었다. 으흠, 목소리를 가다듬으며 수화기를 들자 점잖은 음성이 그의 이름을 불렀다. 이정훈 선생님? 남자는 그를 잘 아는 사람처럼 친근하게 말했으므로 그도 한껏 예의 바르게 대답을 했다. 네, 제가 이정훈입니다만. 전화기 저편의 남자가 잠깐 뜸을 들이는 사이 그의 등뒤로 사람들이 줄지어 사무실을 빠져나갔다. 그들은 마치 그가 따라 일어날까 겁내는 듯이, 그가 전화를 거는 동안 움직여야만 한다는 듯 삽시간에 문 밖으로 사라졌다. 다들 어딜 가는가, 내가 모르는 또다른 회의가 있나, 하던 그는 시계를 보고서야 점심시간이라는 것을 알았다. 지난 두 달 동안처럼 사다리를 그려 자장면 값을 나눌 필요가 없어진 점심시간이었다. 이정미씨가 선생님의 동생이 맞습니까? 남자가 묻는 순간 그의 가슴 한구석에 무언가 낮고 둔탁한 소리가 났다. 그렇습니다만…… 무슨 일이지요? 그애에게 무슨 사고라도……? 그의 목소리가 낮아졌다.

대학 졸업 후 이 년 동안 무려 다섯 군데의 직장을 옮겨다닌 아이였다. 의상 디자인이라는 전공과는 전혀 상관없어 보이는 직장을 얻을 때마다 그애는 드디어 천직을 얻었다는 표정으로 출근했지만 한 달, 혹은 두어 달 후면 신문과 벼룩시장의 구인란을 뒤적이는 것이었다. 사고라기보다…… 여긴 제일카드회사입니다. 남자가 그렇게만 말했지만 그는 이어질 말을 알았다. 카드사고. 정미는 상습 장기 연체자였다. 이미 신용불량자로 분류되었을 그애가 대체 어떻게 또다시 카드를 발급받았는지 그로서는 짐작이 가지 않았다.

전화기 저편의 남자는 차분하고 예의 바른 목소리로 연체 액수와 기간, 그리고 보증인으로서 그가 해야 할 일에 대해 말해주었다. 해야 할 일을 하지 않았을 때 그가 당할 불이익에 관해서 덧붙이는 남자에게 그는 가능한 한 낮은 목소리로 대꾸했다. 그런 일은 잘 알고 있습니다. 곧 처리하도록 하겠습니다. 서둘러 전화를 끊고서 그는 텅 빈 사무실을 둘러보았다. 똑같이 생긴 책상 위의 똑같이 불 꺼진 모니터들이 그를 향해 일제히 보이지 않는 전파를 쏘아보내는 것 같았다. 정미의 카드에서 체납된 돈은 그의 짐작보다 엄청나게 큰 액수였다. 해약할 적금이 남아 있는지, 대출을 받을 수 있을는지 잠깐 생각하던 그는 세차게 머리를 흔들었다. 그는 어지러웠다.

퇴근하기 직전, 그닐의 세번째 불운이 그를 향해 서벅서벅 걸어들어왔다. 사무실 입구 쪽 미스 정의 책상 앞에서 무언가 묻던 남자가 그를 똑바로 쳐다보았을 때 그는 동원 가능한 현금의 숫자를 가늠하느라 분주한 중이었다. 숫자는 늘 그를 당황하게 만들었다. 그는 동그라미와 낙서가 가득한 종이를 사나운 기세로 구겨쥐었다. 그 순간 그의 머리 위에서 말소리가 들렸다. 이정훈씨? 마른 얼굴의 남자가 그를 내려다보고 있었다. 남자는 쥐처럼 반들거리는 작은 눈으로 순식간에 그를 훑으며 차갑게 말했다. 잠깐 시간을 내주시겠습니까? 요 앞 복도에서라도 괜찮습니다. 그 남자의 어투가 무례했거나 그 태도가 거부할 수 없을 만큼 위압적인 것은 아니었다. 그런데도 그는 순한 아이처럼 몸을 일으켰으며 남자에게 공손히 문을 열어주고 그를 먼저 나가게 한 다음 복도로 나갔다. 그 남자에게는 낯설지 않은 냄새가 났다. 본능적으로 그는 왜?라고 묻지 않아야 한다는 걸 알아차렸다.

이정규, 지금 어디 있는지 아시죠? 남자의 첫마디는 그가 정확히 예상한 그대로였다. 형, 핸드폰이 끊겼어. 어떻게 된 거야? 그렇게 전화를 걸어온 것이 언제였던가. 지난여름? 가을? 갈래갈래 잘린 기억이 그의 머릿속을 헤집었다. 그는 자신이 할 수 있는 대답을 했다. 모릅니다. 지난여름 이후 행방을 알지 못합니다. 남자는 그럴 줄 알았다는 듯 고개를 주억거렸다. 우리도 뭐, 이정규가 큰일을 저질렀다고 생각하는 건 아닙니다. 걸린 애들 말대로라면 이정규는 종범(從犯) 이상인데 정황으로 봐서 그럴 리가 없거든요. 참고인 자격으로 소환하려는 건데 도통 어디 있는지 알 수가 있어야지요. 남자는 잠깐 말을 끊고 그를 지그시 노려보았다. 도망다니다가 주범(主犯)이 된 경우, 그런 거 모르시죠? 걸린 놈들이 발뺌하느라 정신없으니까.

그를 동요하게 하고 그로써 정규의 행방을 이야기할 것이라 생각한 남자의 예상은 절반만 들어맞았다. 그는 너무나 놀라 소리를 질렀다. 그애는 망만 봤다고 했어요. 그런 끔찍한 일은 신문을 보고서야 알았다구요. 자아자. 흥분하지 마세요. 사람들이 봅니다. 퇴근하던 직원들이 그를 흘끔거리고 지나갔다. 그는 숨을 들이쉬고 한껏 가여운 목소리를 냈다. 이것 보세요. 그애는 아무것도 아니에요. 조무래기도 못 되는, 뭐 그런 애라고요. 운동하던 선배가 불러내서…… 남자가 그의 말을 잘랐다. 그건 이미 들은 얘기고. 본인이 나타나야 우리도 어떻게 해볼 것 아닙니까. 어디 있습니까? 그는 멍한 눈으로 남자를 쳐다보았다.

조바심과 짜증과 동생에 대한 염려가 그의 인내심을 바닥내기 직전 그는 남자에게 말했다. 연락이 오면, 그러면 제가 직접 출두시키겠습니다. 회사에까지 찾아오시면 정말 곤란합니다. 아시잖습니까? 직장이란…… 점점 애원조로 변하는 그의 말을 듣던 남자가 입술을 일그러뜨리며 웃었다. 제발 그러시오. 우리는 이 짓, 좋아서 합니까? 어쨌든 사람이 죽었잖아요, 쓰레기 같은 놈이든 뭐든. 그는 천천히 안간힘을 쓰듯 두 팔을 올려 팔짱을 끼었다. 그러지 않으면 남자의 능글거리는 얼굴을 향해 손을 뻗고야 말 것 같았다.

여느 때처럼 먼저 나간다거나 내일 보자는 일상적인 인사도 없이 동료들이 사라진 빈 사무실에 앉아 그는 해야 할 일들을 차례로 생각했다. 우선 아내에게 정미의 이야기를 해야 했다. 가장 힘든 일을 맨 먼저 처리한다. 그의 일 처리 방식이었다. 아내는 화를 낼 것이다. 아니, 비웃을지도 모른다. 피는 못 속이니 어쩌니 심한 말을 할 경우도 예상해야만 했다. 어쩔 수 없는 그의 몫이었다. 그것은 정미가 그의 동생이라는, 그 의심할 수 없는 사실만큼이나 자명한 것이었다. 만약, 다행히도, 그럴 가능성은 희박하지만 아내가 통장을 내밀거나 이렇게 하지요, 라며 의견을 말해온다면 일은 수월해진다. 아내에게 전혀 여유가 없을 경우라면, 이미 지난봄, 정미가 두번째 사건을 저질렀을 때 잔고가 바닥난 그의 통장으로는 아무것도 할 수 없다. 마이너스 통장을 하나 만들 수 있을까? 그는 안면이 있는 은행 대리에게 전화를 걸려다 문득 시계를 쳐다보았다. 여덟시. 잔무를 처리한다고 하더라도 대부분의 사무실이 비어 있을 시각이었다.

그의 아내는 그에게 설명할 기회를 주지 않았다. 늦은 저녁을 먹고 다섯 살배기 아이가 잠들기를 기다려 그가 앉아봐, 할 얘기가 있어. 했을 때 그녀의 첫 물음은 당신, 짤렸구나?였다. 아내는 텔레비전 리모컨을 들고 신경질적으로 채널을 바꾸며 그렇게 말했다. 그는 어리둥절했다. 무슨 얘기야? 당신 누구한테 뭔 얘길 들었어? 그가 묻자 아내는 그를 보기 겁내듯 외면한 채 말했다. 오늘, 정 대리 부인이 전화했어. 소문이, 회사에 쫙 퍼졌다면서. 입사동기 정 대리, 정 대리의 아내와 그녀는 고교 시절부터 단짝이자 라이벌이었다. 필요에 따라 서슴없는 정보 교환자로, 경쟁자로 변하는 두 여자 때문에 그와 정 대리는 때로 약삭빠른 첩자를 보는 눈으로 서로를 대하며 육 년을 보내야 했다. 나는 다 아는데, 너는 모르는 구나, 그런 기색을 숨기지도 않았어. 뭐, 소문이니까, 신경 쓰지 마. 그러면서도 신경 쓰여서 어쩔래? 먼저 승진했다고 약올리더니 살다 보니 이런 일도 있지 뭐니, 그런 투로 저 할 얘기만 하고 끊었어. 불안해서, 걱정돼서 죽을 것 같았는데, 정말 그런 거야?

그는 아내의 손을 보고 있었다. 푸른 힘줄이 불거진 손등 아래 긴 손가락과 매니큐어 칠이 벗겨진 은빛 손톱. 아내의 떨리는 손을 보는 동안 그의 가슴이 아렸다. 그는 부드러운 목소리로 말했다. 소문이야, 늘 있지. 난 적어도 아직은 안 잘렸어. 유학까지 보내준 회산데, 본전 생각해서라도 날 자르겠어? 아내는 그날 저녁 처음으로 그를 똑바로 쳐다보았다. 인공의 그것처럼 긴 속눈썹 아래, 무구한 아이 같은 눈이 그를 향해 몇 번 깜박였다. 구시대적 유물처럼 되어버린 여자대학의 오월의 여왕. 아내는 그 동화 같은 이름으로 뽑힌 마지막 졸업생이었다. 동화 속 공주처럼 예쁜 며느리를 얻기 위해 들인 노력에 어울리게끔 그의 어머니는 늘 그녀를 공주처럼 대했다.

아름다운 것, 착한 것, 좋은 것, 그리고 훌륭한 것만 이야기할 수 있는 생활. 이 년간의 유학이 서류상으로만 그랬을 뿐 실은 자비 유학이었으며, 무급 휴가에 가까운 기간이었다는 걸 아내는 아직 모르고 있었다. 그때까지는 그에게, 정확히는 그의 어머니에게 그럴 경제적 능력이 있었기에 가능한 일이었다. 그런데, 근데 왜? 왜 날 놀라게 해. 무슨 일인데? 조금쯤 누그러진 아내는 이제 불안했던 하루를 보낸 데 대해 보상받으려는 듯 길게 몸을 늘이며 그를 보는 시선에 담뿍 기대를 담았다.

텔레비전에서 그와 그의 아내처럼 어떤 부부가 마주 앉아 이야기를 나누고 있었다. 그가 아는 몇 안 되는 여자 탤런트 중 하나가 그의 아내와 똑같은 표정으로 남자를 쳐다보았다. 무슨 얘긴가의 끝에 안색이 변한 여자가 갑자기, 거의 기절할 듯 비명을 질러대기 시작했다. 여자의 비명과 웅얼웅얼 변명하는 남자의 말소리. 그것이 그날 드라마의 끝부분인 모양이었다. 암전된 화면 뒤에 당신을 제왕으로 모시는 제일카드, 광고가 흘러나오고 그가 정미, 라는 이름을 입에 올리기까지 십 분쯤의 시간이 흘러갔다. 아내는, 그가 다섯 마디쯤 말했을 때 몸을 일으켜 방으로 들어가 문을 세차게 닫았다. 스물다섯 평 아파트 전체가 흔들렸다가 천천히 아무 일도 없었다는 듯 제자리에 놓였다.

아내의 반응을 지나친 것이라고 할 수는 없다는 것은 그도 알고 있었다. 이미 세번째인 것이다. 정미는 세상의 모든 것들이 최고를 위해 존재하는 것이라고 생각하는 아이였다. 최고에게 선택되기 위해 살아가는 삶. 자신이 선택하는 것 역시 늘 최고여야만 한다는 믿음을 심어준 것은 물론 그의 어머니였다. 머리끝에서 발끝까지.

첫번째 카드사고가 났을 때 적지 않은 그 돈들이 대체 어떻게 소비되었는지 묻는 그에게 그애는 눈 하나 깜짝 않고 말했다. 옷 같은 옷 몇 벌 샀지, 그뿐이야. 그는 화려한 문양이 그려진, 이처럼 초라한 방에 놓인 것이 한심하기 짝이 없다는 듯 서 있는 그애의 옷장을 열었다.

평범해 보이는 바지들. 특별한 장식이 없는 검고 흰 상의들이 무표정하게 그를 내려다보았다. 그는 맨 먼저 아르마니 상표가 붙은 상의를 끌어냈다. 그래, 옷 같은 옷. 이건 얼마짜리니? 칠십 좀 못 줬어. 사이즈가 없어 특별 주문한 거야. 그는 손에 잡히는 대로 검은 외투를 벗기며 물었다. 그럼 이건, 이건 어떠니? 아이그너야. 오빠도 예전엔 그 브랜드 좋아했잖아. 백이 좀 넘어. 알면서 뭘 그래. 정미의 목소리에 짜증이 섞여들었다. 페라가모 투피스, 세인트 존 니트, 샤넬 원피스를 차례로 잡아채며 그는 물었다. 이건? 이건? 이건 또 얼마냐? 이것도 이백이냐? 좁은 방 가득 널린 옷 한 벌 한 벌이 그의 월급을 상회하는 값어치를 가졌다는 사실이, 정미가 그의 집에 온 단 일 년 사이 그것들을 사들였다는 사실이 그를 허탈하게 했다. 그가 너, 대체 왜 그러냐, 이제 정신을 차릴 때도 되지 않았냐, 고 묻기 전에 정미가 풀죽은 목소리로 말했다. 몇 벌 안 되잖아. 봐, 고작 일곱 개 아냐. 맥이 풀린 그에게 정미가 응석부리 듯 말했다. 어떡해 그럼. 옷이 갖고 싶은걸.

두번째의 경우는 좀더 나빴다. 월말에 받아든 그의 카드 대금 청구서에 적힌 알 수 없는 숫자들을 보는 순간 그는 상황을 알아차렸다. 그의 지갑에, 그의 카드에 손을 대기 시작한 정미에게 그는 난생 처음으로 손찌검을 했다. 너, 죽고 싶니? 정미는 핏발 선 눈으로 그를 노려보았다. 그깟 돈 몇백에 이 난리야. 오빠 하고 싶은 대로 다 하고 살았잖아. 유학에, 미인에, 근사한 직장에, 그것들 다 엄마가 만들어준 거 아냐. 난 뭐야. 몇 년 늦게 태어난 죄밖에 더 있어? 오빠가 누린 거, 나랑 정규 몫은 없는 줄 알아? 이깟 옷 몇 벌이 뭐야. 오빠 예전 하룻밤 술값밖에 더 돼? 그래, 나도 죽고 싶어. 거지처럼 살 바엔 차라리 죽겠어.

그는 겁이 났다. 차가운 몸으로 돌아온 아버지. 빈 매장의 벌거벗은 마네킹 사이에서, 마네킹처럼 뻣뻣이 굳은 몸으로 발견된 아버지. 방만한 경영의 표본처럼, 그 무자비하고 허무한 끝을 알리는 징표처럼 세간에 오르내린 백화점과 아버지의 이름. 그는 한숨을 내쉬며 그가 쓸 수 있는 마지막 카드를 내밀었다. 어쩔 수 없구나. 너, 대전 내려가라. 난 너 감당 못 하겠다. 어머니께 전화하마. 정미는, 그애는 믿을 수 없을 만큼 급작스레 울음을 터뜨렸다. 그러지 마. 오빠. 미안해, 내가 잘못했어, 이제 안 그럴 게, 맹세해도 좋아, 정말이야. 횡설수설 이어질 말을 이미 알고 있는 그는 눈앞의 카드들의 중동을 하나하나씩 힘주어 꺾었다. 회장 사모님으로 일생을 보낸 어머니. 그 꿈에 잠겨 성난 채권자들에게조차 오만한 여왕처럼 대하다 밀려 넘어져 다친 허리 때문에 자리보존하고 누운 처지에도 단골 미용사를 집으로 불러야만 직성이 풀리는 어머니에 이르면 정미도 저처럼 울음을 터뜨리고 마는 것이었다.

그는 비어 있는 정미의 방으로 다가갔다. 좁은 방 가득 들어찬 침대, 그 옆 작은 탁자 위에 정미의 사진이 있었다. 긴 생머리를 늘어뜨린 그애는 아름다웠다. 최고에게 선택될 꿈을 버릴 수 없을 만큼. 아버지가 살아 있었다면, 백화점이, 어린 시절부터 그들 모두에게 필요한 모든 것을 주었던 그 백화점이 건재했다면 정미는 최고의 위치에 올랐을 것이다. 옷 같은 옷으로 포장하지 않아도 스스로 빛나는 아이로 남아 있었을 것이다.

그는 모르는 사이 늘어난 몇 벌의 옷을 옷장에서 끌어내렸다. 그는 그것들 전부를 들어내 아파트 현관으로 나른 다음 둘둘 뭉친 옷가지들을 현관문 옆 한쪽에 놓인 박스 속에 집어넣었다. 집집에서 나온 헌 옷가지를 모으는 박스였다. 박스의 겉면에 쓰인 대로라면 내일, 수요일이 수거차량이 오는 날이었다. 수백만원, 아니 천만원대에 이르는 옷들이 든 박스를 그는 힘겹게 들어 지하계단 입구로 옮겼다. 버려진 집기들이 쌓인 빈 공간에 놓인 박스는 허섭쓰레기처럼 보였다. 이제 옷들은 정미의 눈에 쉽게 뜨이지 않을 것이다. 그리고 내일이 지나면 그것들은 동남아시아 어느 곳으로 팔려가기 위한 엄청난 헌옷 더미에 묻힐 것이다. 계단을 오르던 그의 눈에 옷가지 중 하나에 아직까지 매달려 있는 깔끔한 비닐봉지 속의 가격표가 보였다. 그의 거친 손길에 뜯겨진 가격표의 동그라미는 정확히 여섯 개였다.

다음날 새벽, 그를 깨운 것은 날카로운 전화벨 소리였다. 아니, 전화 속의 목소리였다. 형, 여기 과천 경찰서야. 나, 걸렸어. 정규였다. 지난봄 어느 저녁 슬그머니 집에서 나간 이후 소문만으로 대해온 그의 스무 살짜리 동생이었다. 잠이 확 달아난 그가 엉겁결에 말했다. 그래, 그래. 차라리 잘됐다. 기다려, 형이 갈게. 당황하지 말고. 그러나 전화를 끊고 난 그는 정작 당황해서 허둥거리느라 침대 모서리와 방 문턱에 차례로 부딪혔다.

정규는 불심검문에 걸렸다고 했다. 난 죄 없어. 선배가 망보라고 해서 애들 둘이랑 가게 앞에 서 있기만 했어. 백차 소리가 나고, 누군가 뛰어, 그러길래 무조건 달아났는데. 그런 큰 싸움인 줄 정말 몰랐어. 정규는 그도 알고 있는 사실을 차례로 반복해서 말했다. 정규의 말처럼 그애에게는 아무 잘못이 없을 수도 있었다. 잘못이 있다면 그대로는 '대학'자 붙은 어떤 곳에도 입학할 능력이 없는 아이를, 소질도, 흥미도 없는 유도부에 넣은 어머니에게 있었다. 그렇지만 정규가 운동보다는 졸업한 껄렁패 선배들을 따라다니고, 소규모 폭력배의 싸움에 휘말리고, 마침내 그중 하나가 칼에 찔려 죽은 사건이 벌어진 것, 그 사건의 주동자와 나란히 신문에 이름이 오른 것까지 어머니의 잘못이라고는 할 수 없었다.

그는 어쨌든 출근을 해야 했으므로 여느 때처럼 세수를 하고 꼼꼼히 면도를 했다. 늦지 않은 것을 확인하고 집을 나설 때까지 아내는 눈을 뜨지 않았다. 그는 아내의 옆에 쪼그리고 잠든 아이를 바라보고 방문을 닫았다. 천식 기운이 가시지 않은, 쌔근대는 숨소리가 그를 따라왔다.

출근한 그는 자리에 앉기도 전에 부장의 호출을 받았다. 전날처럼 그를 경원하는 눈으로 흘끔거리던 동료들은 그럴 줄 알았다는, 내가 아니라 다행이라는, 혹은 무표정한 눈으로 그를 바라보았다. 공손히 머리를 숙이고 권하는 의자에 앉는 그에게 부장은 침착하고 다정한 목소리로 말했다. 내일부터 출근하지 않아도 됩니다. 이 과장. 그는 바보가 아니었으므로 그게 무슨 의미인지 묻는 실수 같은 것은 하지 않았다.

왜 접니까? 부장님. 그는 예의 바르게 물었다. 근거를 대라, 이건

가? 순간적으로 불쾌한 빛을 떠올린 부장은 그러나 차분함을 잃지
않은 목소리로 말했다. 인사고과에 반영되는 것들이 여기, 수치로
다 나와 있어요. 미심쩍으면 확인해도 좋아. 그는 떨리는 손으로
부장과 그의 사이에 놓인 서류 뭉치를 들었다. 지각, 결근 횟수 따
위부터 토익점수, 프로젝트마다 맡은 부분의 완성도와 그 일이 회
사에 미친 영향력까지, 보고서에는 완벽한 수치로 환산된 그의 6
년간의 회사생활이 기록되어 있었다. 지각과 결근, 그리고 토익점
수처럼 그가 이의를 제기할 수 없는 부분을 지나 베가스 프로젝트
를 분석한 부분에 그의 눈길이 멎었다.

  보고서는 베가스 작전의 실패를 미국측 설계사들의 책임으로 돌
리고 있었다. 수없는 설계진행회의 이후 귀국한 그들이 보내온 성
과품이 기대 이하였던 것, 이만불을 들인 그 모델보다는 오천불짜
리 타 회사의 그것이 월등했다는 것, 그 때문에 성급히 국내에서
재제작을 해야만 했던 것도 모두 사실이었으므로 보고서의 분석
이 틀렸다고 할 수는 없었다. 그렇지만 미국측 설계사들의 무성의
와 그의 능력을 연계시킨 것은 그로서는 납득되지 않았다.

  그는 부장에게 항의하기 위해 고개를 들었다. 이 과장. 부장이
먼저 입을 열었다. 이것들은 숫자일 뿐이오. 과장급 이하 아흔 명
직원 중에 마흔일곱이 잘렸어요. 그 사람들 모두 훌륭한 일꾼들이
오. 이 과장처럼. 남은 사람들도 연봉 삼십 프로 감봉이야. 사실 이
자리에 있는 나도 괴로워. 언제 잘릴지도 모르고. 그는 조용히 보
고서를 내려놓았다. 그와 어깨를 엇갈려 부장실로 들어서던 사람
이 그를 보고 쓴웃음을 지었다. 무의식적으로, 저도 모르는 사이
그 사람의 어깨를 치며 그가 말했다. 고마워. 뜻밖의 인사를 받은

156

정 대리의 얼굴이 한층 일그러진 것을 그는 보지 못했다.

나 혼자가 아니다. 그는 생각했다. 아내는 정 대리의 아내에게 위로 전화를 걸 것이다. 둘은 불합리한 구조조정에 대해 성토하고, 엉터리 같은 숫자에 분개하고 무능한 상사와 무능한 사회와, 무능한 모든 남자들에 대해 비난을 퍼부을 것이다. 혼자가 아니라는 것이, 무려 절반 가까운 사원들이 동시에 퇴직을 강요당했다는 사실이 그를 안도하게 했다. 그는 차분하게 책상을 정리하기 시작했다.

맨 먼저 눈에 띈 것은 책상 한가운데 놓인 명함이었다. 안면이 있는 은행 대리의 명함을 그는 쓰레기통에 넣었다. 이제 아무도 그에게 마이너스 통장을 만들어주지 않을 것이나. 어떤 은행에서도, 단 몇 푼의 돈도 대출해주지 않을 것이다. 그의 기분이 조금쯤 가라앉았다. 퇴직금이 얼마나 될는지, 그 돈으로 정미의 카드 대출금과 정규의 변호사 비용을 대고 나면 얼마나 남을는지, 하는 생각들이 그의 머릿속을 파고들었다. 그는 조금 더 우울해졌다. 정 대리에게는 수배중인 남자동생도, 공주처럼 살고 싶어하는 여동생도 없었다. 자신이 여왕이라고 착각하고 있는 어머니도 죽은 후에도 빚으로만 남은 아버지도 물론 없었다.

걷잡을 수 없이 기분이 가라앉은 그는 맞은편의 정 대리가 책상을 정리하는 모습을 물끄러미 바라보았다. 그는 부끄러웠다. 고마워, 라고 말한 것이 너무나 창피스러웠다. 퇴직당했다는 것이, 자신의 무능으로 프로젝트를 놓쳤다는 사실이 그지없이 미안했다. 우울하고 비감한 얼굴로 사무실 안의, 내일이 되어도 출근할 모든 직원들에게 차례로 인사를 건넨 그는 가득 찬 두 개의 상자를 남겨둔 채 사무실을 나왔다. 그것들을 들고 복도를 지나고 엘리베이터를 타고, 그리고 집까지 들고 갈 용기가 그에게는 없었다.

당장 해결해야 할 일은 정미의 카드 건이었다. 월급통장으로 입금될 퇴직금에 알 수 없는 출금액수가 찍힌다면 아내는 감당할 수 없는 반응을 보일 것이다. 찬란하던 성이 무너지고 그 으슥한 곳에 온갖 벌레와 곰팡이가 자라나는 것을, 단 오 년 사이에 그 모든 일을 목도한 아내는 더이상 성 안을 견디지 못하고 뛰쳐나갈지도 몰랐다. 지하주차장까지 걸어가는 동안, 그리고 차에 열쇠를 꽂는 순간까지도 그의 머릿속에는 아무런 방법이 떠오르지 않았다.

차 문을 여는 그의 발치에 빳빳한 종이 한 장이 툭 떨어졌다. '軍'라는 글자가 붉은 글씨로 인쇄된 작은 카드였다. 차량을 담보로 대출, 할부차량 可, 최저금리 보장, 본인 사용 可, 따위의 글귀가 차례로 눈에 들어왔다. 출고한 지 사 년이 지난 차를 그는 잠시 바라보았다. 불안한 대로 성채(城砦)가 유지되고 있을 때, 최고를 고수하는 그의 어머니의 고집과 아내의 주장이 맞아떨어져 샀던, 집을 팔고 서민 아파트를 전세로 얻어 이사할 당시에도 처분하지 못한 차였다. 유지비가 만만치 않았지만 그도 그 차를 팔고 싶지는 않았다. 어쩌면 그 차는 그의 자존심이었다. 주차장 입구 쪽에서 차 한 대가 들어오고 있었다. 아직 광택을 잃지 않은 차의 표면이 빛을 받아 날카롭게 번득였다. 그는 천천히 차에 올라 휴대폰을 들었다.

이자율은 오 프로입니다. 원칙적으로 십 프로입니다만 사장님처럼 좋은 차를 가지신 분은 특별 대우지요. 기간은 한 달이고 연장 가능합니다. 사장님께서 신용이 좋으시다면 말이지요. 거성산업이라는, 문에 붙어 있던 아크릴 간판에 어울리지 않게 중후한 체격의 남자가 말했다. 전화로 들었던 그 목소리였다. 그가 차종을 말하는 순간 조심스럽게, 그 차라면 천, 정도는 가능합니다, 하던 남자. 남자는 깔끔한 양복 차림이었다. 검은 소파와 서너 개의 책상이 놓인 사무실은 단출했지만 잘 정돈되어 있었으며 여사원의 책상 위에는 꽃까지 놓여 있었다. 그는 이곳을 찾기까지의 망설임과 건물 입구의 너절한 쓰레기에서 받았던 선입관을 털어냈다.

저희도 다 허가받고 하는 일입니다. 믿으셔도 좋습니다. 남자가 벽에 걸린 사업자 등록증을 가리키며 말했다. 조금 더 안도한 그가 안주머니에 손을 넣었다. 주민등록증과 차량등록증, 그리고 급히 발급받은 인감증명서 따위를 꺼내며 그가 물었다. 만약, 만약에 말입니다. 제가 기간 내에 이자를 못 갚으면, 그러면 어떻게 됩니까? 당장 차를 인도해야 합니까? 남자는 너그러운 미소를 지었다. 그렇지는 않습니다. 저희는 이런 대출을 미끼로 차를 뺏는 그런 사람들과는 다릅니다. 그런 일이 없겠지만 만약 연체가 된다면 그때 가서 또 방법을 찾을 수 있을 겁니다. 그거 이리 주시죠. 그에게서 서류를 받아든 남자가 여직원을 불렀다. 잠시만 기다리시면 서류작업이 끝날 겁니다. 주민증은 카피하고 돌려드리고, 그리고 차량등록증은 저희가 보관합니다. 복사본을 드리구요. 차량검사나 보험처리 같은 일에는 복사본도 상관없거든요. 차 한잔 하시겠습니까?

남자가 만들어준 진하고 단 커피를 마시는 동안 그는 한 손으로 주머니 속의 차 열쇠를 만지작거렸다. 아무도 이 차에 근저당이 설정되었다는 따위는 모른다. 어딜 가든 차는 변함없이 나를 기다리며 문 밖에 서 있을 것이다. 누구도 내게서 이 차를 빼앗아가지 않는다. 그리고 정미의 대출금과 변호사 선수금을 줄 수 있다……

그런데도 그는 불안했다. 남자가 어느 순간 미안하지만 돈을 줄 수 없다, 고 말할 것만 같았다. 단 한푼의 돈도 얻지 못한 채 건물을 나가면 차가 사라지고 없을 듯한 착각이 들었다. 그는 이층의 창 너머로 고개를 빼고 아래를 내려다보았다. 남자와 함께 확인했던, 좁은 틈에 간신히 끼어 있는 그의 차가 있었다. 흐린 날씨 때문에 한층 더 검고 짙어진 차 지붕이, 한 발 뛰면 그 위로 사뿐히 내려 앉을 수 있을 듯 가까워 보였다.

사장님, 잠깐만요. 여직원이 남자를 부르는 소리가 들렸다. 복사기 앞의 여직원을 쳐다보던 남자가 왜? 하다가 몸을 일으켰다. 이게 저기요…… 그에게는 여직원의 말소리도, 남자의 물음도 잘 들리지 않았다. 웅얼웅얼거리던 남자가 응, 그렇네, 하는 듯했다. 그는 엉거주춤 일어났다. 뭐가 잘못됐습니까? 남자가 난처한 표정으로 그를 바라보았다. 이 차가 사장님 명의가 맞긴 한데요…… 그런데, 뭐가 문제지요? 그는 남자에게로 한 걸음 다가갔다. 이 등록증이 말입니다. 이게 복사본이군요. 저희는 원본이어야 한다고 말씀드 렸을 텐데요? 남자는 그 자리에 서서 그가 다가오기를 기다렸다. 그럴 리가 있습니까? 차 안에, 콘솔박스에 늘 넣어두는 걸 꺼내왔 는데요. 비닐커버째로 드렸는데…… 그는 남자에게서 문제의 등 록증을 받아들었다. 출고날짜, 차종, 배기량과 그의 이름이 적힌 종 이의 앞뒤를 훑어본 그가 남자를 쳐다보았다. 이게 복사본이란 말 입니까? 복사본인 줄 어떻게 알지요? 그는 의아했다. 여기, 보십시 오. 인장 부분이 검잖습니까. 원본은 붉거든요. 그는 남자의 손가 락이 머문 부분을 보았다. 그 차의 등록을 허가한 강남구청장의 인 장. 선명한 검은 인장을 보는 순간 그의 낯이 하얗게 질리는 것을

160

남자가 무표정한 눈으로 바라보았다.

　아파트 문을 밀고 들어서면서, 문을 열어준 아내가 등을 돌려 들어가기 전에 그는 충동적으로 아내에게 차량등록증을 들이밀었다. 망설이다가는 밤이 가고 다시 날이 밝더라도 아내에게 차에 대해 묻지 못하리라는 것을 잘 알기 때문이었다. 이게 뭐예요? 그의 아내는 그가 내민 종이를 받아들고 낯선 표정을 지었다. 마치 이런 것은 난생 처음 본다는 기색이었다. 자동차 등록증이야. 당신 이거 어떻게 했어? 아내는 더욱 영문을 알 수 없는 낯이 되었다. 뭐가 밀이에요? 누가 당신 차 팔아먹기라도 했어요? 그는 아내를 지목한 것을 후회했다. 처음 예상대로 역시 정미가 한 짓이 틀림없다, 는 생각이 들었다. 하지만 그애가 어떻게? 어떻게 그애가 서류들을 준비할 수 있었을까. 이 차 주인은 우리 오빠데요, 내가 말하면 차를 줄 거예요, 라고 말했던 말인가. 그는 혼란스러웠다. 차를…… 모르겠어. 등록증이 없어. 누가 원본을 가져갔어. 뭐가 뭔지 모르겠어. 그는 입은 옷 그대로 소파에 주저앉았다.
　그의 아내가 슬그머니 그에게 다가왔다. 그런데…… 당신 차량등록증은 왜 필요했어요? 갑자기 그건 왜 찾았는데요? 그가 아내를 물끄러미 쳐다본 것은 아내의 말투 때문이었다. 탐색하는 듯한 조심스럽기 그지없는 어투. 그것은 아내의 어조가 아니었다. 탄력에 넘친, 응석과 애교가 가득한 아이처럼 말하던 아내가 별안간 사려 깊은 누나처럼 구는 것이 그를 불안하게 했다. 평소의 아내라면 그랬을 것이다. 그딴 건 왜 갑자기 찾았어? 어따 놔두고 이 난리야?

그가 바라보는 사이 아내의 얼굴이 점차 창백하게 질리기 시작했다. 가짜 등록증을 디밀며 추궁하던 호기는 이미 그에게서 사라지고 그는 아내에게 묻기가 두려웠다. 아내가 입을 여는 순간, 그녀가 사실은 말이지, 하고 말하는 순간 그의 모든 것이, 아버지의 자살과 무너진 집과 반쯤 제정신이 아닌 어머니와 차가운 감방에 갇힌 정규와, 그리고 이제 막 닥친 실직, 그 모든 일이 지나간 후에 남은 마지막 어떤 것이 사라질 것만 같았다. 천천히, 그의 손에서 가짜 등록증이 떨어졌다. 그의 발치에 떨어진 종이는 불길한 문서처럼, 해독할 길 없는 난수표처럼 보였다.

그의 아내가 허리를 굽혀 그것을 집어들었다. 당신도 거길 갔었구나? 아내가 말했다. 누군가 명치끝을 세차게 내지른 듯 그는 숨이 막혔다. 그 사람들이 사본이라 안 된다 그랬던 모양이지? 그래, 내가 그랬어. 당신보다 내가 한 걸음 빨랐던 거야. 그의 아내는 미안하다고 말하지 않았다. 재미있다는 듯, 그를 한 발 따돌린 것이 유쾌하다는 듯 고개를 갸우뚱하며 그를 쳐다보고 서 있을 뿐이었다. 그는 어쨌든 물어야만 했다. 왜 그랬어? 대체…… 왜 그랬어? 아내는 이마를 살짝 찡그리며 말했다. 당신도 거기 갔으면서 뭘 물어. 당신이 필요한 게 나도 필요했어. 그 순간 그는 불같이 화가 났다. 대체 왜 필요했냐구? 뭣 땜에 차를 잡혀먹었냐 말야. 월급 타면 꼬박꼬박 갖다주는데 무슨 급한 돈이 필요하냔 말야. 도대체 그게 무슨 짓인지나 알고 그랬어? 무슨 여자가 겁도 없이…… 그는 더이상 말을 이을 수가 없었다. 아내가 비명을 질렀기 때문이었다.

아내는 갑자기, 그의 기세를 누르는 방법은 그것밖에 없다는 듯 날카롭고 끔찍한 비명을 질러댔다. 초저녁잠이 들었던 아이가 놀란 얼굴로 나타나고, 이웃 어느 집에선가 항의하는 고함 소리가 들려오고 마침내 그가 질린 얼굴로 현관 밖으로 달아날 때까지 아내는 비명을 그치지 않았다. 그 소리는 그가 구르듯 계단을 내려왔을 때도, 어디로 가는지 알 수 없는 채로 골목들을 헤매다닐 때도, 간이주점에 앉아 셀 수 없을 만큼의 술잔을 비워냈을 때도 여전히 그의 귀에서 사라지지 않았다.

그는 책을 덮었다. 그 책을 쓴 사람은 감기를 달고 사는 아이를 가진 부모 마음을 아는 것 같지 않았다. 일기가 나빠지면, 잠깐의 저녁 외출에도, 남들 다 하는 달리기 한 번에도 숨이 턱에 차고 낯빛이 파래지는 아이, 자칫 호흡이 가빠지면 지체없이 구급차를 불러야만 하는 아이를 키워본 사람에게는 모든 것이, 숨쉬는 공기조차도 의심해야만 하는 그 무엇이었다. 그가 방문을 열고 나왔을 때도 집 안은 조용했다. 형체가 불분명한 괴물 따위는 보이지 않았다. 두 개의 다른 방문을 열고, 그곳이 모두 빈 것을 확인한 그는 집을 나왔다. 뺨에 와 닿는 공기가 차가웠다.

그는 난생 처음 보는 건물처럼 아파트를 올려다보고 이리저리 주차된 자동차 사이를 걸어나와 동네를 어슬렁거렸다. 오래된 시영 아파트의 낡은 놀이터에서 아이들 두엇이 그네를 타고 있었다. 삐그덕, 삐그덕 녹슨 그네 소리가 칠이 벗겨진 시소 사이로, 쓰레기 더미가 뒹구는 놀이터 한구석으로 퍼져나갔다. 무언가 그네의 옆에서 반짝, 빛을 받아 빛나는 것을 본 그가 아이들에게로 다가갔다. 그네의 버팀목 사이에 세워진 그것을 가리키며 그가 물었다. 애, 이거 네 거니? 그가 다가오는 동안 그네를 멈춘 한 아이가 말했다. 왜요? 아저씨 탈 줄 아세요? 아이의 볼은 빨갛게 얼어 있었다. 그거요? 얘가 어디서 주운 거래요. 딴 아이가 말했다. 근데 너 임마, 그거 공갈이지. 어디서 슬쩍했지? 스케이트보드의 주인이라는 아이가 험상궂은 낯을 했다. 시끄럿 마. 니가 뭘 안다고 까불어. 당장 주먹다짐을 할 기세인 두 아이가 서로를 노려보고 있는 사이 그는 스케이트보드를 들고 성큼성큼 놀이터를 벗어났다. 어, 아저씨. 그거 제 꺼예요. 진짜란 말예요. 소리를 지르면서도 아이는 선뜻 그에게 다가오지 못하고 그 자리에서 주춤거렸다.

그는 싱긋 웃으며 스케이트보드에 올라탔다. 스케이트보드는 아이의 것이라고 하기에는 지나치게 컸으며 색색의 광택이 가시지 않은 새것이었다. 두어 번 비틀거리다 균형을 잡은 그는 능숙한 솜씨로 바닥을 차며 힘을 실었다. 알맞게 경사진 아파트 앞의 차도 위로 차르르, 바퀴 구르는 소리가 경쾌했다. 눈을 파고들 듯 차가운 바람이 그의 머리카락을 날리고 그는 그대로 날아갈 듯한 느낌이었다.

마주 오는 자전거, 유모차를 미는 여자를 재치 있게 방향을 틀며 피한 그의 스케이트보드는 점점 가속도가 붙고 그의 귓가에 마치 달리는 양 기차의 사이에 서 있는 듯한 바람 소리가 들렸다. 그에게는 뒤를 쫓아오는 아이도, 무슨 일인가 싶어 멀거니 그를 바라보는 사람들도 보이지 않았다. 그는 몇 해 전 스노우보드를 타던 느낌, 최상급 코스에서 과연 내가 저 아래까지 이걸 지치고 갈 수 있을까, 눈더미에 처박히지 않고, 몇 번 구르는 사고 없이 도달할 수 있을까 조바심 내던 그 기억을 떠올리며 몸을 모로 세운 채 방향키처럼 두 팔을 앞뒤로 벌렸다.

바람의 저항을 최소화하며, 나 자신의 탄력과 균형감각만으로 나는 안착할 것이다. 그는 눈을 부릅뜨고 앞을 노려보았다. 아파트와 낡은 가게들과 헐벗은 나무들 위로 파랗게 얼어붙은 하늘이 보였다. 아무도 그의 앞을 막지 않았다. 마치 그대로, 세상 끝까지 날아갈 사람처럼 그는 앞으로 앞으로 나아갔다.

회전문

그 여자를 사랑하나요? 내가 물었을 때 남편은 말했다. 너두 사랑해. 그건 그 여자를 사랑한다는 뜻이었다. 생각만큼 그 말이 고통스럽지는 않았다. 처음부터 그럴 생각은 없었어. 그냥, 일이 그렇게 됐어. 남편의 그 말이 내게 상처를 입혔다.
그냥 그렇게 시작하다니…… 삼 년간 그냥 그렇게 계속된 관계라니……
남편은, 다른 사람과의, 나 아닌 타인과의, 오로지 나를 향한 비밀을 만들었던 것이다.

여왕처럼 대접받고 싶으면 먼저 남편을 왕처럼 모셔라. 여자가 그렇게 말하는 순간 나는 텔레비전 리모컨을 눌러 화면을 죽여버렸다. 실직가장과 그로 인한 가정해체가 그날의 토론주제였다. 교수이거나 무슨 연구원, 혹은 어떤 기관의 책임자인 초대인사들은 교양 있고 우아했지만 그들은 평생 실직이나 가정해체와는 무관하게 살 사람들처럼 보였다. 그들이 하는 말은 먼 이국어에 다름없었다. 그 여자는 알지 못한다. 왕처럼 모셔도 하녀처럼 버림받는 것을. 다만 실직했다고 해서 왕이 될 수 없는 것이 아니라는 것을. 아이가 잠든 후 무어든 소리 나는 것을, 어른거리는 형체를 보고 싶어 틀어놓았던 화면이 사라지고 좁은 아파트 안에 촘촘한 그물 같은 침묵이 밀려들었다. 내가 사랑하던 침묵. 그 고요와 정결함이, 이제부터 어쩌면 평생을 함께 해야 할 그것이 내게 엄습했다.

이혼이라. 나는 혼자 몇 번이고 그 말을 되뇌어보았다. 혼인의 끝. 결별. 파경. 혼인의 끝이 깨어진 거울처럼 다가오는 것을 사람들은 어찌 알았을까. 남편이 집어던진 전기면도기가 화장대 거울에 가 부딪는 순간, 그 한가운데 쨍, 금이 가는 찰나 그도 나도 알았다. 단순히 거울 하나가 깨어진 것이 아니라는 것을. 파편을 꼼꼼히 줍고 거울을 갈아 끼우는 것으로 일이 마무리되지는 않으리라는 것을. 어쩌면 그것은 상징 이상이었다.

물론 우리 부부는 때로 이혼을 들먹이며 싸움을 벌이곤 했다. 그렇지만 그도 나도 진짜, 이혼을 생각하지는 않았다고 나는 믿었다. 왜 그렇게 믿었던 것일까. 다만, 그 여자의 존재를 몰랐기 때문일까. 갑자기 주위에 범람하는 '이혼'이 나를 깊은 혼란으로 몰아넣었다. 남편과 나, 그러니까 내게 닥친 이혼이 가장 절박한 것이어야 함에도 불구하고 나는 내 문제에 집중할 수조차 없었다. 어머니 때문이었다. 어젯밤, 너 좀 와봐야겠다, 는 전화를 받고 달려갔을 때의 어머니의 그 눈빛 때문이었다.

어머니는 퀭한 눈으로 나를 보고는 왔느냐는 말 한마디 없이 몸을 돌려 집 안으로 들어갔다. 주차장 하나를 사이에 둔 거리였으므로 슬리퍼 바람에 스웨터만 껴입고 오긴 했지만 나로서는 뜻밖이었다. 무슨 일이 있긴 있구나, 싶으면서도 나는 짜증이 치밀었다. 남편과의 계속되는 실랑이로 나는 몸도 마음도 지쳐 있었다. 내게는 누구든 다른 사람의 일에 간여할 여력이 남아 있지 않았다. 거두절미한 오라, 한마디가 아니었다면 아무리 어머니였더라도 나는 그 밤에 잠든 아이를 뉘어놓고 달려가지는 않았을 것이다.

나로서는 의미를 알 수 없는 대사를 늘어놓으며 한 여자와 남자가 절박한 눈으로 서로를 마주 보고 있는 화면뿐 아버지는 보이지 않았다. 그 화면은 아버지 전용이었다. 아버지는 일본 가요와 일본어 대사가 나오는 영화, 그리고 바둑 프로 이외에는 텔레비전의 어떤 것도 보지 않았다. 저질, 이기 때문에. 어머니는 그런 아버지를 피해 안방의 작은 텔레비전으로 연속극이나 주부 대상의 대담 프로, 혹은 쇼핑 채널의 빠르게 상승하는 구매신청 전화 숫자를 보곤 했다.

어머니는 숫자와 이름, 그 무어든 기억하는 것을 즐기고 자랑 삼았다. 이따금 어머니는 방영중인 모든 드라마의, 배역 맡은 모든 탤런트들의 이름을 적어보곤 했다. 가장 많을 때, 그 이름들의 숫자는 오백을 넘기도 했다. 이머니에게는 케이블 티브이라는 것이, 신축된 이웃 아파트 덕분에 별도의 신청 없이도 그 많은 채널들을 돌려볼 수 있다는 것이 그지없는 구원이었다.

아버지는 어디 가셨어요? 내가 물었지만 어머니는 고개를 으쓱, 할 뿐 아무 말도 하지 않았다. 어머니의 어조와 낯빛, 그리고 아버지의 부재가 심상치 않았지만 나는 어머니에게 캐물을 수가 없었다. 나는 마루를 나와 부엌으로 갔다. 차라도 한잔 마실까 싶었지만 늘 온수가 가득하던 보온병은 비어 있었고 항상 깔끔하던 싱크대 주변이 어지럽기 짝이 없었다. 저녁 먹은 그릇들이 찌꺼기가 덕지덕지 붙은 채 팽개쳐져 있었으며 식탁 위에는 마른 밥풀이 눌어붙어 있었다. 한 걸음 내딛던 내 발 밑에 밟힌 것은 아버지의 숟가락이었다. 아버지는, 예전부터 숟가락 집어던지기, 따악, 소리나게 내려놓기, 심지어 부러뜨리기의 명수였다. 은수저를 쓰지 못하는 것도 그 때문이었다. 그제야 나는 가슴이 철렁, 내려앉았다. 그곳은 어머니의 부엌이 아니었다.

어머니. 무슨 일이에요? 나는 차 끓이기를 포기하고 어머니에게로 다가갔다. 식사하시다 말고, 무슨 일이 있었어요? 아버지랑 다투셨어요? 나는 최대한 다정한 목소리로 물었다. 어머니는—그 순간의 표정을 나는 잊지 못할 것이다—어머니는 이를 앙다물고 나를 노려보았다. 백내장 기운 때문에 흐릿한 흰 테가 둘린 어머니의 홍채가 그 순간만은 무서운 빛으로 번득였다. 구겼다 편 습자지 같은 윤기 없는 피부 한가운데에서, 그것은 막 튀어나올 듯 이물스러워 보이기까지 했다. 주름진 입가를 씰룩이며 어머니는 몇 번 숨을 헐떡이고, 흐느끼듯 긴 한숨을 토해냈다. 나 이혼할란다. 마침내 어머니가 말했다. 이혼? 너무 기가 막혀서 나는 갑작스레 터지는 웃음을 참을 수가 없었다. 푸풋, 입을 막았지만 이미 새어나온 웃음에 어머니의 얼굴이 납빛처럼 굳어지고 몹쓸 것, 한마디를 남기고 어머니는 방으로 들어갔다.

그 당장에 어머니를 따라들어가야 했지만 나는 우선 목구멍에 걸린 가시 같은 웃음을 마저 토해냈다. 이혼이라니. 그건 내가 해야 할 말이었다. 오늘은, 오늘쯤은, 하면서도 차마 꺼내지 못한 말을 어머니가 먼저 하다니. 어머니는 이미 칠십을 바라보는 나이였다. 아버지와 함께 살아온 어머니의 날들, 오십 년 가까운 그 세월의 신산함을 나는 잘 알고 있다고 믿었다.

아버지는, 어머니의 표현대로라면 어머니를 손톱 밑의 때만큼도 여기지 않았다. 잔인하게도 아버지는 당신이 그렇게 생각하는 것을 숨기지 않았다. 무식한 것. 아버지는 어머니를 향해 자주 그렇게 말했다. 단호하고 무자비한 음성으로. 아버지의 그 박식함이나 사회적 명망, 지위 따위와 비교하지 않더라도 말 그대로 무학(無

學)인, 학교라는 이름 붙은 곳은 전혀 다닌 적이 없는 사람인 어머니가 무식한 여자라는 것은 틀림없는 사실이기는 했다. 어머니는 초등학교에 입학한 어린 나와 나란히 한글을 터득했으며 나와 동시에 시작해 한 글자씩 익혀나가던 천자문을 끝내 떼지 못한 채 책을 덮었다. 그러나 무식한 사람에게 무식한 것, 이라고 말하는 것이 얼마나 가혹한 일인지 아버지는 알지 못했다.

알지 못하기는 나도 마찬가지인 모양이었다. 나는 어머니의 입에서 나온 이혼, 이라는 말이 너무도 어이가 없었다. 노망이셔. 그렇지만 거기까지였다. 어머니를 어떻게 달래야 할지, 무슨 엄청난 일이 있었기에 평생 입에 올리지 않던 말을 하는지 도통 짐작을 할 수 없었다. 나는 조심스레 안방으로 한 걸음 다가갔다.

어두운 방, 불도 켜지 않은 방 한구석에 어머니는 동그마니 앉아 있었다. 오래된 주인처럼 벽 한 면을 차지하고 있는 낡은 자개농. 거실의 빛을 받아 옻칠 특유의 광택이 어룽거리는 농에 기댄 어머니는 내 기척에도 움직이지 않았다. 나는 가만히 어머니를 바라보았다. 고개 숙인 얼굴이 어둠에 묻혀 있었으므로 어머니는 누군가 아무렇게나 벗어놓은 옷가지처럼 보였다. 다가가 건드리면 그 자리에 풀썩 부피감이 사라진 옷만이 남을 것 같은, 이상한 두려움이 나를 감쌌다. 나는 스위치를 올려 불을 켰다.

어머니는 눈이 부신 듯 미간을 찡그리며 나를 올려다보았다. 엄마. 나는 어머니의 옆으로 다가가 손을 잡았다. 어머니. 왜 그러세요? 잘 참으셨잖아요. 이혼이 어떤 일인지, 어머니 모르잖아요. 지금 이혼하면, 어머니에게 뭐가 남겠어요? 나는 조용히, 토라진 아이를 타이르듯 말했다. 어머니는 말귀를 잘 알아듣는 사람이었다.

누군가 다가와 이런저런 사정을 이야기하면 언제나 고개를 끄덕이며 청을 들어주는 사람이었다. 시부모와 여섯 명의 시동생, 그리고 철부지 어린 내가 번갈아, 잠시도 쉴 틈 없이 해대는 이런저런 주문을 불평 한마디 없이 너끈히 소화해내느라 마르고 갈라진 어머니의 손은 차가웠다. 내가 그 손에 힘을 주는 순간 어머니는 잡힌 손을 빼내며 말했다. 가거라. 애 깼을라.

나는 머쓱해서 방을 나왔다. 더이상 어떻게 해야 할지 알 수가 없었다. 호들갑스레 어머니의 어려움을 캐묻고 아버지의 그 많은, 소급하자면 끝이 없을 만행들에 대해 공분을 터뜨리고, 그렇게 해서 어머니를 달래고 가라앉힐 수 있을까. 대체 두 분은 새삼스레 무슨 일로 다투었을까. 짜증이 나는데도 불구하고 짜증을 참아야만 하는 그 상황이 한층 더한 짜증의 한가운데로 몰아넣었다. 어머니에게는 달랑, 나 하나뿐이었다. 그런 어머니에게 웃어 보인 것은 확실히 나의 실수였다.

어머니. 우리 같이 이혼합시다. 남자들 내보내고 우리 둘이 삽시다. 그렇게 말할 수 있다면 얼마나 좋을까. 그는 나갔지만 아버지는 결코, 절대로 집을 떠나지 않을 사람이었다. 평생, 동전 한 닢, 종이 한 장까지 관리하던 집을 떠나 어딜 가시겠는가. 아버지에게는 갈 곳이 없을 것이다. 아버지에게는 여자, 따위는 없는 것이다.

그 여자는 보랏빛 투피스 차림이었다. 검정 칠피 구두와 어울리는 검은 우단 장갑을 낀 손을 내밀며 내게 악수를 청하다 여자가 언뜻 생각났다는 듯 장갑을 벗고 다시 손을 내밀었다. 반가워요. 여자가 정말 반갑다는 듯 살짝 웃었다. 잘 다듬어진 눈썹 아래 선명한 마스카라. 날렵하게 그려진 아이라인. 그 안의 눈이 맑고 아름다웠다. 여자는 특별히 눈매에 자신이 있는 듯 공들여 눈 주위를 치장하고 있었다. 그 눈으로, 여자는 빨아들일 듯 나를 바라보았다. 검고 깊은 눈이었다. 바라보는 동안 그 여자가 하는 말이라면 무엇이든 고개를 끄덕이고 말 듯한 느낌이 드는, 야릇한 광채가 도는 눈이었다.

눈만이 아니었다. 여자의 몸 전체에 팽팽한 긴장감이 흘렀다. 다른 사람의 시선에 익숙한, 언제라도 조명을 받으며 투명한 목소리를 낼 준비가 된, 자잘한 일상을 성큼 뛰어넘어 환영의 세계로 넘어갈 듯한 표징이었다.

야, 뭘 그렇게 우아를 떨고 있냐. 그만 앉아라. 여자를 데리고 온 선배가 왁살스레 말하며 담배를 피워물기까지, 여자와 나는 눈싸움하듯 서로를 바라보며 서 있었다. 애, 미안하지만 저쪽 가서 피울래? 나, 담배연기 알러지야. 기절해. 손사래를 치며 여자가 이마를 찡그렸다. 희고 긴 손가락 끝에서 은빛 매니큐어가 빛을 받아 반짝였다. 방 주인인 선배는 천덕꾸러기처럼 창가에 쪼그리고 앉는 신세가 되고 여자는 선배의 책상 앞, 회전의자에 앉아 그윽이 나를 바라보았다.

작가시라면서요? 무슨 책을 쓰셨어요? 제가 아는 글이 있을까요? 여자가 묻자마자 선배가 냉큼 책꽂이의 내 책 두 권을 뽑아 여자에게 건네며 말했다. 베스트셀러까지는 못 됐고, 스테디셀러라고나 할까. 여자는 고개를 끄덕이며 책 표지를 한 장 넘기고는 날개부분의 내 사진과 나를 번갈아 쳐다보았다. 사진이 참, 잘 나왔네요. 칭찬인지 무언지 알 수 없는 말이었다. 여자는 책의 중간

중간을 건성으로 넘기고 있었다. 나는 조용히 기다렸다. 여자가 이
야기를 시작하기를. 삼 년 동안의, 나를 제외한 모든 사람들이 다
알고 있었을 그 많은 이야기를.

그날은 휴일이었고 나는 혼자 선배의 작업실에 나와 있었다. 그
래야 할 만큼 원고가 밀려 있었다. 막 퇴고를 마치고 저장 버튼을
누르는 내 손끝은 날아갈 듯 가벼웠다. 드물게도, 내 스스로 만족
스러운 글이 씌어졌기 때문이었다. 나는 서투른 솜씨로 통신 화면
을 불러냈다. 선배의 아이디를 확인하고 접속 버튼을 누르려는 순
간 전화벨이 울렸다. 나는 간발 차로 연결되지 않은 통신 화면을
노려보며 송수화기를 들었다. 너 김승희라고, 들어봤지. 그 왜, 연
극하는 우리 동기. 방 주인인 선배였다.

나는 물론 김승희를 알고 있었다. 선배의 동기이므로 남편의 동
기생이기도 한 여자. 몇 달 전 남편과 함께 그 여자의 모노드라마
를 보러 갔던 일을 떠올리며 내가 물었다. 그럼요, 그 여자가 왜
요? 걔가 오늘 우리집엘 왔는데 말야. 혼자 사는 선배의 집에는
내가 알고 모르는 무수한 사람들이 오갔으므로 나는 심상하게 다
시 물었다. 그런데 뭐요? 나는 어서 원고를 보내고 돌아가 쉬고 싶
었다. 선배는 일 꾸미기를 좋아하는, 끊임없이 행사를 기획하고 책
을 만들어내는 사람이었다. 이 마당발 취향이 또 무슨 일을 벌이려
나, 싶을 즈음 선배가 말했다. 그애가 말이야. 나는 길게 기대앉았
던 몸을 바로 잡았다.

선배는 무언가 망설이고 있었다. 그것은 전혀 그녀답지 않았다.
그녀는 총알처럼, 상대가 미처 알아듣기도 전에 숨도 쉬지 않고 하

고 싶은 말을 쏟아내는 사람이었다. 나는 조심스럽게 말했다. 무슨 일이에요? 괜찮으니까 얘기해요. 그애가 말이야. 세번째 같은 말이었다. 그 여자가 뭐요? 나 속 타 죽기 전에 빨랑 얘기해요. 마침내 내가 소리를 질렀다. 그리고, 선배가 말했다. 걔가 니 남편이랑 연애한단다. 삼 년 전부터. 됐냐? 이 바보야.

나는 가만히 송수화기를 들고 있었다. 그것을 내려놓고 원고를 보내고 방을 나와야 한다, 고 생각했지만 굳은 듯 몸을 움직일 수가 없었다. 야, 너 괜찮으냐, 고 몇 번 묻던 선배의 음성이 사라지고 뚜, 뚜, 불규칙한 파열음이, 아득한 다른 세계의 소리처럼 내 귀를 때렸다. 오후의 빛이 스러진 방에 천천히 어둠이 스며들기 시작했다. 어둠은 조용히 나를 감싸듯 다가왔다.

벽을 둘러선 책장이 사라지고 책상 위의 희고 검은 책들이 사라지고 송수화기를 든 내 손이 까만 먹물 속에 잠기듯 사라져갔다. 그 짙은 어둠이 내 몸을, 손에 이어진 팔과 깜박이는 것을 잊은 눈까지 삼켜 마침내 아무것도 보이지 않게 되었을 때 누군가 나를 불렀다. 야, 문 열어. 야. 너 안에 있지? 문 열어. 나는 다른 사람의 그것처럼 느껴지는 팔을 내리고 송수화기를 바로 놓았다. 문을 열자 복도의 빛을 등지고 서 있는 선배가 있었다. 선배의 얼굴은 서투른 조각가가 빚은 음각처럼 기묘하게 보였다.

남편은 비밀이 많은 사람이었다. 비밀은 때로 관계를 아름답게 한다. 아주 어릴 적부터, 그 의미를 맨 처음 인지한 때부터 나는 비밀이라는 단어에 매료되었다. 이상하게도 내게는 비밀이 없다, 는 말은 믿음이 없다는 말처럼 들렸다.

비밀이 없으면 긴장과 흥분이 없다. 상대의, 혹은 나의 고백에 대한 망설임과 기대가 교차하는 그 순간, 숨을 멈추고 서로의 입과 눈을 주시하는 그 순간 찰나적으로 두 사람은 하나가 된다. 가장 가까운 이에게, 어쩌면 가장 많은 비밀을 만들며 사람들은 살아간다. 그것이 사랑하는 또다른 방식이라고 나는 믿었다.

다락방에서 그를 처음 보았을 때 나는 열일곱 살이었다. 짧고 무의미하고 선명한 어릴 적의 기억 한가운데 남아 있는 다락방. 그날 나는 왜 거길 올라갔을까. 그는 쓰지 않는 집기 사이에서 낡고 더러운 이불을 둘러쓰고 자고 있었다. 꽃무늬가 어룽어룽한 이불 위에 검은 머리카락이 비죽이 나와 있는 것을 보는 순간 나는 헉, 숨이 막혔다. 비명을 지르고 싶었지만 누가 시키기라도 한 듯 나는 내 손으로 입을 틀어막았다.

나는 가만가만 검은 머리카락을 향해 다가갔다. 머리 아래 하얀 이마, 그리고 짙은 눈썹이 보였다. 그 다락에 창이 있었던 것일까, 가느다란 빛이 그의 이마와 콧날을 비추고 있었다. 묵은 먼지와 습기와 곰팡내를 뚫고 그것과는 또다른 악취가 코를 찔렀다.

그는 오랫동안 거기 그렇게 잠들어 있었던 것 같았다. 그리고 영원히 그렇게 잠들어 있을 것 같았다. 나는 그의 곁에 주저앉아 그를 들여다보았다. 그는 더러웠지만 조금도 더러워 보이지 않았다. 경사진 다락의 벽을 타고 걸려 있는 구멍난 광주리, 더이상 소용에 닿지 않는 커다란 키, 천장에 닿게 쌓여 있는 아버지의 낡은 잡지처럼 그는 그곳에 어울리는, 원래부터 거기에 살고 있는 사람처럼 보였다. 그의 곁에 쪼그리고 앉아 나는 오랫동안 그의 고른 숨소리를 들었다. 단 한 번 몸을 뒤채며 돌아누웠을 뿐 누군가 대문을 흔드는 소리가 들리고 내가 내려올 때까지 그는 잠을 깨지 않았다.

다음날도 그 다음날도 나는 다락방으로 올라가 잠든 그를 보았다. 이따금 그의 머리맡에는 내가 읽을 수 없는, 읽더라도 의미를 알 수 없는 책들이 펼쳐진 채 놓여 있었으며 헹군 듯 깨끗한 빈 밥공기와 두어 개의 대접이 포개져 있기도 했다. 아무에게도 묻지 않았지만 누가 그걸 갖다 주었는지 나는 알았다. 갑자기 부지런해진 막내삼촌. 아버지를 피해 삼촌과 무언가 의미가 담긴 눈짓을 주고받던 어머니. 다락방의 그 남자는 삼촌과 어딘가 닮아 보였다.

세상 모든 일을 혼자 지고 있는 듯 그늘진 얼굴. 그러면서도 기묘하게도 어린아이처럼 천신하고 난순한 사람이 삼촌이었다. 그 남자의 잠든 얼굴에는 알 수 없는 슬픔이 어려 있었다. 거칠하게 자라난 턱수염과 갈아입지 못한 옷 때문이었을까, 남자는 버려진 동물을 연상시켰다. 보호받지 못한, 무자비한 수렵에 쫓기고 가혹한 학대에 시달린 들짐승.

일 주일쯤 후의 어느 날 삼촌이 뒷방으로 나를 불렀다. 희주 너, 내게 뭐 할말 없니? 삼촌은 낮고 은밀한 목소리로 물었다. 다섯 명의 삼촌들이 차례로 군대로, 다른 도시로 빠져나갔지만 그 방은 여전히 좁아 보였다. 앉은뱅이 책상 위의 책 몇 권이 내 눈을 끌었다. 다락방의 남자 곁에 있던 것과 비슷한 표지의, 조잡한 제본의 책들이었다. 나는 입을 꼭 다물고 삼촌을 바라보았다. 여느 대학생과 다른, 삼촌의 민머리에서 몇 가닥의 머리카락이 비죽비죽 솟고 있었다. 무슨 규탄대회인가, 서명운동인가에 앞장서며 삼촌은 머리를 밀었다.

앳된 얼굴과 민머리 때문에 삼촌은 동자승처럼 보였다. 너, 거긴

왜 자꾸 올라가니? 이건 말이지. 정말 중요한 문제야. 그것은 그가
늘 하는 말이었지만 목소리에 무게가 실리고 눈빛이 한층 심각해
진 삼촌에게 나는 웃어 보일 수가 없었다. 그 사람은 삼촌 후배야.
사정이 있어 거기 숨어 있는데…… 나는 그 사정을 묻지 않았다.
담 하나를 사이에 둔 대학 쪽에서 날아오는 최루탄 연기 때문에
더운 여름에도 창을 닫고 수업을 해야 하던 시절이었다. 그 연기를
맡으며 나는 음험하고 두려운, 눈물을 흘려야만 하는 세상의 매운
기운을 배웠다. 수군대는 반 아이들의 이야기 속에서 하루도 빠짐
없이 누군가가 죽고 어딘지 알 수 없는 곳으로 끌려가던, 그런 날
들이었다.

아버지도 모르셔. 아시면 난리가 날 텐데…… 삼촌은 거기까지
말했지만 삼촌과 나는 비밀을 공유한 사이가 되었고 갑자기 나는
어른이 된 기분이었다. 그 느낌은 나의 내부로부터 조용히, 소리없
이 다가왔다. 아무도 내게서 다락방의 남자에 대해 듣지 못하리라.
어떤 혹독한 일을 겪더라도 나는 그에 대해 입을 열지 않으리라,
는 비장한 결심마저 들었다.

그 결심을 실행할 기회는, 그러나 오지 않았다. 다음날 학교에서
돌아왔을 때 어머니가 시장 간 사이 몰래 올라간 다락은 비어 있
었다. 남자가 덮고 있던 낡은 이불이 수년 내 손 간 적 없었던 듯
개켜져 다른 담요 더미 속에 섞여 있었으며 그 주위에는 마른 쥐
똥조차 뒹굴고 있었다. 누렇게 변색한 신문 다발 위에 얹혀 있던
검은 모나미 볼펜. 누군가 그곳에 있었다는, 그 누군가가 무언가를
쓰기도 했었다는 흔적은 그것뿐이었다.

나는 슬펐던가. 허전했던가. 그랬을 수도 있지만 잘 기억나지 않

는다. 그 다락방과 남자는 내게 추상적인 이미지로만 남아 있었으며 하숙생을 들이기 위해 다락을 헐고 그 위에 증축공사를 할 때 그 이미지마저도 사라져갔다. 곤충이 자라 때가 되면 허물을 벗듯 그것은 자연스러운 일이었다.

대학에 입학한 첫해, 어느 봄날 한 남자가 나를 찾아왔다. 강의가 끝나고 늘 그랬듯 가장 늦게 강의실을 빠져나가는 내게 누군가 말을 걸었다. 많이 달라졌구나. 나를 잘 아는 사람처럼 남자가 말했지만 나는 그를 알아볼 수가 없었다. 무엇보다 그는 군복을 입고 있었다. 먼지가 뽀얀 워커와 어울리는 풀기 없는 군복의 남자는 나를 보고 자꾸만 웃었다. 군인답지 않은 흰 얼굴에, 아이처럼 천진해 보이는 웃음이었다. 누구세요? 저를 아세요? 나는 조금쯤 경계하며, 호기심을 누르지 못하고 물었다.

그가 다락방의 그 남자였음을 알지 못한 것은 눈 때문이었다. 나는 잠든 그의 이마와 감은 눈자위를 보았을 뿐이었다. 나는 그의 눈을 본 적이 없었다. 그는 맑고 까만, 여느 남자 같지 않은 눈을 갖고 있었다. 벚꽃이 만발한 교정을 나란히 걸어나오면서 나는 몇 번이고 그를 슬쩍슬쩍 곁눈질했다. 저기, 돌다방에 잠깐 앉았다 갈까? 그가 교문 옆의 숲속을 가리키며 말했다. 제집에 들르자는 듯이나 천연스런 목소리였다. 내가 자네 선밸세, 이 사람아. 그건 몰랐지? 그의 장난스런 얼굴 위로 연분홍의 꽃잎이 떨어져내렸다.

꽃들이 지기 전에, 그의 눈을 똑바로 마주 볼 기회를 갖기도 전에 그는 귀대했으며 편지를 하겠다, 고 말했지만 약속은 지켜지지 않았다. 그해 가을 나는 기차를 타고, 두 번 버스를 갈아타고 먼 유배지를 찾아가듯 그에게로 갔다. 그곳으로 가는 길은 메마르고 호젓했다. 나는 흥분되지도, 설레지도 않았다. 너무도 단조로운, 학교와 집 이외에는 가고 싶은 곳도, 갈 곳도 없던 내가 어딘가를, 그것도 먼 곳을 간다는 사실, 그것만이 나는 기꺼웠다. 비밀을 간직하게 하는 사람. 내가 남편을 사랑했다면 오로지 그 때문이었다.

그 여자를 사랑하나요? 내가 물었을 때 남편은 말했다. 너도 사랑해. 그건 그 여자를 사랑한다는 뜻이었다. 생각만큼 그 말이 고통스럽지는 않았다. 메마른 감정이 스스로를 위로하는가 하면, 자신에 대해 기묘한 혐오감이 들기도 했다. 처음부터 그럴 생각은 없었어. 그냥, 일이 그렇게 됐어. 남편의 그 말이 내게 상처를 입혔다. 갑자기, 송곳으로 가슴 한가운데를 찔린 듯 강렬한 통증이 일었다.
그냥 그렇게 시작하다니…… 삼 년간 그냥 그렇게 계속된 관계라니…… 가고 싶으면 가요. 잡지 않겠어. 애는 내가 키워요. 당신은 우선 능력이 없잖아? 나는 가능한 한 차갑게 말했다. 그의 얼굴이 일그러졌다. 환경을 연구하는 시민단체의 간사. 그것이 현재의 그의 직함이었다. 입금되는 보수의 두 배쯤의 돈을 지출해야만 하는 몇 년 동안 그는 다른 모든 일에 그랬듯 자존심과 의무감으로 버텨나갔다. 그의 자존심을 위해 쓰지 않으면 안 되었던 그 수많은 잡문들에 대해 내가 단 한 번이라도 불평한 적이 있었던가. 아니, 나는 그러지 않았다. 그의 자존심이 곧 나의 그것이라는, 착각의 기쁨에 나는 빠져 있었다.
시간을 좀 줘, 여보. 정리할게. 비굴함과 초조로 떨리는 그의 목소리가 나를 한층 사무적으로 만들었다. 짐을 싸놓겠어요. 내일 찾아가요. 나가 있더라도 식사는 제대로 하고, 정기검진도 잊지 말아요. 나는 내 할말을 마저 하고 그를 똑바로 쳐다보았다. 눈가를 씰룩이며, 가는 실눈을 뜨고 그는 나를 노려보았다. 그의 눈이, 아이처럼 동그랗던 그 눈이 파충류의 그것처럼 가늘고 싸느랗게 변해 있었다. 네가 날 살렸다는 거, 알아. 네 덕분에 내가 있다는 거, 정말 그렇다는 거, 잘 알아. 그런데도 내가 왜 그랬는지, 왜 그 여자를 만나야만 견뎠는지 넌 그런 거 궁금하지도 않지? 눈가가 그렇듯 그의 손이 부들부들 떨렸다. 놀랍게도 그의 눈에 담긴 것은 경멸이었다.

그의 수술. 어쩌면 그를 영원히 잠재웠을지도 모를 그 오랜 투병의 세월이 불과 삼 년 전이었다는 사실이 믿기지 않는다. 자고 나면 바뀌는 수치들. 그 숫자 하나에 목을 매던 것이 아득한 일처럼 떠올랐다. 당신이 나를 살렸어. 퇴원 후에도 남편은 그렇게 말했다. 남편을 알고 나를 아는 모든 사람이 그렇게 말했지만 내 생각은 달랐다.

그는 살고 싶어했다. 그는 의사의 말을, 그 지시에 따라 내가 시키는 바를 단 한 마디의 불평도 없이 받아들였다. 폭음을 일삼고 줄담배를 피우던 그였지만 발병 이후 단 한 개비의 담배도, 한 방울의 술도 입에 대지 않았다. 잦은 토악질에 음식을 게워올리면서도 그는 숟가락을 가져가는 내 손을 막는 법이 없었다. 바지 허리를 삼 인치쯤 줄여야 할 만큼 살이 내렸어도, 손을 들어올릴 기운조차 없을 때도 그는 운동을 하기 위해 몸을 일으켰다. 그는 무서운 사람이었다. 나중에 남편은 내게 그랬다. 당신 무서운 사람이야.

나, 어쩌면 수술해야 한대. 처음 남편이 그렇게 말했을 때 나는 무슨 수술? 하고 되물었다. 내 수술에 골몰해 있었기 때문일 것이다. 초음파의 영상에 잡히던 손바닥 반만한 아기집과 새끼손톱만한 아기. 보세요, 임신입니다. 아직 초기인데, 어떻게 하시겠습니까. 묻는 의사의 앞에서 나는 마치 첫 임신한 새댁처럼, 혼전 임신한 여자처럼 허둥거렸다. 이 여자가 대체 왜 이러나, 하는 표정으로 차트를 들쳐본 의사가 나이 때문에 그러시나요? 하고 물었다. 서른 중반에 이른 나이를 생각하면 노산이라 할 만했다. 아이가, 몇 살이지요? 의사가 다시 물었다. 아직 두 돌이 지나지 않았으니 터울이 너무 밭은 감이 있지만 내가 당황한 것은 그 때문 또한 아니었다.

그것은 이해하기, 또는 설명하기 어려운 느낌이었다. 지난 일 년 동안, 남편과 나눈 날짜와 횟수를 꼽을 만큼의 섹스, 단 한 번도 피임에 신경 쓰지 않은 적이 없었던 그 행위의 결과가 나를 놀라게 했다. 그것이 내가 당황한 이유였다. 더이상 아이를 낳을 생각이 없으면서도, 이미 낳은 아이까지 힘겨워하면서도 선뜻 수술 날짜를 잡지 못한 이유였다.

내 어조가 너무 심상했다는 것이 그렇게도 대단한 실수였을까. 당신, 무슨 여자가 그래? 미처 내가 쳐다보기도 전에 남편은 휭, 소리나게 내 곁을 스치고 방으로 들어갔다. 그제야 나는 그가 말한 수술이 어쩌면 중대한 것일지도 모르겠다는 생각이 들었다. 가을 내내 잔기침에 시달리는 그를 강제이다시피 병원으로 끌고 간 것은 나였다. 두어 가지 병원측에서 권고한 검사가 힘들었는지, 그날 그는 두 번 다시 병원, 얘기를 꺼내지도 못하게 짜증을 부렸다. 그 결과들이 나온 것일까. 무슨 좋지 않은 병이 있는 것은 아닐까.

남편의 병명은 담석증이었다. 쓸개에 돌이 생기는 병. 그의 쓸개가 돌을 키운다는 것은 몇 년 전부터 알고 있었다. 문제는 돌이 자라는 것이었다. 좁쌀만하던 돌이 콩알만하게 되었다고 의사는 말했다. 형광판 위에 몇 개인가의 필름을 걸어놓고 의사는 친절하게 설명을 했다. 여기, 거무스름한 부분이 좋지 않습니다. 말썽이 되기 전에 아예 제거하는 게 좋을 것 같아요. 쓸개 빠진 놈, 이 된다는 사실이 남편을 긴장시켰다. 그게, 없어도 괜찮은 겁니까? 그는 겁을 먹고 있었다. 수술을 위해 입원한 첫날부터 그는 회진 온 레지던트, 체온을 재는 간호사들의 손짓 하나, 질문 하나에도 까닭 없이 트집을 잡으며 예민하고 거칠게 굴었다.

　수술 날짜가 잡힌 어느 날 의사가 나를 불렀다. 쓸개와는 다르게 보이는 필름을 내보이며 의사는 수술을 연기해야 할 것 같다고 말했다. 왜요? 무슨 문제가 있나요? 그가 설명을 하는 동안 나는 울었다. 눈물은 걷잡을 수 없이, 도저히 주체할 수 없이 흘러내렸다. 남편의 문제는 담석 따위가 아니었다.

　수술 전의 잡다한 검사 결과 그의 간에 이상이 발견되었다. 이미 경화가 시작되었다, 고 의사는 말했다. 복수가 찼을 텐데, 몰랐습니까? 허리 둘레가 늘었다고 그를 핀잔했던 일이 떠올랐다. 이 상태로는 수술 후의 투약을 견디지 못합니다. 우선 간을 치료해야 하고, 그리고…… 내가 조금쯤 진정한 기색을 보이자 의사가 말을 이었다. 가벼운 당뇨 증세도 있습니다. 심각한 것은 아니지만 간 기능을 회복하기 위한 많은 조치들이 당뇨를 악화시키는 것이 문제, 라고 그가 말했다. 이건 매우 복합적인 케이스입니다. 세심한 치료가 필요하구요. 장기 입원을 하셔야 할 것 같습니다.

병실에 돌아왔을 때 남편은 잠들어 있었다. 다락방에서 처음 본 모습처럼 깊고 고단한 잠이었다. 그의 곁에 앉아 그때처럼 나는 그를 들여다보았다. 그를 보는 동안 그의 발병이 불가사의한 어떤 의미라는 생각이 들기 시작했다. 남편과 나의 날들에 대한 험악한 경고. 등단 사 년 만에 뜻밖의 큰 문학상을 받은 이후 원고 청탁이 늘고, 그 즈음 남편을 향한 나의 짜증이 똑같은 비율로 늘어갔다. 나는 내가 했던 많은 말들을 후회했다.

무책임한 그의 태도를, 아이와 가정을 제치고 그의 생활을 차지한 새와 짐승과 물과 공기에 대해 드러나지 않는 비난을 일삼았던 일을 후회했다. 몇 날 며칠을 잠복하는 형사처럼 으슥한 곳에 몸을 숨기고 폐유를 흘려보내는 공장을 찾아냈을 때, 의기양양해하던 그를 몰래 비웃었던 것을 후회했다. 밀렵꾼들이 설치한 올무를 제거하다 빙벽에서 미끄러져 다리를 부러뜨린 그에게 올무가 사람을 잡았네, 하고 핀잔 주던 일을 깊이 후회했다. 살아 있기만 한다면, 그가 건강하게 이곳을 나갈 수만 있다면 무슨 일을 하더라도 상관없을 것 같았다. 아니, 건강하지 않아도 좋았다. 그저 내 곁에 머물러만 준다면, 숨쉬고 살아 있기만 하다면, 이제 겨우 아빠, 를 발음하는 아이를 향해 웃어줄 수 있는 기운만 있다면…… 평생을 그의 종처럼 산들 어떠랴, 싶었다.

어느 순간 반짝, 눈을 뜬 그가 나를 바라보았다. 당신, 울었어? 그가 잠긴 목소리로 물었다. 누가 우리 철의 여인을 울렸어? 피식, 힘없는 바람처럼 새어나오는 그의 웃음이 내게 용기를 주었다. 나는 단 한 차례도 눈물을 비치지 않고 그에게 이야기를 했다. 말을 마쳤을 때 남편이 어린아이처럼 쿨쩍쿨쩍 소리내며 울기 시작했다.

타인의 통증이 내 것일 수는 없다고 누가 말했을까. 그 순간의
내 가슴에는 간이 굳어가고 있었으며 핏속에는 과다한 혈당이 흘
렀다. 뾰족한 돌멩이들이 장기 구석구석을 후비며 피를 보고야 말
겠다는 기세로 돌아다녔다.

꼬박 석 달을 보내고 남편은 퇴원을 했다. 담석이 제거되고 몸무
게가 늘었으며 안색이 좋아졌지만 각종 수치가 눈에 띄게 낮아졌
거나 상태가 호전된 것은 아니었다. 병원에서 취할 수 있는 조치는
모두 끝났다, 고 의사가 말했기 때문이었다. 남은 것은 환자의 의
지, 그리고 보호자의 정성뿐이라고 의사는 말했다. 그 말은 똑같은
만큼의 희망과 절망을 동시에 내게 안겨주었다. 이제부터 그의 목
숨은 당신의 손에 달렸다. 그 말은 내게 그렇게 들렸다.

퇴원을 감행한 또다른 이유는 내게 있었다. 하루 이십사 시간을
남편과 함께 보낸다는 것. 그 일은 상상 이상으로 힘에 겨웠다. 그
의 벗은 몸 구석구석뿐 아니라 눈빛 하나, 머릿속의 생각까지도 고
스란히 알게 된다는 것은 몹시 잔인한 일이었다.

남편에게는 면회객이 많았다. 그는 내가 알고 있던 것보다 훨씬
중요한 인물이었던 듯 문병 온 사람들은 그를 진심으로 염려하며
쾌유를 빌어주고 그의 빈자리에 대해 진지한 대화를 나누고 육인
실의 병실 전체를 들었다 놓을 듯 법석을 떨고 돌아갔다. 그는 그
모든 사람들에게 친절했다. 과묵한 것으로 알았던 그의 다변. 나와
있을 때는 결코 나누지 않았을 미묘한 농담들이 나를 괴롭혔다. 이
병원도 의료 폐기물을 함부로 버리는 곳은 아닌가 감시하러 나온
사람처럼 의사들과 직원들, 심지어 청소하는 여자에게까지 의심의

눈초리를 보내던 그가 간호사들과, 특히 그를 전담한 어린 간호사의 분첩처럼 뽀얀 얼굴과 마주 보고 웃는 시간이 나는 못 견디게 싫었다.

그가 모든 것을 내보이는 동안 나는 많은 것을 감춰야 했다. 소파수술을 위해 몇 시간을 비웠을 때, 어딜 갔었느냐고, 짜증스레 캐묻는 그에게 나는 원고 때문에…… 하고 어설프게 웃고 말았다. 그 밤, 마취와 허벅지에 와 닿던 차가운 기구의 기억에 흔들리면서도 나는 그에게 한마디도 할 수 없었다. 그의 얼굴이 희멀건해질수록 나는 바짝바짝 말라갔다.

퇴원하는 날, 짐 싣는 것을 도와주던 택시 운전사가 내게 말했다. 환자는 차에 타고 계시죠. 아저씨와 제가 알아서 할 테니. 남편은 햇빛을 피해 두어 걸음 저편의 그늘 속에 서 있다 이쪽을 바라보았다. 그를 향해 걸어가는 내 발에서 헐거워진 구두가 이상한 소리를 냈다.

여자는 책을 덮었지만 쉽게 입을 열지 않았다. 나 잠깐 나갔다 올게. 선배가 외투를 들쳐입으며 말했다. 머리끄덩이 잡고 싸우든 어쩌든 알아서들 해. 난 여기 못 있겠다. 여자를 만나야 한다고, 만나서 얘길 들어보라고, 그래야 한다고 주장한 것은 선배였다. 어쩌면 여자도 나만큼 이런 자리를 피하고 싶었으리라.

선배가 나가고 여자와 나, 두 사람만이 남은 지 십여 분이 지났을 때 여자가 피식, 웃음을 지었다. 난, 민 선생 맡을 자신 없어요. 그 사람한테 필요한 건 내가 아니에요. 어처구니없게도 여자처럼 나도 피식 웃었다. 여자는 마치 탁아소 원장처럼, 양육할 아이에 대해 의논하는 사람처럼 보였다. 괜히 응석부리는 거죠. 어른도 그러고 싶을 때가 있잖아요? 우리, 책표지를 흘낏 본 여자가 말을 이었다. 남희주씨는 그런 적 없어요? 나는 끝내 여자에게 그가 당신을 사랑한다고 했다, 는 말을 하지 못했다.

빙글빙글 저절로 돌아가는 회전문을 바라보며 나는 아버지를 기다렸다. 한겨울임에도 파랗게 잎을 틔운 물잔디가 테이블 위에 앙증맞게 놓여 있었다. 낮고 부드러운 피아노 소리가 깔리는 커피숍은 한적했다. 목이 깊게 파인 검은 드레스의 여자가 부드럽게 몸을 움직이며 건반을 두드리고 있었다. 여자가 치는 피아노의 선율이 물결처럼 내 피부에 와 닿았다. 누군가 가만가만 간질이듯 야릇한 느낌이었다. 그러자 이런 곳에서 아버지를 기다린다는 것이 우습게 여겨지기 시작했다.

정확히 반을 가른다면 그의 삶이 호텔과 어울리지 않는다고 할 수는 없었다. 평교사 시절, 아버지는 허름한 기와를 얹은 옛집에 온전히 속해 있었지만 교감으로, 그리고 교장과 교육감으로 옮아가면서 아버지의 시간에는 윤기가 흐르기 시작했다. 오직 어머니만이 장마 때면 함부로 증축한 슬레이트 지붕에서 비가 새는 그 집에 남아 있었다. 어머니는 지금까지도 저처럼 번쩍이는 회전문을 두려워한다. 회전문이 빙글, 돌면서 검은 외투를 입은 신사가 들어서는 것이 보였다. 반짝이는 구두, 은빛 안경. 아버지였다.

네 엄마는 세상을 몰라. 괜히 그러는 게야. 걱정할 것 없다. 아버지는 담담하게 말했다. 이번에는 다른 것 같던데요? 아버지가 잘못하셨던데요? 내 목소리에는 과장된 당당함이 묻어 있었다. 나는 아버지가 그걸 눈치 채기를, 공연한 허세가 아니라는 것을 알아주기를 기대했지만 또한 두렵기도 했다. 아버지는 안경 너머로 나를 똑바로 노려보았다.

나는 움찔하며 기다렸다. 어디서 배워먹은 태도냐, 에미가 무식하니 딸자식 하나 있는 게 이 모양이지, 라는 벽력 같은 고함 소리가 들리기를. 고함 대신 나지막한 피아노 소리가 들렸다. 내가 앉은 곳은 교양과 우아함이 지배하는 세계였다. 그 돈은 어머니께 돌려드리세요. 손실분은 채워주시고. 그만한 여유는 있으시죠? 나는 차분하게 말했다. 그게 어떤 돈인데. 십 년 내 어렵게 부은 곗돈을, 내가 미쳤지. 이자 준다는 꼬임에 넘어가 덜컥 주었으니. 딱 한 달치 이자 주더니 빌려간 사람이 부도가 났다고, 한푼도 못 돌려받는다니, 이게 무슨 얘기냐, 글쎄. 나더러 그걸 믿으란 말이냐. 내 이번에는 절대로 그냥 안 넘어간다. 두고 봐라. 나는 어머니의 장담을 아버지에게 전하지는 않았다. 필경 그 돈이 아버지의 어느 통장에 들어 있으리라는 내 짐작도 말하지 않았다.

그 돈은, 내가 몰랐더라도 어느 손에 녹아났을 거다. 니 엄마가 무슨 수로 그 큰돈을 건사한단 말이냐? 아버지는 식은 커피를 마시며 여전히 나를 노려보았다. 나는 아버지의 눈을 피하지 않은 채 똑바로, 한층 험악한 눈으로 그 눈을 받아냈다. 잔잔하던 피아노 소리가 거풍처럼 거세지고 있었다. 파르라니 움튼 물잔디가 흔들리는 것 같았다. 나는 기다렸다. 저 소리가 사나워지고, 광풍이 되고, 아버지의 안경을 날리고 겹겹이 입은 옷을 벗기고 커피잔을 깨뜨리고 모든 것을 뒤흔들어놓기를. 어머니와 아버지, 남편과 내가 숨기고 가리고 기이면서 살아온 날들을 통째로 붕괴시키기를.

네 엄마는 내가 잘 안다. 니가 모르는 사이에 우린 화해했다. 눈길을 먼저 거둔 것은 아버지였다. 아버지는 안주머니에서 무언가를 끄집어냈다. 이거 봐라. 어젯밤에 약속했던 것, 오늘 당장 끊었다. 보여줘야 믿을 테지. 아버지가 내민 것은 여행 티켓이었다. 아름다운 여자가 푸른 야자수 아래에서 나를 보고 웃었다. 푸켓. 파타야. 여자의 사진 아래 맵시 있는 글자들이 내 눈을 찔렀다. 사박오일 갔다 오면 다 잊어버릴 거다. 아버지의 목소리는 담담했다. 해외 여행은 그가 처음 쓰는 카드였다. 아버지는 문제아를 길들이는 데 능숙한, 타고난 교사였다.

닌 좀 있을 테냐? 시내 나온 김에 민 서방 만나 서녁이라도 먹겠냐? 용돈 좀 주랴? 승리한 아버지는 너그러워진다. 그가 남기고 간 한 장의 수표를 내려다보며 나는 오랫동안 앉아 있었다. 그가 빠져나간 회전문이 내 앞에서 쉴새없이 돌아갔다.

아버지는 언제나, 모든 것을 관장하는 사람이었다. 그의 앞에서는 한 오라기의 비밀도 없이 모든 것이 투명해야만 했다. 그에게 비밀은 죄악의 다른 이름이었으며 절대적으로 무익한 것이었다. 남편이야말로 어머니가 가진 최초의 비밀이었다. 다락방에 숨겨준 시동생의 후배가 사위가 된 것을 어머니는 끝내 밝히지 않았다. 어머니와 공유한 비밀. 그 비밀이 이제 내게는 무거운 허물이었다. 벗어지지 않는, 탈피의 과정이 너무나 아프고 힘겨운 허물이었다. 내가 용서할 수 없는 것은 남편의 외도, 다른 여자를 사랑했다는 사실이 아니라는 생각이 언뜻 스치듯 지나갔다. 남편은, 다른 사람과의, 나 아닌 타인과의, 오로지 나를 향한 비밀을 만들었던 것이다.

회전문이 돌 때마다 똑같은 면이 나타났다 사라지기를 반복하고 있었다. 그 안으로 들어서는 사람을, 어느 순간 회전문이 서고 그 사람이 거기 꼼짝없이 갇힌 채 유리 너머로 이편을 바라보는 것을, 그의 창백하고 그늘진 얼굴을 나는 가만히 지켜보았다.

무월(霧月)의

시간

꿈속의 얼굴. 아버지가 쓰러진 일 년쯤 후부터 꿈속처럼 내 방 창가에서 잠든 내 머리맡을 지키던 얼굴. 긴 잠옷을 늘어뜨린 채 몇 시간이고 서 있다 돌아가던 그 그림자. 그 음습하고 거친 숨결과 낮의 싸늘한 눈빛…… 정말 그것은 꿈이 아니었을까.

1

　문은 흰빛이다. 문의 아래쪽에는 페인트의 틈을 비집고 나뭇결을 내보이는 숨구멍 같은 흠집들이 있다. 턱이 없는 문은 슬쩍, 귀찮다는 듯 건드리는 손길에도 소리없이 밀린다. 저항 없이 열리는 문 때문일까, 이 문 안에서는 모든 일이 물 흐르듯 지나갈 것만 같다. 바람처럼 자연스러울 것 같다. 안으로 들어가기만 하면 나 또한 바람이 되어 사라져버릴 것만 같다. 이 문 앞에 설 때면 매번 나는 그 안에서는 물리적인 힘을 가해야 하는 어떤 종류의 일도 존재하지 않을 듯한, 설명할 수 없는 느낌에 빠져들었다.

　그러나 문을 밀면 나를 맞는 것은 새하얀 벽, 그리고 외로운 고흐의 얼굴이다. 텅 빈 눈동자. 한쪽만의 귀를 가진 고흐는 흰 나무틀에 갇힌 채 내 두 귀를 물끄러미 바라본다. 고흐의 아래, 모니터의 푸른빛이 엷은 그늘을 지우는 책상 앞에 등을 보이고 앉은 남자가 있다. 흰빛 셔츠를 입은 그의 굽은 등은 커다란 새의 알처럼 보인다. 목이라고 하기엔 너무 부드러워 보이는 무툼한 살집. 고슬거리는 금빛 머리카락. 살찐 애벌레 같은 손가락들. 알Alfred이다. 아무도 사용하지 않는 수영장과 돌보지 않는 정원이 있는 이 커다란 집의 주인. 백인, 41세. 다운타운의 의료기구 공급 회사의 사장님. 이제 곧 그가 의자를 빙 돌려 나를 볼 것이고 벗겨지기 시작하는 정수리가 반짝, 빛을 받을 것이다.

"하이, 진. 귀찮게 해서 미안해."

그는 언제나처럼 그렇게 말한다. 굵다란 성대를 거쳐 나온 그의 목소리가 우렁우렁 벽을 울린다. 그의 몸 모든 부분처럼 알의 목소리는 둥글고 부드럽다.

"노우 프라블롬."

일 년 내 변한 적이 없는 대꾸를 하며 나는 그에게 웃음을 짓는다.

열시 삼십분. 그가 여느 때처럼 바퀴를 돌리며 방 한쪽의 화장실로 들어가고 물 흐르는 소리를 들으며 나는 내 몫의 일을 시작했다. 먼저 창을 닫고 두터운 커튼을 꼭꼭 여민다. 선뜩한 겨울 안개가, 마른 들을 지나온 방향 잃은 바람 한줄기가, 그 바람이 몰고 올지도 모르는 낙엽 하나가 알의 잠을 깨우지 않도록, 한밤의 고양이 울음에 알이 뒤척이는 일이 없도록 나는 닫힌 이중문을 확인하고 또 확인한다. 컴퓨터를 끄고 전원을 뽑는 일도 잊지 않는다. 알의 예민한 귀는 미세한 전류의 기운도 감지해내므로.

그리고는 베드스프레드를 걷어내고 그가 누울 자리를 마련한다.

퍼, 덕…… 퍼, 덕…… 그는 오래오래 얼굴을 씻는다. 뺨에 닿기 전에 그의 손아귀의 물은 거의 빠져나갈 것이다. 손가락에 묻은 몇 방울 물로 그는 넓은 이마를, 풀잎처럼 무성한 눈썹을, 그 아래의 작은 주름과 갓 구운 빵처럼 부푼 뺨을, 아침이면 비틀린 손짓으로 면도기를 대는 턱을 차례로 씻어야 한다. 그의 손은 열 번, 스무 번, 어쩌면 그 이상 수도꼭지와 얼굴 사이를 오가야만 하리라. 내 손길로 단 한 번에 끝날 일이지만 그는 내게 도움을 청하지 않는 다. 세수는, 그의 운동이며 그러므로 그의 생명이다. 그는 살아남기 위해 천천히 오래오래 얼굴을 씻는다.

이윽고 물소리가 멎고 부스럭부스럭, 소변기를 꺼내는 기척…… 소변이 흘러나오는 소리들이 이어졌다. 쪼로록, 쪽, 쫄쫄쫄…… 이 제 그는 숙제를 마친 아이처럼 환한 얼굴로 나타날 것이다.

"오우, 쉿!"

화장실 쪽에서 그의 외마디 비명이 들려왔다.

"무슨 일이야? 아알, 괜찮아?"

나는 침대 옆에 선 채로 소리를 질렀다. 비비안이 내게 일러준 주의사항 세번째. 그가 소변 주머니를 비우고 있을 때는 절대로 그 의 곁에 가지 말 것.

"이리 좀 와봐. 일이 생겼어."

화장실로 들어서자 훅, 지린내가 코를 찔렀다. 바닥 한구석에 나 동그라져 있는 플라스틱 오줌통. 붉은 카펫 위에 엎질러진 누리끼 리한 액체…… 그보다 먼저 내 눈에 들어온 것은 그의 열린 바지 앞자락, 둔중한 두 다리 사이에 매달린 작은 살덩이였다. 갓 벗긴 박속 같은 허벅지 사이에 축 늘어진 살덩이는 믿을 수 없게도 썩은 쇠고기 빛이었다. 꾸득하게 겉이 마른 고깃덩이. 그것에서 상해가는 냄새까지 났던 것일까, 나는 혹, 숨을 멈추었다. 내 시선을 느낀 그가 성한 오른손을 천천히 움직여 셔츠 자락을 내렸다.

"실수를 했어. 통을 떨어뜨렸어."

그의 목소리가 꺼질 듯 잦아들었다. 그의 얼굴은 어떻게 이런 일이 생겼는지 알 수 없다는 듯, 이런 일을 벌인 자신을 도저히 용서할 수 없다는 듯 일그러졌다.

"괜찮아, 내가 도와줄게."

내가 잇츠 오케이를 연발할수록 그의 얼굴은 점점 어두워졌다. 더러워진 손을 씻어주고 카펫에 스며든 소변을 닦아내면서 나는 하룻밤쯤 소변의 양을 점검하지 못한다고 해서 큰일이 나는 것은 아니라고 되풀이 또박또박 말했다.

어깨를 툭툭 쳐주었지만 그는 말이 없다. 등이나 어깨, 보이지 않는 곳을 건드리는 것을 그는 알지 못한다. 어쩌면 그의 살찐 등 어느 부분을 날카로운 칼로 저며내더라도 그는 작은 신음조차 내지 않을지도 모른다. 통감(痛感)을 잃었다는 것은, 대체 어떤 기분일지 나는 도저히 짐작조차 할 수 없다. 알의 얼굴에는 고통이 없다. 통증이 사라지면 쾌감도 잃는 것일까. 살짝 셔터가 눌러지기 직전의 카메라를 향한 듯한, 어색한 그의 입매는 어떤 일로도 활짝 벌어지지 않을 것 같다.

알은 어느 틈에 휠체어를 침대 옆에 나란히 끌어다 놓고 휠체어의 손잡이를 내려 침대와 수평이 되도록 그 높이를 조절하고 있었다. 알이 스위치를 누르면 지잉— 소리를 내면서 기역자였던 휠체어는 천천히 일자로 변해가고 그에 따라 종일 접혀 있던 알의 몸도 조금씩 조금씩 펴지기 시작한다. 철커덕. 기어 물리는 소리가 나면 알은 스르르 눈을 감고 목을 뒤로 젖힌다. 나는 그 빡빡한 등에 손을 넣어 힘껏 그를 침대 위로 굴려 올렸다. 알의 입에서 끄응, 신음 소리가 새어나오고 육중한 그의 몸을 받으며 침대의 스프링이 자지러지는 소리를 냈다. 그를 담싹 들어안아 침대에 올려줄 수 있다면…… 매일 드럼통을 굴리듯이, 알(卵)을 굴리듯이 그를 궁글리는 일을 하지 않아도 된다면…… 그러나 그는 어제보다 조금, 아주 조금이지만 느껴질 만큼 무거워졌다. 그의 몸은, 이제 굴리기에도 너무 무거웠다. 일 년 후 어느 날 그는 휠체어에서 잠들어야 할지도 모른다. 이 년, 삼 년이 지나면 그의 몸을 이겨내는 휠체어를 특별히 주문해야만 할 것이다. 아니, 그전에 그는 죽을지도 모른다. 그는 이따금 말했다. 기중기가 필요할 거야, 휠체어에 꼭 낀 나를 들어내려면.

침대 옆의 머리등을 켜고 그 아래 내 방과 연결된 스위치를 점검하고, 잘 자라는 인사를 할 때까지도 알은 말이 없었다. 그의 숨소리가 방 안에 퍼져나갔다. 나는 터무니없이 구슬퍼졌다. 그에게 자아, 이제 내게 학교에서의 일을 묻고, 너의 가게 일을 늘어놓을 차례라고 일러주는 대신 나는 그를 불렀다.

"아알."

눈을 내리깐 채로 알은 대답을 하지 않았다. 하얀 시트 아래 산처럼 육중한 몸. 벗겨진 이마 위로 끈끈한 땀에 젖은 머리카락이 몇 올 헝클어져 있는 그의 얼굴을 나는 한동안 내려다보며 서 있었다. 성한 오른손 쪽 위의 시트 자락이 불쑥 솟아올랐다 가라앉았다.

"누구나 실수를 해. 그건 부끄러운 일이 아니야."

순간 알의 부릅뜬 눈이 나를 뚫어지게 바라보았다. 그의 눈이 저런 빛이었던가. 그 눈은 거의 흰빛으로 보였다. 나는 주춤주춤 뒤로 물러나 방을 나왔다. 문을 닫을 때까지 알의 눈은 내게서 움직이지 않았다.

2

그의 눈. 처음 내가 그의 집에 머물기로 작정한 것은 그 눈 때문이었다. 하반신 마비 장애자의 수발을 들 사람을 찾습니다. 40세, 백인 남자임. 방을 제공하며 오전 오후 한 시간씩만 도와주면 됩니다…… 지역 신문 한 귀퉁이에 실린 광고를 보고 그의 집을 찾은 것이 작년 말, 겨울이었다. one hour, every morning and evening. 나는 그 문장을 되풀이 읽었다. 하루 두 시간만으로 다른 스물두 시간을 매입할 수 있다면 나쁘지 않은 거래일 것이었다. 그때의 나는 돈이 필요한 만큼이나 시간이 아쉬운 형편이었다. 이 년이면 충분하리라 예상했던 MBA 과정을 삼 년이 다 가도록 마치지 못한 상태였고 그 학기에는 과정 필수인 비즈니스 로business law 강좌에서 기껏 공들여 한 발표 후에 지금 그걸 발표라고 했냐, 이제라도 늦지 않았으니 네 나라로 돌아가는 것이 어떠냐는 혹독한 강평을 들은 터였다. 내가 빠져나온 나라처럼 이 나라 또한 나를 밀어내고 있었다.

교수가 비웃은 것은 내 발표 내용이 아니었다. 나는 제대로 된 어법으로 내 말들을 연결시킬 수가 없었다. 적절한 배열을 찾지 못한 단어들을 떠듬거리는 사이 나는 무슨 말을 하려 했는지 잊었으며 그 뒤에 띄엄띄엄 이어진 말들은 팔짱을 끼고 서 있는 교수와 비스듬히 나를 꼬나보는 학생들 사이로 끈 끊어진 연처럼 허망하게 내려앉았다. 나는 제한시간 십 분을 두 배로 쓰고도 발표를 마치지 못했다.

어쩌면 당연한 일일지도 몰랐다. 이 땅에 살았달 뿐 이 땅의 언어를 제대로 사용하는 단 하나의 친구도 갖지 못하고 이 년을 보낸 나로서는. 내 투박한 회화로 사귈 수 있는 사람이란 나처럼 투박한 액센트의 동남아 학생이거나 일 수일에 한 번 다과회를 갖는 인터내셔널 스튜던트 에이드 클럽의 노파들이 전부였다. 젊고 나이든 것만 달랐을 뿐 그들은 바보처럼 미소지으며 텁텁한 입 냄새에 전 말을 느릿느릿 늘어놓는 사람들이었다. 무슨 공부를 하느냐. 그걸 마치면 뭐가 될 생각이냐. 느네 나라는 그런 공부를 하는 곳이 없느냐…… 이 음식의 재료를 맞춰봐라, 이건 우리 어머니로부터 전수받은 나만의 비법인데…… 그들과 함께 있으면 별천지에 온, 어느 오지의 주민이 된 기분이 들었다. 말을 할 때마다 내 입에서는 그에 어울리는 역한 냄새가 풍겨나왔다.

안개가 내린 저녁의 거리에서 바라본 그의 집은 영화 속에서 본 듯한, 버려진 유령의 집을 연상시켰다. 마른 넝쿨 줄기가 긴 흉터처럼 매달려 있는 흰 외벽. 집 어디에도 불빛은 보이지 않았다. 길 한쪽에 서 있는 커다란 밴조차 흰 괴물처럼 보였다. 현관 옆, 도톨한 벽돌 틈에 숨어 있는 벨을 누르기까지 나는 몇 번이고 되돌아갈까 망설였다.

이런 황량한 집에서 사지를 쓸 수 없는 사람과 함께 살기 위해 미국에 온 것은 아니었다는 생각. 까짓것, 학교를 때려치우고 헬퍼로 나가던 프리마켓에 좌판을 벌이기만 하면 먹고는 살 것이라는 생각. 그 위에 고혈압으로 쓰러져 누운 아버지의 얼굴과 송금이 어려우니 어떻게 견뎌보라는 말을, 마치 당연한 일인 듯 전해오던 계모의 전화 속 건조한 음성들이 겹쳐들었다. 벨을 누르든지, 다음 학기의 등록을 포기하든지, 둘 중의 하나도 선택이라면 선택이었다. 나는 벨을 누르는 쪽을 택했다.

현관 쪽이 희미하게 밝아지며 문이 열렸을 때 나를 맞은 것은 백인 남자가 아니었다. 낡은 청바지 아래 드러난 맨발, 여윈 몸에 들씌운 듯 커다란 티셔츠, 가느다란 목과 나이를 짐작할 수 없는 조그마한 얼굴이 차례로 눈에 들어왔다. 은발의 여자는 내게 희미한 미소를 지었다. 방문객에 대한 예의로 떠올린 듯한 여자의 미소는 그러나 그 얼굴의 그늘을 반도 걷어내지 못한 것처럼 보였다. 여자는 내 손에 들린 신문을 힐끗 바라보았다. 시험하듯 나를 찬찬히 훑어보던 여자가 이윽고 내게 들어오라고 말했다.

집 안은 침침하게 가라앉아 있었다. 본래의 빛을 도무지 알 수 없는 얼룩투성이의 칙칙한 카펫. 등받이 부분이 꺼멓게 변색된 오렌지색의 소파. 그 위에 아무렇게나 뭉쳐져 있는 체크무늬 담요…… 모든 것이 너무도 낡아 있었다. 마루 쪽에는 깜박이는 꼬마등들이 매달린 우람한 크리스마스 트리가 서 있었다. 생나무의 상큼한 냄새가 풍겨나왔다.

"일본인인가요?"

여자가 물었다. 내 둥근 얼굴과 쌍꺼풀 진 눈 때문에 사람들은 내게 자주 그렇게 물었다. 비음이 섞인 여자의 음성은 나른했지만 나는 긴장을 풀지 못했다.

"아닙니다. 한국에서 왔어요."

"학생인가요?"

"네, 노스릿지 대학, MBA 과정에 있습니다."

"미안하지만, 좀 자세히 물을게요. 싱글인가요?"

나는 그렇다고 말했다. 여자는 몇 살인지, 미국에 온 지는 얼마나 됐는지, 왜 이런 일을 하지 않으면 안 되는지를 차례로 물었다. 희미한 갓등의 불빛 아래 서 있는 여자의 얼굴은 몹시 창백했다. 길고 무성한 속눈썹이 여자의 뺨에 그늘을 지우고 트리에 매달린 은빛 전구의 빛이 여자의 머리카락을 검게, 희게 순간순간 바꾸며 반짝거렸다. 여자는 한동안 탐색하듯 나를 바라보았다. 감정이 섞이지 않은 사무적인 눈이었다. 이 여자는 비서인가. 동생인가. 어느 쪽이든 이상해 보이기는 마찬가지였다. 마침내 여자가 결심한 듯 내게 말했다.

"알— 그의 이름이에요. 알은 스무 살 때 일급 장애자가 됐어요. 척추 손상에 따른 전신 마비지요. 교통사고였어요. 일방통행로를 거슬러 들어갔지요. 운이 나빴던 거죠. 아, 물론 아주 운이 없었다고 할 수는 없어요. 상대방 차의 운전자는 즉사했으니까. 알은 노력 끝에 겨우 한쪽 손을 쓸 수 있게 되기는 했지만 보통 사람처럼은 아니에요."

여자가 주먹 쥔 손을 힘겹게 턱까지 끌어올려 보였다. 뇌성마비아처럼 고개를 외로 꼬면서. 푸른 힘줄이 여자의 마른손에 불끈 솟아올랐다. 나는 막막한 심정으로 고개를 끄덕였다.

"당신이 여기서 지내게 된다면, 아침에 그를 일으켜서 휠체어에 앉혀주어야 하고, 출근할 수 있도록 차에 태워주어야 해요. 아, 그는 운전을 할 수 있어요. 한 손만으로. 휠체어에 탄 채로 차에 오를 수 있도록 되어 있으니까 그건 어려울 게 없어요. 저녁때, 아침과는 반대로 그를 침대로 옮기는 일을 해야 해요. 한밤중에 그가 깨울지도 몰라요. 아, 물론 자주 그러지는 않아요."

여자는 말 중간에 아, 하는 신음 같은 소리를 넣는 버릇이 있었다. 아, 할 때마다 여자의 턱이 약간 치켜지며 그 얼굴에 반쪽만의 미소가 떠올랐다. 흘러내린 머리카락들이 얼굴을 가릴 때마다 여자는 여윈 손으로 머리카락을 쓸어올렸다. 흐린 조명 아래서도 여자의 두 눈에 깊숙한 광채가 엿보였다. 빛을 받는 순간의 여자는 스무 살도 안 된, 어린 처녀처럼 보였다. 묘한 여자였다. 벽 한가운데 걸린 액자 속의 남자가 나와 여자를 바라보았다. 남자는 활짝 웃고 있었다.

"알이에요."

스무 살, 사고 전의 모습이라고 설명한 여자는 한동안 사진을 가만히 바라보았다. 맑고 푸른 눈의 사진 속 남자는 지금까지의 이야기 속의 어떤 것과도 상관없는 듯한 표정이었다. 여자가 조용히 한숨을 쉬었다. 깜박 잊었다는 듯 갑자기 여자는 잠자리를 제공하지만 식사는 직접 마련해야 하며 전화요금은 따로 지불해야 한다, 그 밖의 유틸리티는 받지 않는다는 말들을 빠르게 쏟아놓았다. 보수는 한 달에 오백 달러예요, 라고 말한 여자가 어쩌겠냐는 듯 나를 바라보았다. 일으켜주고 뉘어주고, 그것뿐이라면 나쁘지 않았다. 아니, 너무 후한 대우였다. 어쩌면 어두운 음모가, 말하지 않은 그 무엇이 더 있을 수도 있었다. 불 꺼진 복도를 바라보며 나는 천천히 고개를 끄덕였다.

좁은 복도 끝의 방에서 알을 보았을 때 내 입에서 절로 신음이 새어나왔다. 풍선처럼 부푼 몸집을 한 남자가 거기 있었다. 휠체어 밖으로 비어져나올 듯한 배 아래, 담요로 가리운 그 다리가 어떤 모습일지 짐작조차 되지 않았다. 저 몸을 들어올려야 한단 말이지. 그건 야비한 농담 같았다. 몸을 돌려 방을 나가고 싶은 마음을 감추느라 나는 어색한 웃음을 지으며 남자에게 손을 내밀었다.

"하이."

남자의 손이 내 손에 닿기까지 긴 시간이 걸렸다. 남자는 나를 향해 싱긋 웃음을 지었는데 그 볼록한 뺨에 믿을 수 없게끔 볼우물이 패었다. 남자의 얼굴에는 뚱뚱한 사람들에게서 흔히 보이는 악의 없는 심술이나 미련함 같은 것은 전혀 보이지 않았다. 짙은 눈썹 아래 달라붙은 듯 움푹 꺼진 눈. 막 자고 난 아기처럼 부드러워 보이는 두 뺨.

"내가 어떻게 보여요?"

알은 내 앞에서 의자를 빙글 돌려 보였다. 육중한 몸을 담은 의자는 날렵하게 돌아갔다. 당신은 대단히 건강해 보인다고 내가 말하자 여자가 짧게 웃었다.

"나는 좀 무거워요. 이백 파운드가 넘지요. 최근에 다이어트를 시작했으니 곧 나아질 거예요."

그의 음성은 깊고 웅숭한 동굴을 한바퀴 돌아 울려나오는 듯 부드러웠다.

"내 집에서 지낼 수 있을 것 같아요?"

알이 그렇게 물었을 때 여자가 내게 보일락말락 눈짓을 했다. 당신과 이 집이 대단히 마음에 든다고, 나는 전에 없이 빠른 어조로 말했다. 알의 낮은 웃음소리가 방 안에 울려퍼졌다. 밖으로 나오기 전에 알이 말했다.

"내 아내는 어때요, 비비안도 당신 마음에 들었어요?"

나는 알과 여자를 번갈아 쳐다보았다. 여자가 고개를 끄덕이며 알의 머리카락을 천천히 쓰다듬었다. 알의 눈. 나를 바라보는 그 눈은 깊고 푸른 우물 같았다. 그의 눈에는 말문을 막히게 하는 무엇이 있었다. 전신이 마비되면서 그의 눈은 특별한 능력을 지니게 된 것일까. 그가 내 얼굴을 보는 동안 뺨에 무언가가 와 닿는 듯한 이상한 느낌이 들었다. 나는 알 수 없는 힘에 이끌려 그에게로 다가갔다.

3

그 눈빛이 나를 이 집에 머무르게 했다. 그를 돌보면서도 나는 어쩌면 그가 나를 지켜주고 있다는 야릇한 기분에 젖어들었다. 그는 내게 다정하고 따뜻했으며 그에게 이야기를 하고 나면 그것이 무슨 일이었건 그다지 대수로울 것 없는, 한갓 이야깃거리에 지나지 않는 것으로 변하는 것이었다. 나는 그에게 학교에서의 일을, 내 아버지와 어머니와 계모의 이야기, 간 곳을 알 수 없는 누이의 일들을 매일 한 가지씩 들려주었다. 잠자리에 들기 전 그가 진, 오늘은 무슨 이야기를 해줄 거지? 하고 묻는 것은 아니었다. 네 어머니는 무척 작고 귀여운 타입일 거야, 그렇지? 혹은 네게 누이가 있다면 어떤 일굴일지 무척 궁금해, 하는 식으로 지나치듯 무심한 말투로 묻는 것이었다. 그의 눈에 끌렸듯 나는 그의 목소리에 매료되었다. 부드러운 액센트, 바리톤의 묵직한 알의 음성에는 닫힌 상자를 막 열었을 때의 비밀스러운 느낌이 있었다. 그는 목소리를 얻는 대신 몸을 잃은 동화 속 왕자 같았다. 언제나 당당하고 품위를 잃지 않는 살찐 왕자.

저주가 끝나고 휠체어에서 일어나 걸을 수 있는 날을 믿는 것처럼, 마비된 몸 따위는 언제라도 풀릴 마법이 준비되어 있다는 듯 그는 단 한 차례도 내게 어두운 얼굴을 보이지 않았다. 비비안과 알은 저주가 풀리기를 기다리며 사는 왕자와 공주였다. 일과는 단조롭고 평온하고 평범했지만 그들의 얼굴에는 주문이 적힌 쪽지를 찾아가는 긴 여행을 견디는, 단 한 가지라도 계율을 어기면 여지없이 모든 희망이 사라지고 말 것을 아는 자의 아슬아슬함이 있었다.

비비안이 마련해둔 옥수수 칩 조각에 그녀가 주말마다 장만하는, 토마토와 샐러리와 월계수 잎이 뭉지근히 녹아 있는 벌그스름한 소스를 찍어 먹는 저녁식사를 마치고 나면 알의 방에서는 한 손, 그중 자유로운 세 손가락만으로 두들기는 키보드의 달, 각, 달, 각, 하는 소리가 한 시간쯤 흘러나왔다. 사흘에 한 번씩 목욕을 하는 날이면 비비안과 알이 만드는 소음이 그보다 좀더 요란했지만 그들은 내게 도움을 청하지는 않았다. 내가 할 일은 알을 목욕용 휠체어로 옮겨 앉히는 것뿐이었다. 그후는 그들만의 시간이었다. 그 시간 동안 알의 샤워실에서는 무어라 말하기 어려운 야릇한 분위기가 흘러나왔다.

알의 집에 온 지 한 달쯤 되었을 때, 나는 알과 비비안의 목욕 장면을 훔쳐보고 말았다. 비비안의 웃음소리 때문이었다. 탄력이 넘치는, 밝은 햇빛 속을 뛰는 소녀처럼 경쾌한 웃음소리에 이끌려 나는 천천히 나무 문을 지나 목욕실로 다가갔다. 습하고 더운 공기 속에 은근한 향수 냄새가 코를 찔렀다. 알이 사용하는, 움직이지 못하는 몸의 냄새를 지우기 위한 독한 향수가 아니었다. 내 몸 안에서 잊고 있던 무언가 불끈 솟아올랐다. 나는 목욕실의 문 뒤에 몸을 바짝 붙였다.

짧은 반바지와 브래지어 차림의 비비안과 휠체어에 앉은 알의 둥근 몸체가 젖빛 유리 밖으로 내비치고 있었다. 샤워실 문 앞에는 알의 담요처럼 커다란 바지와 옆이 트인 이상한 모양의 팬티가 차곡차곡 접혀 놓여 있었다. 쏴아아 하는 물소리 사이로 알의 간지럼을 타는 듯한 웃음소리가 들렸다. 알의 머리를 감기는, 등을 문지르는, 팔을, 다리를 씻기는 비비안의 모습이 부옇게 흐린 렌즈를 통한 그림처럼 비쳐나오는 것을 나는 방문 뒤에 숨어서 오래도록 바라보았다.

이윽고 알의 머리 위로 물세례를 끼얹은 비비안이 팔을 뻗어 샤워기 꼭지를 잠그고 알의 몸을 구석구석 닦았다. 그의 몸 일부분인 것 같은 휠체어까지. 그리고 열리는 샤워실 문으로 비죽 비비안의 팔이 나와 알의 팬티를 끌어갔다. 불그스레해진 얼굴로 알이 휠체어를 밀고 나오고 안개 같은 증기 속에 비비안이 서 있었다. 알이 휠체어를 돌려 비비안 쪽을 향했을 때 비비안이 천천히 옷을 벗었다. 반바지를 벗고 브래지어를 끄르고, 팬티를 끌어내리고…… 알의 등에 가리워 내게는 비비안의 몸 아래쪽이 보이지 않았다. 그 하얀 가슴과 한가운데 도드라진 검붉은 유두만이 내 눈에 다가들 듯 확대되어 보였다. 물에 젖어 착 달라붙은 은빛 머리카락. 조각 칼로 파낸 듯 움푹 꺼진 눈자위와 도드라진 광대뼈. 반쯤 감은 눈과 열린 입술. 마른 어깨와 가느다란 팔 위로 쉼 없이 물줄기가 흘러내렸다. 비비안은 자신의 몸을 쓰다듬듯이 천천히 비누질했다. 흰빛으로 미끈거리는 비누거품 속에서 그녀의 몸은 점차 분홍빛으로 변해갔다. 혼자인 듯이, 그저 따뜻한 물을 즐길 뿐이라는 듯 나른하고 몽롱한 표정.

그 손이 내게는 보이지 않는 그녀의 몸 아래쪽 어느 부분을 향했을 때 알의 오른손이 부르르 경련하듯 떨리는 것을 나는 보았다. 내 입에서도 하, 단내가 뿜어져나왔다. 물이 쏟아지고 그녀의 몸은 그 물 속에 녹아 흐를 듯이 아련했다. 그날 이후 이따금 훔쳐보는 그들의 목욕 시간은 어느 영화보다도 슬프고 아름다웠다. 슬픈 영화를 보고 나면 그렇듯 욕실문 앞을 벗어나며 나는 쓸쓸하고 외롭고, 어쩐지 버림받은 기분이 들었다.

비비안의 벗은 몸을 보는 알도 그랬을까. 비비안은 알의 다채로운 감각이 '머리' 속에 있다고 말했다. 알은 기억의 감각으로 살아가지요. 청각과 시각이, 그리고 후각이 모든 감각을 대신하는 거예요. 통감과 쾌감처럼, 몸으로 느껴지는 것들을 그는 머리로 느껴요. 이를테면 가슴이 아프다, 고 말할 때 당신은 실제로 가슴에 통증을 느끼나요? 그렇게 물을 때 비비안이 내 가슴을 쿡 찔렀다. 알은 그래요. 그의 머리가 그걸 기억하기 때문이죠…… 기억만으로 느껴야 하는 사람. 그는 기억으로 비비안을 안고 사랑하고 그리고 그 기억이 그의 움직이는 하나뿐인 손을 부르르, 떨게 하는 것일까.

비록 전신마비의 장애자이지만 알에게는 아름다운 아내와 고풍스러운 집과 안정된 직장이 있다. 그는 아마 오래 살지는 못할 거예요. 언젠가 비비안은 말했다. 운동량이 적기 때문에 아무리 식사를 줄여도 자꾸만 살이 찐다고 했다. 그 살들이 알의 심장을 위협하고 있다고 했다. 그렇더라도 나는 때로 알이 부러웠다. 낡은 자전거를 끌어내는 아침이면 빛나는 휠체어를 미끄러지듯 움직여 밴에 오르는 그의 몸짓이 부러웠다. 모든 것을 오른손에 든 리모컨 하나로 조종하는 생활. 송금이 끊긴 이후로 비로소 나는 산다는 것이 얼마나 번거로운 일들로 메워져 있는지를 알았으므로 알의 단조로운 생활은 내게 몹시도 경이로워 보였다. 한 손만으로 조종 가능한 차를 몰고 사무실에 이르러 지익, 리모컨을 눌러 문을 열고, 팔걸이 끝의 은빛 단추를 누르면 휠체어는 알을 곧바로 책상 앞으로 데려다줄 것이다. 그는 은행에도, 보험 회사에도 갈 필요가 없다. 키보드를 두드려 사무를 처리하고 손끝 하나 댈 필요 없는 수화기에 그 부드러운 목소리로 물품을 주문하고 판다. 그리고 돌아오면 그의 아내, 은발의 비비안이 그를 맞는다…… 알에게는 모든 것이 자동, 오토매틱이었다.

똑똑. 방문 두드리는 소리가 들렸다. 오늘은 이상하다. 비비안이 늦은 밤, 나를 찾는 일이란, 단 한 번도 없었다.

"미안해, 진. 잠깐 얘기 좀 할 수 있어?"

방 밖에서 고개를 들이밀며 그녀가 물었다. 나는 잠시 머뭇거렸다. 내게 밖으로 나오라는 것인지, 그녀가 방 안으로 들어올 것인지 알 수 없었기 때문이었다. 그녀의 얼굴에 난처해하는 빛이 떠올랐다.

"바쁜 모양이로군. 잠깐이면 돼."

나는 비껴서며 그녀에게 들어오라고 말했다.

"방이 깔끔하네."

그녀가 마치 남의 집에 온 손님처럼 방을 빙 둘러보았다. 내가 온 이후로 그녀가 내 방에 들어온 것은 처음이었다. 그녀의 시선이 책상 위에 놓인 담뱃갑 위를 쓱 훑고 지나갔다. 얼굴이 순간적으로 확 붉어지는 느낌이었다. 이 집 안에서는 금연이 원칙이었고 다른 모든 원칙처럼 거기에도 예외는 없었다. 여름 동안 나는 뒷마당 한 구석의 낡은 철제 의자에 앉아 담배를 피웠지만 날이 추워지면서 이따금 방 안에서 담배를 피우곤 했다. 그럴 때면 나는 책상 위에 놓인 작은 선풍기를 창 쪽으로 돌려 바람이 빠져나가게 하는 일을 잊지 않았다. 요즘은 담배를 끊었느냐고 비비안이 물었을 때 나는 그렇다, 고 말한 참이었다.

"무슨 일이에요?"

나는 비비안이 말을 꺼내기를 기다리지 못하고 물었다. 비비안은 의자에 앉아서 담뱃갑을 바라보더니 천천히 담배 한 개비를 꺼내 입에 물었다. 놀란 얼굴을 들키지 않기 위해 나는 재빨리 불을 붙여주고 냉큼 선풍기를 틀어 열린 창 쪽으로 방향을 돌려놓았다. 그녀가 빙긋 웃었다.

"알이 말했지. 진이 가끔 방에서 담배를 피운다고."

어떻게 알았을까. 내 표정을 읽은 그녀가 말했다.

"이 집 안에서 알이 모르는 일은 없어. 그는…… 모든 것을 알고 있지. 지금 내가 이 방에 있는 것도, 왜 왔는지도."

담배연기를 후 뿜어내며 그녀가 손가락으로 천장 한가운데를 가리켰다. 중앙 집중식 냉난방을 위한 환풍기가 거기 있었다. 선풍기의 바람을 용케 피한 연기 한 줄기가 느릿느릿 환풍기의 구멍 속으로 빨려올라갔다. 저 가는 연기가 복도를 지나 알의 방으로 간단 말이지. 저처럼 희미한 연기를 알은 냄새맡는단 말이지. 으스스 진저리가 쳐졌다.

"내일부터 진이 알의 목욕을 맡아주어야겠는데…… 그럴 수 있겠어?"

그녀가 목욕, 이라고 말한 순간 가슴속에 가느다란 통증이 지나갔다.

"내가…… 어딜 좀 가려고 하거든."

비비안은 이상했다. 그녀가 한 이틀씩 집을 비우는 것은 그다지 드문 일이 아니었다. 중학교의 보조 교사로 일하는 그녀는 가끔씩 학교의 행사로, 혹은 그녀가 다니는 교회의 무슨 일로 이삼 일씩 여행을 가곤 했는데 그때마다 행선지와 돌아올 정확한 시간까지 일러주었으며 단 한 차례도 그 시각을 어기지 않았다. 집을 떠나기 전날, 그리고 다녀온 직후 그녀가 알을 씻겼기 때문에 그녀가 없더라도 내가 알의 목욕을 도와야 하는, 그런 일이 일어난 적은 없었다. 비비안의 입에서 흰 연기와 함께 한숨이 흘러나왔다. 그뿐, 비비안이 아무런 말을 덧붙이지 않았지만 나는 이내 알아차렸다. 그녀가 이 집을 떠나려 한다는 것을. 언제 돌아올지 알 수 없다는 것을. 어쩌면 영영 돌아오지 않으리라는 것을. 하지만 왜? 다만 담배를 물고 있기 때문이었을까, 비비안은 평소와 달라 보였다. 그녀가 책상 앞에 바짝 다가앉지 않았으므로 담배연기들이 함부로 선풍기 회전 반경을 벗어나고 있었다.

"무슨 일이에요?"

나는 조심스럽게 물었다.

"나는…… 이 집에서 알과 함께 삼십 년을 살았어."

비비안이 불쑥, 말했다. 삼십 년이라니…… 그건 어쩌면 비비안의 나이와 맞먹는 햇수일 수도 있었다.

"알은…… 내 오빠였지. 아, 물론 스텝 브라더였어. 어느 날, 그의 아버지와 내 어머니가 결혼을 했고…… 그때 우리들은 그저 어린아이였지."

머릿속이 복잡해지기 시작했다. 이건 너무하다, 는 느낌이 들었다. 젊고 아름다운 아내와 전신마비의 남편. 그것으로도 충분하지 않은가.

"알이 사고를 당하고…… 처음엔 그의 아버지가 그를 돌봤어. 그가 죽고 내가 그 뒤를 이었지. 아, 내 어머니는 알과 내가 결혼하기 직전에 또다른 결혼을 했어. 네번째였지…… 내게는 스텝 브라더가 많았어……"

비비안의 얼굴에서 영문을 알 수 없는 눈물이 흘러내렸다.

비비안은 담배를 비벼 끄듯 자연스럽게 뺨 위의 눈물을 지웠다. 비비안이 없는 집, 그녀와 함께가 아닌 알은 잘 상상이 되지 않았다.

"어째서…… 갑자기…… 왜 떠나려는 거야?"

비비안은 그걸 모르겠냐는 듯 찬찬히 나를 바라보았다. 회색과 푸른빛이 섞인 그 눈. 잿빛 눈썹 아래 깊이를 알 수 없는 물 같은 그 눈이 나를 보고 있었다. 나는 바보 같은 질문을 했음을 알았다. 비비안의 눈을 마주 바라보는 내게도 천천히 어떤 느낌이 왔다. 견딜 수 없다는 것. 고통스럽다는 것. 그것은 그 의미 그대로의 고통이었다. 나는 그녀를 보고 있을 수가 없었다. 그녀의 눈에 비친 것 역시 똑같다는 것을 나는 알았다. 나는 그 순간의 내가 두려웠다. 무슨 말인가, 어떤 짓인가 하고 말 듯한 찰나 비비안이 몸을 일으켰다.

"알은 내가 떠나리란 것을 알고 있을 거야. 어릴 적부터 그는 내 모든 것을 알고 있었어. 내가 무슨 생각을 하는지, 무얼 원하는지······."

그녀가 슬몃 고개를 저으며 두 팔로 양 어깨를 감싸안고 훌쩍 몸을 일으켜 방을 나갔다. 비비안은 젊은, 움직이는 몸을 가진 여자였다.

젊은 비비안이 알과 같은 불구자와 어떻게 아무 문제 없이 살고 있는지 의아해하는 이들도 있을 것이지만 나는 처음부터 그런 의문 같은 것은 품지 않았다. 미국에서의 사 년이 내게 가르친 것이 있다면 세상에, 특히 이 나라에는 있을 수 없는 일이란 없다, 는 것이었다. 그 모든 일들에는 나름의 독특한 원리와 이유가 있었으며 그런 것이 없는 경우라 하더라도 아무도 상관하지 않았다.

비비안과 알은 내가 알고 있는 여느 부부와 조금도 다르지 않았다. 아니, 어쩌면 너무나 달랐다. 알의 시중을 들기 시작한 일 년 동안 나는 알이 화를 내는 것을 본 적이 없었다. 그의 성대는 부드러운 소리만이 울려나오도록 조절되어 있는 것 같았다. 그것은 비비안도 같았다. 때로 내가 어질러놓은 화장실을 이야기할 때, 무거운 운동화를 넣고 돌리는 바람에 회전 벨트가 망가진 건조기, 김치 냄새가 짙게 밴 냉장고, 제자리에 들어 있지 않은 청소기 같은 것들에 대해 나를 힐난할 때조차도 비비안의 목소리는 차분히 가라앉아 있었다. 이 집 안에는 일정 데시벨을 벗어난 소리는 낼 수 없다는, 무언의 규칙이 있는 듯싶었다.

침묵 속에 지나는 나날들은 조금도 어색하지 않았다. 그들은 태어날 때부터 그랬던 사람들처럼 아침이면 맑은 얼굴로 나타나 바나나 조각을 잘라 넣은 시리얼을 먹고 나란히 출근했으며 각자의 차에 오르기 전, 키스를 나누는 것도 빠뜨리지 않았다. 비 이 케어풀, 해버 나이스 데이. 똑같은 인사말을 하면서. 정확히 네시 삼십분에 퇴근하는 비비안은 그보다 조금 늦게 돌아올 알을 위해 저녁을 준비하거나 밀린 빨래를 했다. 알의 옷에서는 그가 매일 열 알씩 먹는 갖가지 약물들이 녹아 있는 듯한 야릇한 냄새와 그 냄새를 가리기 위한 향수의 짙은 냄새가 났다. 학교에서 일찍 돌아온 날이면 나는 알의 옷을 세탁기 안에 집어넣고 있는 비비안을 식탁에 걸터앉아 바라보곤 했다. 그녀가 몸을 숙일 때면 언뜻언뜻 흰 가슴이 들여다보였다. 하나둘 옷을 집어넣는 사이사이 비비안은 이따금 눈을 들어 나를 보고 웃었다.

그녀를 보고 있는 일은 즐거웠지만 그보다 더 즐거운 일은 비비안을 보고 있는 알을 보는 일이었다. 세탁물을 개키고 그중 몇 개를 다림질할 때, 흠흐음, 낮은 목소리로 노래를 읊조리며 설거지를 할 때, 낡은 피아노 앞에 앉은 그녀의 긴 머리카락이 부드러운 발라드 곡조를 따라 흔들릴 때 알의 따뜻한 시선은 어김없이 그녀의 동선을 따라갔다. 그들의 눈에 고통이 있었던가. 아니, 그들은 행복해 보였다. 고통을 드러내는 순간, 말 한마디, 눈빛 하나에라도 그것이 감지되는 순간 천장이 무너지고 모든 것이, 그들 자신조차도 돌처럼 굳어져 영원히 어둠에 묻힐 것을 알고 있는 사람 같았다.

오늘 밤, 비비안은 고통스러워 보였다. 그녀는 금기를 깨뜨렸으며 나는 이제 어떤 형벌이 이어질지 두려웠다. 긴장과 흥분 속에서 나는 기다렸다. 두려움만이 아닌, 설명할 수 없는 야릇한 기분에 휩싸인 내 눈에 비비안의 투명한 손이 떠올랐다. 이 주일에 한 번, 알의 머리카락을 자를 때의 손이었다. 그의 머리를 한줌 한줌 쥐었다 놓으며 정성스레 빗기고 조금씩 잘라내는 정경. 반짝이며 붉은 카펫 위로 가볍게 내려앉던 금발 머리카락들. 떨어진 머리카락을 집어올려 그것들을 쓰다듬던 섬세하고, 어쩐지 관능적으로 보이던 가느다란 손가락들······

몸 아래쪽에서 천천히 무언가가 치밀어 올라왔다. 목이 메이고 가슴이 옥죄이듯 아팠다. 나는 꺼놓았던 선풍기를 틀고 담배를 한 대 피워 물었다. 막 한 모금 연기를 내뿜으려는데 찌릭찌릭 벨이 울렸다. 나는 급히 담뱃불을 끄고 인터폰의 스위치를 눌렀다. 알의 잠기 없는 목소리가 흘러나왔다. 진, 잠을 잘 수가 없어. 담배 냄새 때문에. 그의 목소리는 나지막하고 부드러웠다. 내가 침묵하는 사이 인터폰의 스피커에서 알의 숨소리가 끊임없이 흘러나왔다. 알의 거대한 배가 눈앞에 떠올랐다. 거기 있는 거야, 진? 내 말 들려? 알이 거푸 물었다. 듣고 있어. 미안해. 이제 안 피울게. 나는 알을 닮은 낮은 목소리로 또박또박 말했다. 알의 숨소리가 사라지고 이내 사방이 물 속처럼 조용해지고 있었다. 어쩐 일인지 나는 덫에 걸린 기분이 들었다.

4

안개. 사방 한 발짝 앞도 보이지 않는 안개 속을 나는 걸어가고 있다. 내 몸은 안개에 등 떠 있는 듯, 걸음을 옮겨도 몸은 조금도 앞으로 나아가지 않는다. 뭉클뭉클 연기처럼 피어오르다 점점 밀도가 짙어가는 안개가 솜뭉치인 양 빡빡하게 느껴지고, 어느 순간 그것은 둔중한 무게로 나를 압박해왔다. 숨이 막혔다. 이게 대체 뭘까. 온 힘을 다해 발버둥쳤지만 회부연 그 물체에서 벗어날 수가 없었다. 팔도, 다리도 없는 그것에서 불쑥 하나뿐인 손이 뻗어나왔다. 그 손이 천천히, 내 목을 쓰다듬었다. 숨이 멈춘 듯 나는 꼼짝할 수가 없었다. 뿌연 안개의 한가운데서 두 개의 눈동자가 나타나고 코와 붉은 입술이 도드라져 나왔다. 작고 어여쁜 인형 같은 얼굴…… 나를 잠 못 들게 하고 마침내 떠나게 한 계모의 손이 내 목을 거쳐 가슴으로 내려갔다. 선 채로 안개에 휩싸여 내 몸은 안개가 되어갔다.

깨어났을 때 온몸은 땀투성이였다. 가쁜 숨을 몰아쉬며 나는 가슴 위에 얹힌 담요 자락을 밀어젖혔다. 순간 꿈속에서 미처 지르지 못한 비명이 내 입에서 새어나왔다. 열린 방문 너머의 하얀 손. 희게 빛나는 눈. 싸늘한 기운이 등줄기를 타고 흘러내렸다. 비비안…… 긴 잠옷자락을 드리우고 서서 그 그림자는 꼼짝도 않고 나를 바라보았다. 흰 머리카락. 창백한 얼굴. 유령 같은 그 얼굴에서 무어라 말할 수 없는 빛이 뿜어져나왔다.

비비안. 나는 그녀의 이름을 불렀다. 복도 쪽의 희미한 불빛을 등지고 희게 떠오른 듯한 그 얼굴은 밀랍인형 같았다. 핏기가 가신 입술은 이제껏 어떤 소리도 낸 적 없는 듯 꼭 다물어져 있고 음영져 더 도드라져 보이는 코끝에는 숨결이 흐르는 것 같지 않았다. 꿈에서처럼 나는 손끝 하나 움직일 수가 없었다. 오 분, 십 분. 내 심장의 박동이 점차 거세지고 그 소리가 찌릿한 전기처럼 전신으로 퍼져나갔다. 마침내 발끝까지 이른 그 기운이 나를 일으켰다. 나는 연기처럼 사라질 것만 같은 그녀에게 다가갔다. 숨결이 코끝에 느껴질 만큼 가까웠을 때까지도 비비안은 여전히 나를 바라보기만 했다. 비비안. 나는 또 한번 그 이름을 불렀다. 내가 막 그녀의 어깨에 손을 얹으려는 순간 그녀가 방문을 닫았다.

어둠 속에서 그녀는 소리없이 움직였으며 나 또한 아무 소리도 내지 않았다. 오랫동안 준비해온 사람처럼 우리는 서두르지 않았다. 나는 미끄러지듯 그녀의 안으로 들어갔으며 스스로 의아할 만큼 재빠르게 그녀가 원하는 것을 알 수 있었다. 작고 단단한 가슴과 딱딱한 골반뼈가, 내 등을 짓누르는 앙상한 팔과 여윈 손가락 끝까지, 비비안은 불처럼 뜨거웠다. 나는 불 속의 마른 장작처럼 타올라 그대로 미쳐버릴 것만 같았다. 이제껏 비비안이, 알이, 내가 드러낼 수 없었던 그 무언가가 내 안에서 한꺼번에 폭발했다. 짐승처럼 소리를 지르고 싶은 열망이, 참혹하고도 잔인한 열망이 내 속에서 터져나올 찰나 비비안이 내 입을 틀어막았다. 그녀의 은빛 머리카락에 와 닿는 희미한 빛을 본 나는 반사적으로 문 쪽을 바라보았다. 그녀와 내 입에서 똑같이 신음이 흘러나왔다. 활짝 열린 방문, 어두운 복도 저편에서 무언가 금속성이 반짝 빛을 발했다.

5

비비안이 가고 나서 적막이 내린 실내에 이상한 기운이 서리기 시작했다. 그것은 오래된 가구가 몸을 뒤트는 기척 같기도 했고 녹슨 파이프에 막 김이 지나는 소리 같기도 했다. 천장 어느 부분이 조금씩 내려앉는 듯한, 바닥의 판자 조각에 미세한 균열이 가는 듯한 소리였다. 나는 어두운 복도와 빈 벽을 노려보았다. 벽이 내 쪽으로 다가와 나를 가둘 것만 같았다. 나는 셔츠를 걸치고 뒷마당으로 나갔다.

안개가 짙은 밤이었다. 내 온기로는 아무래도 더워지지 않을 듯한 철제 의자 아래에도 부연 연기 같은 안개가 깔려 있었다. 듬성 듬성, 잘못 깎은 머리처럼 나 있는 잔디들이 흐린 물에 잠긴 듯 부옇게 보였다. 둥 떠오른 듯한 검은 판자쪽들로 이어진 담들이 어느 순간 풀썩 앞으로 넘어질 것처럼 위태롭게 느껴지는 것을, 나는 몇 대째인지 모를 담배를 피우며 바라보았다. 그믐인가. 희부연 광채를 띤 조각달이 떠 있었다. 희득한 빛의 알의 눈동자 같은 달. 안개 속을 흘러가듯 알의 눈동자가 흐르고 있었다. 반짝이는 휠체어, 번득이는 금속성의 눈.

비비안…… 그녀의 이름을 중얼거리는 순간 불쑥 싸늘한 눈빛 하나가 내 기억을 잘랐다. 꿈속의 얼굴. 아버지가 쓰러진 일 년쯤 후부터 꿈속처럼 내 방 창가에서 잠든 내 머리맡을 지키던 얼굴. 긴 잠옷을 늘어뜨린 채 몇 시간이고 서 있다 돌아가던 그 그림자.

그 음습하고 거친 숨결과 낮의 싸늘한 눈빛…… 정말 그것은 꿈이 아니었을까. 반쯤은 흘러내리는 음식을 지친 기색도 없이 아버지의 입에 넣어주던 여자. 살아 있는 것은 머리 위쪽뿐이면서도 끊임없이 온몸의 가려움을 호소하는 아버지의 옆에서 등을, 가슴을, 다리를 쓸어주던 여자. 아무도 가까이 가려 하지 않는, 냄새 나는 아버지의 방을 종일 지키던 그 여자에게서 그토록 거친 숨결이 흘러나왔을까. 나는 곧 무너질 듯 서 있는 낡은 집을 쳐다보며 오랫동안 서 있었다.

집 안으로 들어설 때까지도 그 이상한 기운은 가시지 않은 채였다. 얼핏 숨죽인 헐떡임 같은, 어쩌면 내가 뱉어냈을지 모르는 그 소리를 따라 나는 조심스레 걸음을 옮겼다. 알은 방문이 열린 것을 전혀 알아채지 못하고 있는 것 같았다. 방은 어두웠으며 그는 언뜻 잠든 듯 보였다. 잠든 듯한 알의 입에서 헉, 헉 가쁜 숨이 흘러나왔다. 한 발 방으로 들어서려던 나는 흠칫 놀라 걸음을 멈추었다. 알의 손. 성한 오른손이 시트 아래서 움직이고 있었다. 그의 몸 한가운데 둔덕 같은 배 아래에서. 불쑥 솟아올랐다 아래로 내려가기를, 천천히, 천천히 반복하는 그 움직임의 의미를 깨닫는 데는 오래오래, 그 움직임만큼 오랜 시간이 걸렸다.

버스슥, 버스슥. 빳빳한 시트가 종이 구겨지는 듯한 소리를 냈다. 손의 움직임 사이사이 추임새처럼 알의 신음 소리가 섞여들었다. 두 번 움직임에 한 번의 신음. 나는 슬며시 방을 나와야 했던가. 의식 없는 사람처럼 창백한 알의 몸을 흔들어야 했던가. 기계처럼, 힘겨운 노역 같은 움직임을 끊이지 않는 손을 잡아야 했던가. 나는 그저 하염없이 알을 바라보며 서 있었다. 어느 순간 시트가 푸스스

가라앉고 알의 감긴 눈이 번쩍 뜨였다. 그것은 거의 흰빛이었다. 아아아. 억눌린 짐승 같은 울음이 그의 입에서 새어나왔다.

나는 돌아서서 문을 닫았다. 복도를 지날 때 나는 알의 사진이 붙어 있는 벽 아래, 비비안의 책상 위에 나란히 놓인 액자들을 보았다. 젊은 남자들이 알과, 혹은 비비안과 함께 들어 있었다. 검은 얼굴. 홍안의 청년. 노란 얼굴의 동양인 남자…… 내가 오기 전 알을 도왔던 사람들이었다. 이 남자들이 비비안을 잡았을까. 비비안은 나비를 채집하는 아이처럼 하나하나 이 남자들을 액자 속에 넣었을까. 비비안의 방에서는 아무런 소리도 들려오지 않았다.

삐걱거리던 바닥이 잠잠해지고 무너져내리던 천장이 조용히 제자리로 돌아가는 소리가 들렸다. 내 숨소리까지 멈춘 듯 고요해진 방에서 나는 잠이 들었다. 잠든 동안인지, 혹은 깨어난 후였는지 알 수 없지만 나는 어둡고 쓸쓸한 문 앞에서 한 남자를 만났다. 그 남자는 울고 있었다. 그는 고통스러워 보였고 그런 그를 보는 것이 내게도 고통이었다. 남자의 눈물을 닦아주는 대신 나는 넓은 그의 등에 등을 마주 대고 앉았다. 그의 울음이 등을 타고 내 가슴으로 흘러들어왔다.

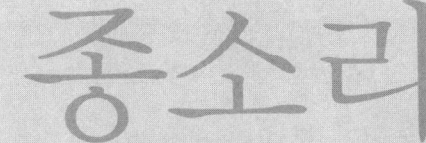

종소리

그 집에서는 이따금 맑은 종소리가 울려나왔다. 종소리는 투명한 유리들이 부딪는 듯, 얇게 저민 대리석들이 몸을 비비는 듯 가볍고 청량했다. 우유배달 오토바이의 모터 소리에 잠을 깨는 새벽, 부지런한 사람이라면 검은 부직포 봉투 속의 우유를 꺼내고, 느릿느릿 허리를 굽혀 조간을 주워들 때 찰캉, 차르르 울리는 종소리를 들을 수 있었다. 부융한 새벽 공기 속의 종소리를 들으며 사람들은 저마다 다른 생각에 젖어들었다.

그 집에서는 이따금 맑은 종소리가 울려나왔다. 종소리는 투명한 유리들이 부딪는 듯, 얇게 저민 대리석들이 몸을 비비는 듯 가볍고 청량했다. 우유배달 오토바이의 모터 소리에 잠을 깨는 새벽, 부지런한 사람이라면 검은 부직포 봉투 속의 우유를 꺼내고, 느릿느릿 허리를 굽혀 조간을 주워들 때 찰캉, 차르르 울리는 종소리를 들을 수 있었다. 부윰한 새벽 공기 속의 종소리를 들으며 사람들은 저마다 다른 생각에 젖어들었다.

산사의 풍경(風磬)처럼 울리는 그 소리는 누군가의 짜증 섞인 푸념을, 어제처럼, 또 그 전날처럼 이어지는 지루한 숙취의 날을 한순간 잊게 만들었다. 깜박 놓쳐버린 간밤의 꿈자락을 떠올리는 사람도 있었다. 잠시 몸을 세우고 종소리를 듣노라면 기억 나지 않는 그 꿈이 깃털처럼, 풀어진 연기처럼 아련하게 여겨지고 막 시작된 이 아침도 그처럼 한없이 가볍게 여겨지는 것이었다.

어느 집의 자명종 소리, 흐르는 물소리, 신문을 뒤적이는 기척, 시동을 걸고 도시로 나아가는 차들의 소음이 시작되면 아무도 종소리 따위를 다시 떠올리지 않았다. 수천, 수만의 가구가 둥지를 튼 신도시는 수천, 수만의 다른 소리들로 뒤덮이는 것이었다. 알락달락한 빛들의 차를 타고 남자들이, 아이들이, 그리고 여자들이 떠나가고 나면 남은 사람들을 위한 소리들이 재빠르게 다가와 자리를 메우곤 했다.

철 이른 노란 참외가 가득한 트럭이 아파트 단지를 돌면 인천 소래포구에서 온 갈치 차가 그 뒤를 따랐다. 은빛 비늘을 떨구고 갈치 차가 사라지고 고소한 비린내가 가실 무렵 한 떼의 버스들이 나타나 천천히 도시의 끝에서 끝까지 맴을 돌았다. 백화점, 문화센터, 운전학원의 버스들에서 까만 선글라스를 쓴 운전사가 흰 면장갑을 낀 손으로 기어를 당겨 문을 열면 여자들은 파라솔을 접고 익숙하고 당당한 걸음으로 차에 올랐다. 그러고도 남은 사람들이 일 없이 전화를 걸거나 혹은 개를 씻기고 늦은 잠에 빠져들 때, 달리 할 일이 없는 사람들이 마이너스 통장의 잔고를 우울한 눈으로 확인하고 홧김에 박박 타일을 문지르며 목욕탕 청소를 할 때, 그 모든 순간의 어디에서도 종소리는 들리지 않았다.

신혼의 아내처럼 산뜻하던 신도시가 이상한 생경감을 드러내는 것은 태양이 이울 무렵이었다. 서편으로 사십오 도쯤 기울어진 태양은 계단처럼 이어진 스카이라인을 비껴 도시 위에 거대한 계단의 그림자를 만들었다. 확연한 경계선을 그은 듯 빛과 그림자가 공존하는 시간. 태양이 잠깐 정지된 듯이, 어쩌면 영영 지지 않을 듯이 느껴지는 그 순간 신도시의 모든 집들과 건물들은 영화 속의 세트처럼 보였다. 밝은 부분의 태양 빛은 마치 수백 촉의 전등처럼 눈이 부셨으며 그 아래 간판들은 색의 미립자가 보일 만큼 선명하고 기이한 빛을 띠었다. 그늘 속의 건물들은 너무 빨리 다가온 어둠에 어리둥절한 듯 음울해 보였다.

차들과 사람들이 돌아오기 직전의 그 시간, 도시 전체가 야릇한 정적과 어색함에 잠길 무렵이면 도시의 외곽, 그 집에서 가느다란 종소리가 울려나왔다. 이른 저녁을 준비할까, 놓쳐버린 낮잠을 청할까 망설이며 나른한 기분에 휩싸여 있던 몇몇 사람들만이 그 소리를 들었다. 오후의 종소리는 아침의 그것과는 달랐다. 잘 말린 조가비가 부딪는 듯 사식거리는 그 소리를 들으면 무인가 비밀스러운 일이, 자신은 알지 못하는 일이, 그러나 꼭 알아야 할 일이 어디선가 일어나고 있다는 느낌이 들었다. 무언가 버석거리는, 머리카락처럼 가느다란 무엇이 핏줄 속에 흐르는 듯한, 몸 어딘가가 가려운 듯한 기분에 공연히 뒷덜미를 문지르며 사람들은 종소리가 나는 곳을 가늠해보곤 했다.

그 집은 신도시를 만들면서 밀어낸 산자락 끝에 있었다. 포장도로가 끝나고 이어지는 좁은 오솔길이 굽이진 초입에 숨은 듯 서 있는 집채는 너무나도 낡고 작아서 나무를 베어내고 산을 깎던 사람들이 깜박 잊고 그냥 둔 것처럼 보였다. 군데군데 깨어진 기와들 사이에 한줌의 흙과 마른 잡풀들이 엉겨 있었으며 이름을 알 수 없는 덩굴들이 낮은 울타리를 휘덮고 있었다. 집 뒤를 둘러서 있는 나무들은 신도시의 가로수, 스와로프스키 소나무나 손가락 굵기의 가지를 이고 선 은행나무와는 전혀 다른 수종이었다.

무뚝뚝한 거인처럼 서 있는 나무들이 지우는 그늘에 묻혀 집은 더욱 낡고 어두워 보였다. 이따금 생각났다는 듯이 흔들리는 나뭇잎 사이로 햇살 한줄기가 비칠 때면 슬레이트가 반쯤 내려앉은 낮은 시멘트 건물, 헛간이었거나 우사(牛舍)였을 듯한 건물 주위로 여윈 고양이와 살찐 쥐들이 번갈아 들락거리는 것을 볼 수 있었다. 사람의 기척은 보이지 않는 집, 사람이 살 수 없을 듯한 그 집 어느 곳에서 아름답고 맑은 종소리가 울려나온다는 것을 신도시의 사람들은 오랫동안 알지 못했다.

그 집에 누군가가, 여자가, 그것도 어여쁜 여자가 살고 있다는 소문이 퍼진 것은 이른봄이었다. 취를 캐던 아낙 몇몇이 그 여자를 보았다고 했다. 취를 찾아 조금씩 산의 안으로 안으로 발을 들여놓던 아낙들이 문득 손을 멈췄을 때 그들은 골을 따라 이미 산을 넘었음을 알았다. 낯선 나무들, 본 적 없는 바위들이 보였지만 아낙들은 그다지 걱정하지 않았다. 산의 냉기를 막기 위해 겹쳐입은 두터운 점퍼. 낡은 수건으로 부스스한 머리를 가린 검고 억세고, 무엇보다 나이 든 그녀들은 산에서 만나는 어떤 것에도 익숙했다.

빛을 받아 연푸른 별처럼 반짝이는 개두릅을 따기 위해 나무 둥치를 타던 여자 하나가 어, 짧은 비명과 함께 주르르 나무 아래로 미끄러졌을 때 조마조마 위를 쳐다보던 아낙들은 누구라 할 것 없이 한바탕 웃음을 터뜨렸다. 엉덩방아를 찧은 채로 아직 일어나지 못하는 여자를 향해 손을 내밀며 그렇게, 사다리 없이 거길 어떻게 올라가, 끌끌 혀를 차는 아낙 옆에서 다른 여자가 뱀이라도 있더냐, 니 거기로 달라들더냐 왜 그리 혼 빠진 낯이냐고 새삼 킬킬거리며 물었다. 그게 아니라…… 무릎을 짚으며 간신히 몸을 일으킨 여자가 무어라 우물우물 입안엣말을 중얼거렸지만 아낙들은 바구니를 버려둔 채 늙수그레한 한 여자가 늘어놓는 육담에 빠져들었다.

우리 동네 조 아래께 방앗간이 있었잖나. 자네네들은 모를래라만 거기 여시가 나온다는 소문이 있었거든. 우리 시동생이, 하루는 궁금하더란다. 그래, 여시가 진짜 있나 가보기로 했다네. 담배를 빼물던 아낙 하나가 말참견을 했다. 본래 한량이라꼬 소문난 양반이잖나. 어디가 근질근질했겠지. 봄바람은 살살 불고 막 신방 채린 형은 쥐방구리같이 부엌엘 들락거리고…… 아낙들이 동시에 허리를 접으며 웃음을 쏟아놓았다. 웃음이 사ㄴ라들 무렵 나무 위에 올랐던 여자가 띄엄띄엄 말했다. 그게, 꼭 여시 같드라니깐. 잡아먹을 듯이 쳐다보던 것이…… 아낙들의 눈이 휘둥그레졌다. 조 안에 집이, 여자가 나무 너머를 가리켰다. 외로 꼰 아낙들의 시선이 여자의 손가락 끝을 따라갔을 때 찰그렁, 가볍고 맑은 종소리가 울려퍼졌다.

사각사각 비 내리는 소리를 내며 나뭇잎들이 흔들렸다. 머리끝이 쭈빗 서는 공포를 느끼면서도 아낙들은 숲을 헤치고 키 큰 나무 사이를 지나 숨어 있는 집을 찾아 한 걸음 한 걸음 나아갔다. 젖은 풀들이 흙물이 밴 고무장화의 기척을 고스란히 삼켰지만 누군가 불쑥 뒷덜미를 낚아챌 듯한 두려움에 그네들은 한껏 몸을 움츠렸다. 저기, 저게 집이 있잖나. 내 말이 맞지? 나무에서 떨어졌던 아낙이 속삭였다. 빈집이구먼 그래. 진짜 뱀 나오겄다. 다른 여자가 먼지 자욱한 툇마루를 가리켰다. 사랑채가 있었을 성싶은 자리에 검게 그슬린 채 여기저기 널린 나무토막들 위로 을씨년스러운 바람이 불었다.

아이고, 뱀 아니고 구신 나오겠어, 저기 누가 살겠어? 한 여자가 툭 내던지듯 말한 순간이었다. 바람에 밀린 듯 스르르 방문이 열리고 하얀 손 하나가 뻗어나왔다. 공포와 긴장과, 알 수 없는 흥분에 싸여 훅훅 거친 숨을 내쉬는 아낙들 틈에서 이따금 흐느낌 같은 신음 소리가 흘러나왔다. 이윽고 흰 얼굴이, 검고 커다란 눈과 바랜 입술, 얼굴 한쪽을 쥐었다 놓은 듯 일그러진 야릇한 얼굴이 문 뒤에서 나타났을 때 아낙들의 낯이 하얗게 질리고 저게 뭐냐? 사람이야, 귀신이야? 나이 든 아낙이 입을 열기 무섭게 아낙 하나가 어메야, 소리를 지르며 뒷걸음질쳤다. 불시에 여자들은 몸을 돌려 달아나기 시작했다. 나뭇가지에 긁히고 돌부리에 채여 넘어져 구르면서 달아나는 여자들의 기척에 놀란 새들이 한꺼번에 날아올랐다.

그 여자가 젊은, 어여쁜, 긴 머리를 늘어뜨린, 심지어 소복을 한 여자였다는 말이 처음부터 나온 것은 아니었다. 얼마만큼 달아나다 숨을 돌린 아낙들은 몹시 난처한 기분에 빠져들었다. 흐트러진 매무새. 어디선가 놓쳐버린 나물 바구니. 게다가 이미 해는 반쯤 기울어 있었다. 아낙들 중 누구도 바구니를 찾으러 길을 거스를 생각은 하지 않았다. 그게 무엇이었나. 막상 입을 열자 아낙들은 어처구니없어지기 시작했다.

초봄의 주말 산행길에 나선 사람들에게 한 주먹씩 팔려갈 나물들. 담배가 되고 술이 되고 손자의 학원비가 될 나물들이었다. 돌아가면 느긋하게 허리를 펴고 저녁 연속극을 보며 동네를 도는 장

사치에게서 산 지압벨트를 시험해볼 작정이었던 여자들은 차마 폐가처럼 보이던 집, 여우처럼 보였던 그 무엇의 이야기를 꺼낼 수가 없었다. 그게, 그러니까 우리가 홀린 거야. 홀린 거야…… 나이 든 여자가 긴 숨을 몰아쉬며 말했다. 그게 무엇이었건 아낙들은 그 말에 동의했다. 집에 가까울수록 그네들의 이야기 속에서 산 속의 여자는 점점 여우처럼, 홀릴 수밖에 없는 그 무엇으로 변해갔다.

아낙들이 버리고 간 나물들이 더러는 마르고 더러는 썩어 낙엽 더미에 묻힐 무렵 통통한 체구의 여자 하나가 숲속의 집을 찾았다. 여자가 처음부터 그 집을 바라고 산으로 늘어온 것은 물론 아니었다. 여자는 산책중이었다. 아파트 광장을 두 바퀴 돌고 근처 초등학교 운동장을 또 두 바퀴 돌고 단지 뒤의 산책로를 한 시간쯤 걷는 이런저런 코스에 싫증이 난 어느 날 여자는 좀더 멀리, 새로운 길을 가보고 싶었다. 봄비에 씻긴 어린 나뭇잎들이 청결한 빛으로 여자를 유혹했다. 모자의 챙을 잡고 그 즈음 새로 배운 유행가를 읊조리며 여자는 가느다란 아지랑이 저편의 언덕을 향해 걸음을 옮기기 시작했다.

햇빛이 유별나게 눈부신 날이었다. 오후의 해를 흰빛으로 반사하는 포장도로를 지나 잡목이 우거진 소로에 들어섰을 때 침침하고 고요한 그늘이 여자를 맞았다. 마른 낙엽 위에 이따금 떨어진 철쭉 잎들이 풋풋한 향기를 풍기는 길 저편에서 신도시와는, 외계와는 무관한 듯한 차갑고 습한 바람이 불어왔다. 모퉁이를 돌자 어린아이 키만한 돌무더기가 보였다. 굳어 있던 여자의 얼굴에 천천히 미소가 떠올랐다. 누군가가, 저 돌들의 숫자만큼 많은 이들이

이 길을 갔다는 사실이 여자를 안도케 했다. 여자는 보이지 않는 그 흔적을 따라, 사람을 거부하지도 받아들이지도 않겠다는 듯 무심히 서 있는 나무들을 지나 한 걸음 더 깊이 발을 들여놓았다.

길의 자취가 잠깐 사라졌을까, 풀숲 더미에 희뜩 미끄러진 몸을 일으키던 여자가 무언가 섬뜩한 느낌이 들었다 싶기도 전에 발목께를 스치며 지나가는 것이 있었다. 뱀이다! 여자는 튈 듯이 일어나 눈에 띄는 낮은 그루터기 위로 올라갔다. 뱀이었다. 검은지 흰지, 얼마나 큰 것이었는지 그런 것은 중요하지 않았다. 봄날의 뱀은 약이 바짝 올라 위험하다는, 어디선가 들은 듯한 이야기가 떠올랐다.

그루터기에 쪼그리고 앉은 채로 여자는 목양말을 벗기고 발목을 들여다보았다. 빨갛게 부푼 자국, 복숭아뼈 위로 날카로운 톱니에 물린 듯한 자국이 나 있었다. 공포가 여자를 조여왔다. 평소처럼 목이 긴 트레킹화를 신고 오지 않은 것을, 휴대폰을 들고 오지 않은 것을, 턱없이 멀리 나온 곳을 후회하며 여자는 손수건으로 발목을 힘껏 동여맸다. 통증이 발목의 위아래로 번져나갔다. 금방이라도 발이 퉁퉁 부어오를 것만 같았다. 허둥거리며 신발을 고쳐신고 막 그루터기를 내려설 때 여자는 가까운 곳에서, 바로 귓가에서 울리는 듯한 종소리를 들었다.

그 집에 다가가는 데는 용기가 필요했다. 집은 오랜 세월 참고 견딘, 누구라도 다가가면 그대로 삼키고 말 듯한 기괴한 괴물처럼 보였다. 여자는 몸을 돌려 나가고 싶었지만 마을은 너무 멀리, 통증은 바로 발목 아래 있었다. 고통과 공포에 짓눌려 여자는 낮게 소리를 질렀다. 여보세요, 여보세요, 여보세요. 집 뒤꼍에 짧은 그림자 하나가 보이는 것 같았다. 그림자는 가만히 그늘 아래 몸을 숨기고 움직이지 않았다. 훔쳐보듯 이편을 향한 그림자가 어느 순간 어둠 속으로 스며들 것만 같았다. 여자는 조바심이 나서 견딜 수가 없었다. 도와주세요, 뱀에 물렸어요. 여자의 목소리가 떨렸다. 얼굴과 팔과 몸이, 사람의 형상을 갖춘 그림자가 뒤꼍을 빠져나와 여자를 향해 조용히 걸어왔다.

이 근처 뱀들은 독이 없어요. 사람은 잘 물지 않는데. 여자가 느릿느릿 말했다. 부근의 뱀들을 관장하는, 지신이라도 되는 듯한 말투였다. 무언지 모를 가루를 짓이겨 바르고 촘촘히 동여맨 발목을 붙안고 여자는 늘어놓은 천조각과 가위 따위를 거두는 손을 바라보았다. 그 손은 거칠고 투박했다. 이마 아래, 왼쪽 눈자위가 일그러진 것을 제외하면 실핏줄이 비칠 듯 투명한 얼굴과 묘한 부조화를 이루는 손이었다.

얼굴과 손만이 아니었다. 창틀 위, 천장 한가운데의 갓등 아래, 삼각으로 치솟은 천장을 따라 내려온 서까래마다 촘촘히 매달린 사기질의, 주물의, 크리스탈의 종들, 열매들, 조개껍질들, 열대의 바다 속을 유영하는 듯 현란한 빛의 나무 물고기들. 문이 열릴 때면 그 모든 것들이 한꺼번에 혹은 번갈아 내는 우아하고 아름다운 소리가 낡고 초라한 집기들 위로 번지는 광경은 무어라 말할 수 없는 기묘한 부조화를 이루고 있었다.

저것들을 모두 어디서 구하셨어요? 여자는 그렇게 물으려다 말고 입을 다물었다. 푸르고 붉은 줄무늬의 나무 물고기가 눈에 들어왔기 때문이었다. 여자에게도 똑같은 물고기가 매달린, 차임벨 소리로 흔들리는 종이 있었다. 지난 겨울 발리의 한 호텔에서 사온 것이었다. 여자는 방을 말끔히 치우고 오똑 앉아 자신을 바라보는 여자가 문득 두려웠다. 그네는 발리의 빛나는 태양과는 전혀 상관없어 보였다. 아니, 빛나는 그 어떤 것과도 무관한 삶을 사는 사람 같았다.

저기…… 혼자 사시나 봐요? 여자는 기껏 그렇게 묻고 말았다. 씻은 듯이, 주름 사이까지 청결한 여자의 이마가 잠깐 흔들렸다. 그뿐 대답이 없었으므로 여자는 더 말을 잇지 못했다. 뱀에 물린 공포가 가시고 새로운 두려움이 밀려왔지만 그보다 먼저 여자를 덮친 것은 졸음이었다. 따뜻한 아랫목의 기운이 여자의 눈꺼풀을 점점 내리눌렀다. 가야지, 어서 일어나야지 하면서도 벽에 등을 기댄 채 여자는 깜박 잠이 들었다.

잠은 달고 깊었다. 깊은 잠 속에서 여자는 물었다. 여기서 어떻게, 무얼 먹고 사시나요? 뱀과 개구리와 지렁이를 먹고 살지, 가끔 너 같은 인간도 잡아먹고. 하얀 얼굴의 여자가 종횡으로 얽어맨 그물 같은 천조각을 들고 다가왔다. 여자의 얼굴은 판판했으며 젊어진 여자는 이상하게도 슬퍼 보였다. 그물에 사로잡히면서도 여자는 두려움이 느껴지지 않았다. 가느다란 은사로 얽어진 그물의 끝자락마다 작은 쇠종이 달려 있었다. 여자를 가둔 여자가 은이 굴러가듯 웃음을 터뜨렸다.

돌아오는 길에는 어둠이 짙었다. 잠에서 깨어난 여자가 처음 들었던 것은 쉬익 물 끓는 소리였다. 여자는 소리나지 않게 방문을 열고 조심스레 발을 내디뎠다. 부엌 쪽에서 흘러나온 희미한 불빛 한줄기가 여자의 발목을 스쳐갔다. 부엌문을 바라보며 여자는 잠시 망설였다. 무어라 감사의 말을 해야 할 것 같았지만 그 문을 열기가 어쩐지 두려웠다. 그 안에서 얼굴이 흰 그 나이 든 여자가 긴 칼을 갈고 있을 것만 같았다.

발목의 부기는 생각보다 심하지 않았다. 쑥 들어가는 신발을 신고 마당을 가로지를 때에만 해도 여자는 얼른 이곳을 벗어나고 싶은 생각뿐이었다. 밝고 환한, FM 음악이 흐르는 자신의 부엌이 갑작스레 목이 아프도록 그리웠다. 다행히 딸아이가 학원에서 돌아오기까지는 넉넉한 시간이 남아 있었다. 다친 사람답지 않게 민첩한 걸음으로 여자는 집을 빠져나왔다. 수풀 사이로 여자를 따라오던 희미한 불빛이 멀어졌을 때 여자는 문득 꿈을 꾼 듯한 느낌이 들었다. 발목에 감긴 바랜 빛의 천조각만 아니었다면 여자는 아무에게도 그날의 일을 말하지 않았으리라. 그랬다면 여자는 쉽사리 잊고 말았을 것이었다. 숲속의 나이 든 여자, 신비로운 종소리 같은 것들은.

15층, 자신의 집 앞에 이르러 안도의 숨을 내쉬던 여자는 문을 바라보는 순간 맥이 탁, 풀렸다. 열쇠와 손지갑이 든 작은 가방. 손목에 끼고 있던 그 작은 가방을 잊고 온 것이었다. 딸아이가 돌아올 시간은 아직 한 시간이 넘어 남아 있었다. 갓 대학에 들어간 아들, 언제나 일에 시달리는 남편의 귀가시간은 도저히 짐작할 수조차 없었다. 남편과 아들의 휴대폰은 전원이 꺼져 있을 것이었다. 열쇠가 없다, 잃어버렸다, 집엘 들어갈 수가 없다는 메시지라도 남길까, 싶어 맞은편 집의 벨을 누르려다 여자는 도로 몸을 돌렸다.

전파란 보이지 않고 믿을 수도 없는 무엇이었다. 몸을 빼서 달려오지 않을 사람들을 기다리는 것은 괴로운 일이었다. 그보다는 차가운 냉기에 몸을 떨며 문 앞을 서성이는 것이 나왔다. 여자는 주춤주춤 현관 앞 계단에 쭈그리고 앉았다. 봄날의 하루가 너무나도 길었다.

그러니까 산책길에, 저 끝에 언덕 너머에, 거기서 뱀에 물렸거든요. 여자가 이야기를 시작한 것은 자정이 넘어서였다. 마감뉴스를 보던 여자의 남편이 여자의 발목에 감긴 천 조각을 보고 뭐야? 당신 다쳤어? 하고 물었기 때문이었다. 어쩌다가 그랬어? 데었어? 여자의 남편이 재차 물었다. 데고 베고 긁힌 상처에 그가 약을 발라주던 것은 이미 오래 전의 일이었지만 그의 음성은 그때와 조금도 다름없이 다정했다.

뱀, 이라는 단어가 여자의 입에서 빠져나왔을 때 그의 눈이 휘둥그레졌다. 그는 아내의 손을 제치고 친친 감긴 헝겊을 풀었다. 병원에는 갔었어? 어떻게 치료한 거야? 도대체 뱀이 어디서 나타났어? 주절이주절이 여자를 나무라던 그가 문득 입을 다물었다. 하얗게 굳은 분필 가루 같은 것이 달라붙어 있을 뿐 발목은 깨끗했다. 아내의 발목을 잡은 채로 그는 머쓱한 눈으로 아내를 쳐다보았다. 그게 그러니까…… 이제 괜찮아. 어떤 할머니가 치료해줬어요. 말을 하면서도 아내는 스스로가 답답한 듯한 표정이었다. 할머니? 무슨 얘기야? 당신 오늘 어딜 갔었던 거야? 그의 음성은 낮았으며 염려가 가득 담겨 있었다. 말을 하기 전, 짜증을 참기 위해 잠깐 숨을 들이쉰 것을 들키지 않으려고 그는 지나치게 자상해지고 말았다. 뱀에 물린 것 같았으면 병원엘 가야지. 내게 전화를 하든지. 그때까지 잡혀 있던 발목을 슬며시 뽑아낸 아내는 그 즈음 볼 수 없던 비스듬한 시선으로 그를 쳐다보았다.

물린 것 같으면, 이 아니라 진짜 물렸다니까요. 내가 얼마나 놀랐는데…… 여자의 눈이 붉어지는가 싶더니 이내 물기가 비치기 시작했다. 호흡 조절을 위해 그는 또 한번 숨을 들이쉬었다. 아내는 원래 눈물이 많은 여자였다. 다감하고 따뜻한 눈물이 주책스러운 그 무엇으로 변한 것이 그녀의 잘못일 수는 없었다. 그러니까 전화를 하지 그랬어…… 그의 말을 자르며 아내가 느닷없이 소리를 질렀다. 당신 전화가 열려 있던 적이 있었어요? 내가 남긴 메시지에 당신이 언제 응답해준 적이 있어요? 겨우 돌아왔는데 열쇠는 없지, 애들도 당신도 연락은 안 되지, 내가…… 내가 얼마나…… 아내는 아이처럼 흑흑 느끼느라 말을 잇지 못했다. 벌떡 일어난 이내가 쭈글쭈글한 헝겊 조각을 뭉쳐들고 욕실로 들어가는 것을 그는 어이없는 눈으로 쳐다보았다.

천둥 같은 긴 한숨을 내쉬는 일이 전에 없이 잦아지긴 했지만 저처럼 갑작스런 짜증은 정말 뜻밖이었다. 그는 딸아이의 방문을 두드리고 재빨리 등뒤로 문을 닫았다. 딸은 두터운 책더미에 박고 있던 고개를 들지도 않고 물었다. 무슨 일이에요, 아빠? 긴 머리를 늘어뜨린, 요정처럼 깜찍한 세 여자아이가 딸 대신인 듯 그를 쳐다보며 웃었다. 쟤네들은 누구냐? 지난번 붙여놓았던 남자애들은 이제 싫증났냐? 아이가 후딱 고개를 들고 배시시 웃었다. 아빠, 저 바쁘거든요, 무슨 일이신데요? 아이가 다시 책에 코를 박을까 겁을 내며 그는 아이에게 한 걸음 다가갔다. 니네 엄마 왜 저러시냐? 넌 무슨 얘기 못 들었냐? 엄마요? 전 들은 것 없는데요? 제가 올 때까지 자그마치 세 시간을 현관 앞에 앉아 있었다는 것밖에는. 그뿐 아이는 곧장 책으로 돌아갔다.

열쇠를 잃어버리고 뱀에 물리고 웬 할머니 이야기까지? 그는 혼란스러웠다. 도대체 아내에게 무슨 일이 일어난 것인지. 아내를 붙잡고 차근차근 물어볼까 하던 그는 닫힌 욕실문을 지나 서재로 들어가고 말았다. 열쇠는 다시 복사할 수 있을 것이다. 자고 나면 말짱한 발목은 더 깨끗해져 있을 것이다. 눈물을 비치며 띄엄띄엄 말을 이을 아내를 상대하기에는 그에게도 그 하루가 길고 길었다.

여자가 다시 낡은 집을 찾은 것은 일 주일이 지나서였다. 그 일주일 동안 여자는 열 번쯤 산 쪽을 향해 집을 나섰다 돌아오기를 반복했다. 신분증들, 이런저런 카드들을 다시 신청하고 열쇠를 복사하고 나서도 여자는 께름칙한 기분을 떨치기가 어려웠다. 낡고음습한 방 안에 놓여 있을 자신의 지갑. 자신의 많은 것이 낱낱이담겨 있는 수첩, 그 사이에 끼여 있는 아이들의 사진을 유리처럼투명한 눈으로 들여다보는 나이 든 여자의 꿈을 꾼 다음날 여자는결심한 듯 숲으로 발을 들여놓았다. 그 여자가 들여다보는 것만으로 그 집의 음울함이, 여자가 보았고 보지 못했던 그 집의 많은 것들이 사진 속의 아이들에게, 그 사진을 끼워넣었던 자신 속으로 천천히 침입하는 것만 같았다.

집은 여전히 비어 있는 듯 조용했다. 여보세요, 계세요? 여자의가느다란 목소리가 방문에 가 닿고 문풍지가 떨리는가 싶었지만아무도 대답을 하지 않았다. 무너진 울타리, 투박한 나무 뚜껑이덮인 우물가에 노란 금잔화가 피어 있었다. 마당 여기저기 깨진 사금파리들이 빛을 받아 반짝이는 집은 지난번과 어딘가 달라 보였다. 주춤주춤 다가간 여자가 마루 끝에서 인기척을 냈지만 방 안은조용했다. 닫힌 문을 한동안 바라보던 여자는 먼지를 털어내고 마루 끝에 걸터앉았다. 여자가 들어갔었던 곳, 달고 깊은 잠까지 잤었던 방이었지만 어쩐지 여자는 방문을 밀기가 두려웠다. 산 깊은 곳에서 뻐꾸기가 울었다.

청량한 바람을 타고 들려오는 뻐꾸기 소리는 고즈넉하고, 어떤 감정을 품은 듯 절절하기도 했다. 단단하게 경직되었던 여자의 눈가가 차츰 풀어지고 있었다. 낡은 집에 혼자 버려진 듯 앉아 있었지만 생각처럼 두려움이 느껴지지 않았다. 겁 많고, 소심하고, 여자답다는, 사람들의 평을 별 의심 없이 받아들였던 여자로서는 특별한 일이었다. 여자는 스스로가 낯설고도 대견스러웠다. 외딴 공간에서 익숙하지 않은 공기를 마시며 여자는 닫힌 문 너머에서 울리는 가볍고 아름다운 종소리를 들었다. 종소리는 옛이야기처럼 은근하고 정다웠다.

마당을 휘두르던 여자의 시선이 반쯤 불에 탄 굵다란 나무둥치에 붙들려 움직이지 않았다. 그것은 틀림없는 절굿공이였다. 절굿공이는 빗물에 씻기고 햇빛에 바래 하얗게 탈색되어 있었다. 갑작스럽고 느닷없는 슬픔이 여자를 엄습했다. 저처럼 커다란 절구로 무언가를 찧던 시절에는 지금 비어 있는 이 마당을 가로지르던 사람들도 적지 않았으리라. 곳간은 가득 차고 사랑채에서는 굵직한 목소리가, 비스듬히 기운 저 나무문 안의 부엌에서는 소근대는 여자들의 목소리가, 이따금 숨죽인 웃음이 새어나왔으리라.

짧은 어린 시절의 기억을 남겨주었을 뿐, 지금은 물 속 깊은 곳에 잠겨 있는 옛집. 방학이면 그녀를 맞아주던 조부의 검고 투박한 손. 벽 한가운데 걸려 있던 테두리가 나달거리는 갓. 그 옆에 붙은 의미를 알 수 없던 글자가 쓰인 족자들이 두서없이 떠올랐다. 여자는 천천히 마당을 거닐기 시작했다. 그늘에서 자라난 거친 풀들이 여자의 발에 밟히며 들릴 듯 말 듯한 소리를 냈다. 사라져버린 것들, 있었던가 싶지도 않은 날들의 흔적처럼 낮은 소리였다.

　마치 안방마님처럼 처연한 걸음으로 마당을 거닐던 여자는 울 너머에서 자신을 물끄러미 바라보는 나이 든 여자를 보았다. 흙 묻은 호미를 들고 낡은 수건을 둘러쓴 그 여자는 밭 매는 여느 아낙과 달라 보이지 않았다. 저기, 안녕하셨어요? 여자는 어색한 미소를 띠며 그 여자에게 다가갔다. 이마 아래 선연한 흉터를 일그러뜨리며 나이 든 여자가 웃음 비슷한 표정을 지었다. 지갑 때문에…… 지난번에는 신세가 많았는데…… 그냥 사라져서…… 여자는 앞뒤 없이 허둥거렸다. 나이 든 여자가 방 쪽을 가리켰다. 문만 열면 손에 잡힐 거야. 찾아가요. 그뿐 그네는 머릿수건을 벗어 털며 부엌으로 들어갔다. 그 뒷모습은 단호하지도 매몰차 보이지도 않았다. 그녀는 누군가 그곳에 있는 것을, 무슨 말을 건넨 것을 본 적도 들은 적도 없다는 듯 조용히 사라졌다.

　그 낡은 집의 나이 든 여자에 대해 다시 이야기를 꺼낸 것은 뜻밖에도 여자의 남편이었다. 산 밑에 산다는 이상한 할머니 있잖아. 당신 언제 그 집에 또 갔었어? 막 잠이 들려던 참이었음에도 여자는 남편의 말을 또렷이 알아들었다. 왜? 어디서 무슨 얘길 들었어요? 지갑을 되찾으러 그 집에 갔었던 일도, 그후 몇 차례나 찐 옥수수와 오븐에서 갓 구워낸 카스테라를 가만히 마루 끝에 두고 왔었던 것도, 비어 있는 마당을 무심히 바라보며 앉아 있었던 시간들도 그녀는 말하지 않았다. 특별히 감추어야 될 일이 아니었는데도 그랬다. 그 집에 대해, 나이 든 여자에 대해, 그 집을 자주 찾는 자신에 대해 누군가에게 이야기하는 일이 이상하게도 꺼려지는 것이었다. 혹시 그 할머니가 벙어리야? 당신, 무슨 이야길 나눈 적 있어? 여자는 둘러썼던 이불을 제치고 남편을 돌아보았다. 그는 담배 한 개비를 뽑아 물고 질근질근 씹고 있었다. 무언가 심각한 일이 있다는 뜻이었다. 그 사람 벙어리 아니에요. 그런데…… 왜 그래요? 무슨 일인데 그래요? 남편이 낡은 집의 그 여자를 언급했다는 사실이 어쩐지 그녀를 불안하게 했다. 여자의 남편은 매우 현실적인 사람이었다. 그렇지? 그런데 벙어리 행셀 했다는 거야. 듣지도 말하지도 못한다는 듯이 손을 내저으면서.

여자는 어느새 자리에서 일어나 있었다. 누가 ㄱ 집에 살았는데요? 거길 대체 왜 갔대요? 남편이 힐끗 여자를 돌아보았다. 그건 뭐 천천히 이야기하고, 당신 그 할머니를 다시 한번 찾아갈 생각 없어? 기어이 라이터를 켜고 담뱃불을 붙인 남편은 두어 모금도 빨기 전에 에이, 짜증을 내며 담배를 비벼껐다. 그는 오 개월째 금연중이었다. 생담배 타는 냄새가 방 안을 떠돌았다. 여자는 손을 뻗어 머리등을 켰다.

그 집 뒷산 너머로 골프장이 들어설 건데, 그 같잖은 노인네가 길을 안 내주는 거야. 충분히 보상하겠다, 살 곳을 찾아주겠다, 별별 소릴 다 해도 들은 척도 않는다는 거야. 뒤로 앞으로 산이 다 깎여나갈 게 뻔한데 길 한가운데 그 귀신 같은 집이 덜렁, 앉아 있을 거란 말이야. 생각해봐. 진입로에 그런 집이 버티고 있으면 골프 치러 올 맘이 나겠어? 새삼 화가 나는 듯 그가 덜 꺼진 꽁초를 문지르듯 비볐다. 여자는 의아한 눈으로 남편을 바라보았다. 그는 골프를 치지 않았으며 골프장을 건설하는 회사에 다니는 사람도

아니었다. 그게 당신이랑 무슨 상관인데요? 물으려던 여자는 입을
다물었다.

여자의 남편은 신도시 인근의 거대한 정부종합청사에 근무하는
사람이었다. 도시를 만들고 집을 허물고 길을 내는 일에 관여하는,
크고 작은 인허가를 필요로 하는 사람들과 만나고 술을 마시고 머
리 맞대고 함께 고민하는 것이 남편의 일이었다. 여자는 예민한 편
이 아니었지만 고민하는 날이 길어질수록 남편의 씀씀이가 커지
는 것을 모르지 않았다. 과장까지 찾아갔는데도 그 노친네가 쳐다
보지도 않더라는 거야. 오죽하면 내게 그런 얘길 다 했겠어. 그 뒤
편 산은 벌써 다 깎여나갔다는데. 여자는 남편의 뒷말을 건성으로
들었다. 거대한 포크레인이 나이 든 여자의 머리 위로, 총총한 종
들 위로 막 깔아뭉갤 듯 쳐들려진 광경이 여자의 눈앞을 가득 채
웠다.

날이 바뀌고 남편과 아이들이 나가기 무섭게 여자는 숲을 향해
집을 나섰다. 여느 때와 달리 빈손이었다. 오솔길 초입에 닿았을
때쯤 차가운 땀이 한줄기 여자의 등을 타고 흘러내렸다. 날카로운
비수가 등을 스친 듯한 느낌이었다. 짙푸른 녹음 사이에서 매미들
이 맹렬히 울었다. 해는 숲에 가려 보이지 않았다.

소리를 뚫고 가듯 허위허위 걸음을 옮기면서 여자는 어쩐지 이
길을 다시 오지 못할 듯한 기분에 빠져들었다. 그 집을 발견조차
할 수 없을 것 같았다. 밤 사이에, 숨어 있던 숲의 정령이 감쪽같이
낡은 집을 품에 안고 어디론가 옮겨놓았을 것만 같았다. 마침내 그
늘에 가린 지붕 한 자락이 보이기 시작했을 때 그녀는 정결한 곳
에 들어가는 사람처럼 탁탁 발을 부딪쳐 운동화에 달라붙은 흙더

미를 말끔히 털었다.

　그 나이 든 여자는 오늘 집 밖에 나와 있었다. 그리고 그 여자는 혼자가 아니었다. 검은 양복을 입은 남자들. 큰 키의 두 남자가 그 여자를 마주 보고 서 있었다. 여자는 울타리 뒤로 몸을 감추고 숨을 죽였다. 남자들이 무어라 말을 했지만 여자에게는 들리지 않았다. 나이 든 여자는 남자들이 말을 마칠 때까지 잠자코 듣고 있는 것 같았다. 여자의 표정은 도도하고 근엄해 보였다. 남자들의 음성이 여자가 숨은 곳까지 들릴 만큼 높아지고 그중 하나가 소리를 지르며 여자를 위협할 듯 다가가는 것이 보였다. 여자는 결전의 시기를 기다린 무사처럼 조용히 그들의 등뒤로 다가섰다.

　뜻밖의 방해자를 남자들은 반기지 않았다. 이건 또 뭐야? 당신 저 늙은이와 아는 사이야? 둘 중 젊은 쪽 남자가 그녀에게 물었다. 나는…… 나는 이분 딸이에요. 점잖은 분들이 무슨 짓이에요? 여자는 그때까지 내보지 못했던 차갑고 사나운 목소리로 대답했다. 딸, 이라는 말에 나이 든 여자와 남자들이 다 같이 움찔하는 것 같았다. 따님이라고? 그럼 우리가 왜 왔는지도 아시겠군? 말을 건네는 것은 그의 몫인 듯 젊은 남자가 그녀에게 다시 물었다. 좀더 나이 든 남자가 날카로운 눈으로 그녀의 전신을 훑듯이 노려보았다. 여자는 왈칵 화가 치밀고 수치심으로 얼굴에 붉은 물이 들었다. 와들와들 떨리는 손끝을 감추기 위해 팔짱을 끼고 눈에 잔뜩 힘을 준 여자가 다시 말했다. 댁들이 왜 왔는가는 말하고 싶지도 않아요. 우리 어머니가, 여자는 그때까지도 멍한 표정을 버리지 못한 나이 든 여자를 힐끗 바라보고 말을 이었다. 우리 어머니가 놀라시니까 그만 가주세요. 어쩌지요? 하는 듯한 얼굴로 젊은 남자가 동료를 바라보았다. 그 남자는 말없이 여자를 노려보았다. 동물처럼 무표정한 눈이었다. 딸은 무슨, 연고 없는 노친네란 말 못 들었어? 뭔 일이 나도 한 달쯤은 아무도 모를 거랬잖아. 여자를 노려보던 남자가 굳게 다물었던 입술을 거의 움직이지도 않은 채 씹어뱉듯 말한 순간이었다. 남자들이 동시에 두 여자를 향해 덤벼들었다.

남자들은 민첩하게, 소리없이 움직였다. 젊은 남자가 크고 앙상한 손으로 여자의 살찐 허벅지를 누르고 달랑 남방 하나가 전부인 웃옷을 벗기는 동안 다른 남자는 나이 든 여자를 움직일 수 없도록 짓밟고 있었다. 그들은 전혀 주저하지 않았다. 여자가 지르는 소리가 숲에 묻히고 매미들의 울음에 걸려 결코 길 저편으로 새어 나가지 못하는 것을 잘 알고 있는 것 같았다. 땅바닥에 등을 댄 채 온몸을 더럽히며 저항했지만 누군가와 힘으로 겨루기를 한 경험이 단 한 번도 없었던 여자는 기계처럼 움직이는 남자의 상대가 아니었다. 혼신의 힘을 다했다고 느낀 어느 순간 손끝과 머리카락, 발끝을 타고 여자에게서 무언가가 빠져나갔다. 지푸라기를 헤치듯 가볍게 남자가 여자의 몸 안으로 들어왔다.

먼 하늘에서 천둥 소리가 들렸다. 땀과 미끈거리는 액체. 혼절할 듯 아득한 가운데도 여자는 바지를 추스른 남자가 동료에게 건네는 말을 들었다. 이건 이쯤 해두고 그건 어쩔 거요? 나이 든 여자를 지그시 밟고 서 있던 남자가 피우던 담배를 멀리 울타리 너머로 휙 던졌다. 등을 보인 두 남자가 무어라 수군대고 있었다. 여자는 마지막 말만 알아들었다. 불을 확 싸질러버려? 여자는 누운 채 마당과 마루 밑, 눈 닿는 모든 곳을 훑어보았다. 벗은 몸으로, 타다 남은 절굿공이를 든 여자가 등뒤에서 다가가는 것을 남자들은 알지 못했다. 여자는 힘껏, 그때까지 그녀에게 남아 있던, 있는지 알지도 못했던 모든 힘을 모아 남자의 뒤통수를 내리쳤다.

쓰러진 동료를 끌다시피 추슬러 빠져나가는 남자는 겁에 질려 있었다. 벌거벗은, 상처투성이의, 악에 받힌 여자의 절굿공이쯤은 차라리 우스웠지만 그는 재빨리 상황을 파악하고 피 흘리는 동료를 들쳐업었다. 물컹한 피가 그의 어깨를 적셨다. 어처구니없는 일이지만 동료는 죽을지도 몰랐다. 집을 나가기 전 그는 멍하니 서 있는 여자를 비수처럼 싸늘한 눈으로 노려보는 것을 잊지 않았다. 남자들이 사라지고 한참이 지날 때까지도 여자는 부들부들 떨며 절굿공이를 치켜들고 있었다. 나이 든 여자가 먼저 그 자리에 풀썩 쓰러졌다.

따뜻한 물에 상처를 씻고 부어오른 뺨에는 찬 수건을 대고 앉아 여자는 나이 든 여자가 끓여준 차를 마셨다. 검은 빛깔의 차에서는 쓰고 신맛이 났다. 두 여자는 아무런 말도 나누지 않았다. 두 잔째 차를 마신 여자에게 나이 든 여자가 아랫목을 가리켰다. 여자는 기다렸다는 듯 헤진 베개를 베고 요 위에 몸을 뉘었다. 나이 든 여자가 여자의 등을 어루만지기 시작했다. 여자는 찬찬히 상처에 약을 바르고 그곳을 조심스레 문질렀다. 메마른 손이 닿는 곳마다 불에 덴 듯한 통증이 일었다. 통증 때문에, 도대체 무슨 일이 일어났는지 알 수 없는 혼돈스러움 때문에 흑흑 느끼며 여자는 까무룩 잠이 들었다.

후두둑, 빗방울이 듣기 시작했다. 잠든 여자를 바라보던 나이 든 여자는 비틀거리며 자리에서 일어났다. 두어 개뿐인 장독의 뚜껑을 덮는 짧은 동안 비는 여자를 적시며 온몸을 깎아내릴 듯한 기세로 퍼붓고 있었다. 여자는 마루 끝에 걸터앉아 우박처럼 쏟아지는 빗줄기를 바라보았다. 이 비 끝에 곧 허물어질 듯 서 있는 사랑채의 불 탄 기둥 뒤에서 누군가 가만히 그녀를 마주 보고 있는 것만 같았다.

아무러한 비가 퍼부어도 나무가 휘어지고 부러지는 강풍이 불어도 끄떡없는 집을 짓고자 했던 사람. 사랑채를 허물고 새로운 집터를 다지던 것은 이미 오래 전, 기억조차 할 수 없는 세월 저편의 일이었다. 남편. 이제는 얼굴도 목소리도 기억나지 않는, 단 한 장의 사진마저 남김없이 가져가버린 사람이 그림자처럼 불쑥 나타날 것만 같았다.

다정하고 말이 없던 사람이었다. 활활 타오르지 않으나 결코 꺼지지 않는 불씨처럼 새댁이던 시절부터 한결같이 그네를 감싸주던 사람이었다. 집을 허물고 새로 지어올리자고 했을 때 여자는 처음으로 남편에게 의구심을 품었다. 살림이 서툴다고, 낯가림이 심하다고, 아이를 낳지 못한다고 그녀를 힐난하고 괴롭히던 시모가 돌아간 이듬해였다. 조용하고 쓸쓸하게 늙어갈 날들만 남았다 싶던, 갓 마흔의 여자는 아직 단단한 남편의 팔뚝을 바라보았다. 집을 올리고 나서 우리, 아이 하나 데려다 키웁시다. 더 늦기 전에. 아이…… 오래 전부터 꿈꾸었던 일이었음에도 여자는 선뜻 대답을 하지 못했다.

반듯한 종이에 집터를 그리고 목수를 수소문하는 남편. 질 좋은 나무를 구하러 멀리 어디론가 떠나갔다 돌아오는 남편. 희미하게 고개를 쳐드는 불안감을 달래느라 넓은 마당을 일없이 서성거리던 날들. 그녀를 비웃듯 희게 마른 나무기둥들이 반듯반듯 세워지고 대들보가 되고 서까래가 될 나무들을 켜는 톱질 소리, 그윽한 톱밥 냄새가 울타리를 넘어 산 저편까지 번져나가던 날들…… 상량(上樑)을 한다고 인근의 글 잘 쓰는 사람들을 물색하던 남편이 데리고 온 남자. 남자가 온 날부터 여자의 가슴속에 무거운 쇳덩이가 들어앉았다.

반듯하고 힘 있고…… 남자의 글씨를 보며 남편은 연신 감탄을 했다. 글씨처럼 반듯한 용모의 남자였다. 땀이 송글송글 맺힌 이마를 숙이고 한 자 한 자 글자를 써내려가던 그가 이따금 숨을 고르듯 고개를 들고 빙 둘러선 사람들 너머로 누군가를 찾는 것을 남편은 알지 못했다. 흰 무명에 휘감긴 내들보가 들어올려지고 딕담을 보태던 사람들이 새삼 남자의 글씨를 칭찬했다. 돼지머리를 썰고 떡을 나누던 사람들이 돌아가고 나서도 오랫동안 검은 글씨에 머물던 햇빛.

밤이 내리고, 남편과 나란히 앉아 술을 마시던 남자가 언제 그 자리를 빠져나왔는지 그때 남편은 무얼 하고 있었는지 여자는 알지 못했다. 풋잠이 들었던 여자가 부엌 뒤꼍에서 나는 인기척을 들은 것은 밤이 이슥할 무렵이었다. 망설이던 여자가 자리옷 바람으로 봉당문을 나설 때 두터운 손 하나가 여자의 입을 막았다. 여자는 소리를 지를 수도 있었지만 그러지 않았다. 그는 이미 이 집에, 여자의 기억을 헤집고 여자의 앞에 서 있었다.

남자가 떠나고 여자는 밤목욕하는 버릇이 생겼다. 몸에 남은 자국. 가슴에 스친 남자의 입김을 씻어내던 어느 날 여자는 그 남자가 결코 지울 수 없는 흔적을 남겼음을 알았다. 봉긋이 불러오는 배 안에서 고통과, 똑같은 만큼의 환희가 자라났다. 그것은 영원히 아물지 않는 상처와도 같았다.

숨길 수 없을 만큼 배가 불러왔을 때 그녀를 보던 남편의 눈빛을 여자는 지금까지도 잊지 못했다. 그날 밤 불길에 휩싸인 사랑채에서 하필 그가 그토록 깊은 잠에 빠져 있었는지, 온 이웃이 몰려와도 불길을 헤치고 나오지 못했는지 사람들은 오랫동안 의아해했다. 비명을 지르며 불길 속으로 들어가던 일. 어느 순간 혼절해 쓰러지고 불탄 나무 둥치가 이마를 치던 일. 그런 것들은 그네의 기억에 남아 있지 않았다. 잘 마른 나무들이 타닥타닥 타들어가던 소리. 마치 그녀를 내리치는 채찍질 같던 그 소리만이 여자의 뇌리에 고스란히 남았다.

빗소리가 여자를 깨웠을 때 나이 든 여자는 벽에 등을 기대고 앉아 가만히 여자를 바라보고 있었다. 억지로 몸을 일으켜 앉은 여자가 처음으로 입을 열었다. 저 종들은 누가 달았어요? 여자의 뜬금없는 말에도 나이 든 여자는 말이 없었다. 종을 사들고 오던 아들. 한 달, 혹은 두어 달에 한 번씩 다녀갈 때마다 가방에서 찰그랑 흔들리는 종을 꺼내던 아들의 얼굴도 그네에게는 잘 기억나지 않았다. 누군지…… 여러 나라를 다니던 사람이었나 봐요. 여자가 아픈 목을 들고 머리 위를 휘둘러보았다. 미국, 영국, 일본…… 그네의 기억은 거기까지였다. 아들이 탄 비행기가 추락했다는 곳. 수천, 수만 조각의 불이 되어 산산이 흩어졌다는 곳, 차갑고 차가운 바람이 분다는, 제대로 발음할 수도 없었던 그 땅의 이름은 잊은 지 오래였다.

저기…… 여기 더 계시면 안 돼요. 무슨 일을 당하실지 몰라요.

물끄러미 쳐다볼 뿐 말이 없는 그네를 답답해하다 기어이 화가 치민 듯 여자의 목소리가 높아지고 있었다. 그 사람들은 포기하지 않아요. 무서운 사람들이에요. 보셨잖아요, 어떻게 이런 일이, 대체 어떻게, 말을 마치지 못하고 여자는 소리내어 울기 시작했다. 나이든 여자가 여자에게 다가와 주저주저하며 손을 잡았다. 여자의 얼굴은 푸릇한 멍투성이였다. 긴긴 유형의 날들로도 다하지 못한 자신의 죄가 여자에게 남긴 끔찍한 상처를 그네는 가만가만 쓰다듬었다. 그네의 이마 아래 흉터가 일그러지고 입에서는 이상한 소리가 새어나왔다. 무섭게 쏟아지는 빗소리와 무섭게 쏟아지는 통곡. 전장에 매달린 종들이 안타까운 소리로 울었다.

비는 쉬지 않고 내렸다. 세상을 통째로 삼키려는 듯 무서운 기세로 내렸다. 사흘째 되던 날, 길이 끊기고 어느 지역이 물에 잠겼다는 이야기를 쉴새없이 쏟아놓던 텔레비전이 팟, 소리를 내며 꺼지고 동시에 칠흑같은 어둠이 내렸을 때 여자는 잠들어 있었다. 세 개의 방에서 나온 세 사람은 양초를 찾아 온 집 안을 뒤지다 결국 여자를 깨웠다. 정전이야. 단지 전체가 암흑 천지야. 여자의 남편이 말했다. 이 지역이 다 그런가 봐요. 빛이라고는 없네요. 베란다에서 밖을 내다본 아들이 휘유, 긴 휘파람을 불었다. 번득, 번개가 지나고 꽈릉 천둥 소리가 뒤를 이었다.

양초를 담은 사기접시를 들고 오는 여자를 보고 딸아이가 꺄악, 과장된 비명을 올렸다. 엄마 얼굴이, 유령 같애. 그쵸, 아빠? 여자는 거실 거울에 비친 얼굴을 쳐다보았다. 움푹 들어간 눈. 아물지 않은 상처. 가는 빛이 지우는 그늘 아래 얼굴은 너무나 낯설었다. 남편이, 아들과 딸이 여자를 보고 차례로 웃음을 터뜨렸다.

지하 변전소의 물이 빠지고 전기배선들이 복구된 것은 다음날 아침이었다. 비는 멎을 듯 멎지 않았다. 텔레비전을 켜자마자 여자는 그 소식을 들었다. 무너져내린 산. 부러진 나무들. 흙더미, 흙더미, 흙더미뿐인 화면 뒤에서 기자가 말했다. 이번 산사태는 인재라는 지적입니다. 골프장을 건설하기 위해 산을 깎고…… 여자는 숨을 멈추고 무너진 흙더미를 쳐다보았다. 뒤집었다 놓은 듯한 산, 시뻘건 황토는 거대한 괴물의 토사물처럼, 물컹물컹 쏟아낸 피처럼 보였다. 우산도 없이 여자는 밖으로 뛰쳐나갔다.

바리케이드를 친 길 저편은 붉은 황토에 묻혀 있었다. 우의를 입은 순경이 여자를 막아섰다. 길이 막혔습니다. 산사태가 났어요. 어린 순경은 비에 젖은 여자를 의아한 눈으로 쳐다보았다. 순경을 제치고 몇 걸음 뛰어가던 여자는 곧 그 자리에 서고 말았다. 길은 보이지 않았다. 산도, 집도 보이지 않았다. 길이었던 곳, 산이었던 것, 그리고 그 집이 있던 곳은 모두 같은 모양 같은 빛으로 변해 있었다. 거기에 있는 것은 울퉁불퉁하고 위험하고 기괴한 모양의 야산이었다. 여자의 발치까지 붉은 물이 밀려들었다. 어두운 하늘 한가운데서 번개가 번득이고 어디에선가 엄청난 소리를 내며 벼락이 떨어지고 있었다.

신도시의 사람들은 비가 내리던 날을 오래 기억하지 않았다. 주말이면 날씬한 차들이 도시 외곽도로를 가득 채웠다. 코스가 아름답다고 소문난 산 위의 골프장 때문이었다. 정교하게 꾸며진 코스를 돌고 코스모스가 흔들리는 진입로를 빠져나오면 산뜻한 음식

점들이 사람들을 맞았다. 알맞게 지쳐 돌아오는 길, 거듭 제동기를 밟아야 하고, 빨갛게 빛나는 앞차의 미등이 눈을 어지럽히고, 급기야 차들이 제자리에 서버리는 날이 있었다. 천천히, 자전거보다 느린 속도로 신도시 외곽을 지날 때 귀 밝은 사람들은 맑은 종소리를 들었다. 아파트 단지 한가운데서, 어쩌면 산 저 너머 먼 곳에서 나는 듯 희미하고 아름다운 소리를.

저만치 누군가가

집착이라고? 그건 너의 것이야. 넌 착각하고 싶은 거야. 달아날 준비를 하는 거지 우아하게, 다정함을 잃지 않으면서, 언제라도 너를 아름답게 떠올리도록 하고 싶은 거야. 네가 남긴 흔적을, 결코 지워지지 않을 흔적을 반추하며 절대로 너를 떠날 수 없으리라고, 그런 일은 있을 수 없다고 믿게 하고 싶은 거야. 비겁한 인간이야, 너는.

보이네

"이 교수님. 한 번만 더 정리합시다."

종이와 펜을 내미는 남자의 막 세수를 마친 얼굴이 말끔했다. 꼬박 열 시간을 나와 마주 앉아 밤을 새운 사람이 이 남자인가. 세수 좀 하고 오겠다고 정중하게 양해를 구하고 나갔던 남자 대신 다른 사람이 들어온 것일 수도 있었다. 단 몇 차례 물기를 맞은 것으로 재충전한 로봇처럼 회복된 그를 나는 물끄러미 바라보았다. 복도에서 스쳐갔던 누군가로 교체되었더라도 나는 눈치 채지 못했을 것이다. 그 건물에서 만난 남자들은 모두 비슷한 키의, 닮은 얼굴을 하고 있었다. 무거운 눈꺼풀을 밀어올리며 나는 그의 손에 들린 종이를 받아들었다. 받기는 했지만 새삼스레 적을 만한 것들이 떠오르지 않았다.

"같은 요령으로 쓰시면 됩니다. 시간별로 가능한 한 상세하게, 적을 수 있는 건 다 적으세요."

간밤에 내가 작성한 두 장의 진술서를 나란히 보여주며 그는 서로 다른 문장, 엇갈린 표현을 일일이 지적했다.

"만취한 상태, 라고 불분명하게 쓰시지 말고요, 소주 몇 잔, 맥주 몇 병, 구체적으로 적으세요. 어쩐지 불안한 느낌이 들어, 이런 문학적 표현은 필요없고요, 손이 떨렸다든가 색다른 말을 했다든가 술잔을 엎었다든가 뭐 그런 직접적인 것이 있지 않겠어요?"

남자의 미간에 굵은 주름이 잡혔다. 딱하다는 듯 나를 보던 그는 이거야 원, 소설 쓰는 줄 아나. 기어이 한마디를 내뱉고야 방을 나갔다.

직접적? 구체적? 나는 펜을 들고 멍하니 방을 둘러보았다. 여기저기 담뱃불 흔적이 남은 책상. 철제 의자 세 개. 쉭쉭 소리내는 라디에이터 아래 불그죽죽 흘러내린 녹물…… 낮은 창의 창살 사이로 말간 햇살이 들어왔다. 끼룩. 가까운 곳에서 갈매기 한 마리가 울었다. 창살 사이로 보이는 담 저편의 철조망이 마른 가시처럼 눈을 찔렀다. 그래. 지금은 아침이야. 나는 바보처럼 중얼거렸다. 불현듯 긴 세월을 이 방에 갇혀 있었던 듯한, 오랜 수인(囚人)생활을 한 듯한 느낌이 들었다. 어쩌면 영영 이 방에 갇혀 있어야 할 듯한, 그래야만 할 만큼 몹쓸 죄를 지었다는 생각이 들었다.

그날 밤 그 여자애가 나를 찾아온 것은 열두시가 지나서였다. 선생님. 선생니임. 똑똑 방문 두드리는 소리에 이어 여자애의 조심스런 목소리가 들렸다. 나는 자고 있지 않았다. 나는 그애들을 기다리고 있었는지도 몰랐다. 이박 삼일의 일정 막바지. 도시로 돌아가기 전에 무슨 일이 일어나고야 말리라고, 꼭 그럴 것이라고 내 안의 목소리가 속삭였다. 스웨터를 걸치고 문을 열었을 때 젖은 운동화가 먼저 눈에 들어왔다.

"안 주무셨어요?"

쑥스러운 기색도 없이 빙그레 웃는 여자애는 이미 취해 있었다. 반쯤 풀린 눈. 군데군데 흰빛으로 물들인 머리카락. 어둠 속의 여자애는 나이든 창부처럼 보였다.

"들어와."

나는 얼른 여자애를 들이고 방문을 닫고 싶었다. 좌우의 방에서 귀를 세우고 있을 남자들. 아침이 되어 그 사람들의 물음표를 단 눈을 마주하고 싶지 않았다.

"저기요. 선생님께서 나오시면 안 될까요? 괜찮은 데를 하나 봐 뒀는데…… 명기랑 함께요."

둘이 함께? 그러리라 예상했으면서도 나는 짐짓 곤란한 표정을 지어 보였다.

"죄송한데요, 저어, 실은 명기 몰래 빠져나왔어요. 선생님께서 좀 도와주세요…… 전 어떻게, 말릴 수가 없어요."

여자애는 금방이라도 울음을 터뜨릴 것 같았다. 나는 결국 탁자 위의 열쇠를 찾아들고 긴 플라스틱 번호판이 보이지 않도록 주머니 깊숙이 쑤셔넣고 그애를 따라나섰다. 닫힌 방문 너머에서 누군가의 아우성, 고함, 노랫소리들이 새어나오는 복도를 그애와 나는 조용히, 빠른 걸음으로 벗어났다. 현관에 이르러 머리등을 밝힌 택시의 문을 열며 그애가 말했다.

"걷기엔 좀 멀어서요."

걷는다면 한 시간은 좋이 걸릴 거리였지만 그애의 말대로 찾아간 곳은 괜찮았다. 차와 술과 라면 따위를 대단한 품목처럼 정교하게 새겨넣은 나무판이 벽에 걸려 있었으며 벽도 바닥도 온통 나무 일색이었다. 수액이 떨어질 듯 말간 나무 탁자 위에 젖은 휴지를 담은 나무 재떨이가 놓여 있었다. 가야금 탄주 소리가 데룽, 뎅데룽 울리는 실내는 조용하고 아늑했다.

구석자리에 고개를 떨구고 앉아 있는 명기가 보였다. 내가 다가가 맞은편에 앉을 때까지 그애는 푹 꺾은 목을 들지 않았다. 어떻게 좀 해보라는 듯 여자애가 나를 쳐다보았다.

"야, 안명기. 얼굴 좀 보자."

명기는 게슴츠레한 눈을 들어 나를 보았다. 마른 침이 달라붙은 입가를 일그러뜨리며 그애가 바보처럼 히죽 웃었다.

"선생님. 웬일이세요? 지도하러 여기까지 오셨어요?"

목소리까지 개개 풀린 걸 보면 여간 취한 게 아닌 모양이었다. 대체 이애들은 언제부터 여기 와 있었던 걸까. 엉거주춤 앉아 있던 여자애가 죄송해요, 라고 조그맣게 말했다.

"취했으면 들어가야지. 뭐야, 지금 대체 몇신지나 아니?"

나는 그애를 타일렀다. 지도교수답게, 의젓한 목소리로.

"무슨 말씀, 이왕 오셨으니 한잔 하세요. 이 집 옥수수 술, 끝내줘요. 여기요오."

갑자기 반짝 기운을 되찾은 명기가 큰 소리로 주인을 불렀다.

명기를 나무라고 그만 가자고 독촉할 수도 있었다. 난처해하는 여자애와 둘이서만이라도 돌아와 편안한, 남은 잠을 잘 수도 있었다. 그랬다면 명기는 다음날 아침 내게 다시 게슴츠레한 눈으로 인사를 했을까. 선생님, 지난밤에는 죄송했어요, 하고 천연덕스레 웃었을까. 여자애가 토끼처럼 빨간 눈으로 나를 흘기며 그애를 어쨌느냐고, 도대체 어떻게 했느냐고 미친 듯 소리치는 일 같은 것은 일어나지 않았을까. 명기는, 그는 어디로 사라졌을까.

정예리. 그것이 여자애의 이름이었다. 온 학교와 온 도시에, 나라 전체에 알려진 이름. 처음 그 일이 일어난 것은 작년 겨울, 입시가 막 시작된 무렵이었다. 느적느적 출근을 미루고 있던 그날 아침, 막 집을 나서려는 내 등뒤로 전화벨이 울렸다. 응답기의 내 목소리에 이어진 남자의 음성이 발목을 잡았다. 이 교수님. 나, 학상이요. 출근하는 대로 내 방으로 좀 오세요. 신히 의논할 일이 있어요…… 나는 멍하니 전화기를 바라보고 서 있었다. 내가 아는 그는 직접 누군가에게 전화를 걸지 않는 사람이었다. 내 집커녕 연구실로도 전화한 일이 없기도 했다.

나는 불안했다. 결혼하지 않은 여선생은, 글쎄요…… 고개를 슬몃 젓던 그의 얼굴이 떠올랐다. 뭐, 이 교수님 워낙 슬기로운 분이니까 난 걱정 안 해요. 오랜 강사생활 끝에 전임으로 임용되던 날 그가 넌지시 이르던 말도 떠올랐다. 결혼하지 않은 여자. 결혼하지 못한 여자. 그것이 결격사유라고 믿으면서도 내 임용에 동의해줄 만큼 그는 합리적인 사람이었다. 대학이라는 곳에는 드문 종족, 그는 신사였다.

출근하자마자 학장실로 가던 내게 누군가 안녕하세요, 이 교수님, 하고 정중히 인사를 건네며 지나갔다. 막 비어지는 웃음을 참지 못해 일그러진 얼굴의 그는 철학과 교수였다. 철학과의, 철학자다운 근엄함을 잃지 않던 남자. 어, 이 교수님. 언제나 새침하던 학장실의 미스 민도 당황한 얼굴을 감추지 못했다. 학장님이랑 모두 기다리고 계시거든요, 어서 들어가세요. 여느 때 없이 자리에서 일어나 나를 안내해주기까지 했다. 무슨 일이, 굉장한 일이, 나를 당혹시킬 일이, 어쩌면 낯뜨거울 일이 있구나…… 나는 오히려 마음이 가라앉았다. 문을 밀자 등을 보이고 앉았던 남자들이 일제히 고개를 뒤로 돌려 나를 바라보았다. 학장과 학과장과 과의 남자교수 한 명. 목례를 보내는 남자들의 눈은 누가 시킨 듯 한결같이 엄숙하고 진지했다.

"이 교수님."

멀찍이 앉는 내게 학장이 손짓을 했다.

"이리 가까이 앉으세요. 저 문 좀 꼭 닫으시고."

나는 학장실의 무거운 문을 여미고 그의 오른쪽 옆 소파에 앉았다.

"어떤 사람이 내게 전화를 했소."

학장이 입을 열었다. 그 여자가 전화를 했을까? 이지혜라고, 당신 학교에 있지요?라고 물었을까? 등줄기를 타고 싸늘한 기운이 흘렀다. 나는 숨을 고르며 학장을 똑바로 쳐다보았다. 학장의 입에서 나온 이름은 내 것이 아니었다.

"선생님 지도학생 중에 정예리라고 있지요?"

정예리라는 이름을 듣는 순간 맥이 빠진 내 입에서 후우, 한숨이 새어나왔다. 학장의 얼굴에는 야릇한 미소가 떠올랐다. 그렇지? 알고 있었지? 하는 듯한 표정이었다. 그애가 원래 유명하다니까요, 라고 말한 것은 학과장이었다.

"여기 오기 전에 무슨 얘길 들었소?"

목소리를 한층 낮춘 학장이 몸을 바짝 기울여 내게 디밀었다. 몇 올 남지 않은 머리카락이 강한 머릿기름 냄새를 풍겼다.

"아뇨. 그 학생이…… 무슨 잘못이라도?"

내 목소리가 어눌했다. 학장은 천천히 몸을 바로 하며 흐음, 신음 소리를 냈다.

"글쎄요, 장난이라기엔 좀 심하고…… 어떤 학생이 우리 학교 홈페이지에 정예리, 이름 석자를 떠억 올려놓았단 말이요. 문예창작과 소개 부분에다가. 이걸 좀 보겠소?"

그가 내민 프린트물은 두 장이었다. 홈페이지의 학과 소개. 문예창작과는 언어를 통한 논리적인 사고능력과 표현능력, 언어와 문장에 대한 기초 이론을 공부한다. 그리고 문학 전반에 관한 이론 연구, 작품 연구를 통하여 문예물의 창작 및 문필 업무에 종사할 수 있는…… 지난 학기에 처음 홈페이지를 개설할 때 내가 작성한 문건이었다. 입시를 앞두고 지원생들을 위해 다시 검토한 지 며칠 되지 않은, 거의 외우다시피 한 문장들이었다. 학과의 교육목표, 교과과정, 교수소개, 학생활동…… 그 끝 부분에 첨부된 문장에 내 눈이 멎었다. 가슴의 고동이 서서히, 그러다가 급격히 빨라지기 시작했다.

문예창작과를 지원할 사람, 문예창작과에 지원한 사람들은 위의 사실 이외에 한 가지를 더 알고 계셔야 합니다. 그 학과의 삼학년에는 정예리라는 아름다운 여자가 있습니다. 아름답다고 할 때 연상되는 그 모든 수식어를 거부할 만큼 단지, 아름다운 여자입니다. 그녀가 아름답다는 것은 누구도 부인하지 않습니다. 그리고…… 그런 그녀가 나를 사랑하는 것을 그녀는 부인하지 않습니다.

문구는 거기서 끝나지 않았다. 소설이라도 쓸 작정이었던 것일까, 인물과 배경과 사건이 차례로 이어져 있었다. 깔끔한 문장, 작성한 사람의 단호한 의지가 엿보이는 글이었다. 누굴까. 비슷비슷한 몇 개의 얼굴이 떠올랐다 사라져갔다.

"누구, 짐작 가는 학생 없소?"

학장이 물었다. 젊은 남자교수가 그애가 선생님을 꽤 따랐지요? 라고 말했다. 나는 세 사람의 눈을 번갈아 쳐다보며 천천히 고개를 저었다.

문구에 적힌 대로 정예리는 뛰어난 미모의 여학생이었다. 유수한 회사의 비서직을 팽개치고 소설을 쓰겠다고, 작가가 되고 말겠다고 늦깎이로 입학한 학생. 작년 봄, 첫 강의시간부터 그애는 내 주목을 끌었다. 막 화장을 시작한, 긴 머리와 몸에 꼭 달라붙는 청바지 일색인 여학생들 틈에 스튜어디스처럼 단정한 미소를 띤 여자애가 나를 쳐다보고 있었다. 강의 내내 단 한 번도 시선을 돌리지 않던 그애는 수업을 마치는 내 뒤를 따라나와 꾸벅 인사를 했다. 선생님이 계셔서, 그래서 이 학교를 선택했다고 그애는 수줍은 목소리로 말했다. 훈련된 아나운서 같은 목소리였다. 누군가 내 글을 칭찬할 때면 늘 그렇듯이 내 속에서 킬킬 웃는 소리가 들렸다.

단연 돋보이는 그애의 과제물을 보던 날 나는 학생 신원카드를 찾아 읽었다. 편모 슬하의 독녀, 사보편집 경력, 학사편입, 커피 회사 주최의 백일장 장원, 스물여섯 살…… 그애는 십오 년 전의 나와 너무나 닮아 있었다. 이따금 밤새워 쓴 듯한 원고를 들고 나를 찾아와 말없이 앉아 있다 느닷없이 늘어놓는 이야기들이, 그 어머니의 모습들이, 이거, 선생님 소설이랑 되게 비슷하지요? 하고 묻는 그애가 나는 부담스러웠다. 그애의 글은 지나치게 깔끔했다. 글을 읽으면 잘 정돈된 거실에 들어선 듯 차분한 느낌이 들었지만 무언가 아쉬운 것이 있었다. 사람이 살지 않는 집, 마치 모델하우스 같은 글.

"정예리가 대체 어떤 학생이오?"

"스물일곱 살, Q대학 야간부 졸업 후 어느 회사에서 일했다고 들었어요. 예쁘고, 성실하고……."

도시 외곽 술집에서, 부드러우나 야릇한 조명 아래서 일하는 그애를 보았다는 어느 교수의 말을 나는 하지 않았다.

"그게 나요?"

"남녀 학생 불문하고 인기를 한 몸에 받고 있죠. 여학생들에겐 왕언니로 통하거든요."

학장이 허허, 웃음을 터뜨렸다. 왕언니라…… 처음 듣는 단어처럼 몇 번 그 말을 되뇌며 그가 나를 쳐다보았다.

"어떻게 이런 일이 가능하지요? 학교 홈페이지에……."

"그게 말이오, 컴퓨터 좀 만지는 사람한테 물었더니 생각처럼 그렇게 어려운 일은 아니라는 거요. 우리 같은 컴맹이야 그걸 알 도리가 있나마는. 발견 즉시 삭제를 했지만 누가 그전에 다운받아서 인터넷에 원문 그대로 올린 모양이야. 조회수가 엄청나다는데…… 틀림없이 오늘부터 원서 접수된다는 걸 노린 거예요. 상당히 지능적이지. 지금 총장님이랑 다 난리가 났어요. 전산실 직원 전부 불려가서 혼나고 범인 찾느라 법석이에요. 아마 이 교수한테도 곧 무슨 연락이 올 거야."

학장은 비스듬히 몸을 젖히고 나를 바라보았다. 그가 범인, 이라고 말한 순간 그 문장의 작성자는 범죄의 주모자가 되었으며 공모, 혹은 묵시적 방임이라는 덮개가 천천히 내 이마 위로 드리워졌다.

"시말서 쓰라 할지도 몰라. 이 교수 잘못은 없지만 일이 늘 그런 식이잖아요. 혹시 총장님이 부르시면 지금처럼 그렇게 딱딱하게 대답하면 안 돼요. 죄송하다고, 어떻게 노여움을 푸시라고, 머리를 조아리고 빌어요. 이렇게."

학장이 내 앞에서 깊이 머리를 숙여 보였다. 탈모가 시작된 정수리가 반짝 빛나고 안경 너머 그의 눈에는 장난기가 가득했다.

그 일은, 그러나 장난으로 끝나지 않았다. 은밀히 타들어가는 불씨처럼 수런수런하던 소문은 오후가 되자 마른 바람 탄 듯 온 학교에 번지기 시작했다. 한 떼의 기자들이 찾아온 것은 퇴근 직전이었다. 과의 다른 교수들이 이미 학교를 빠져나갔으므로 기자들은 내게 이런저런 질문을 던지며 이 독특한 사건에 대해 알고 싶어했다. 나는 물론 노코멘트로 일관했지만 다음날 일간지들은 예외 없이 '대담한 신세대' '새로운 구애법' 등등의 제목의 기사를 실었다. 무한복제 시대, 개인의 사생활 침해를 문제삼은 신문도 있었다. 대개는 정모양, C양, 이라고만 표기되어 있었지만 이름 석자를 또렷이 명기한 기사도 있었다.

일간지 기자들에 이어 주간지, 월간지의 셀 수 없이 많은 기자들이 몰려들었다. 그들은 찬반 양론이 실린 학교 게시판의 대자보를, 도서관을 빠져나가는 학생들을, 연구실 문을 세차게 닫는 내 뒷모습을 다투어 찍어대며 내 코앞에 소형 녹음기를 들이밀었다. 교정 여기저기를 서성이는 학생들과 기자들 때문에 학교는 마치 신학

264

기 초입처럼 술렁거렸다. 기자들을 피해 숨바꼭질하듯 집으로 돌아오면 어둠 속에서 빨갛게 깜박이는 자동응답기가 나를 기다렸다. 60분짜리 테이프가 다 돌아갈 만큼 많은 메시지의 내용은 한결같았다. ○○지 기자, ○○입니다. △△지 기자 △△입니다. □□지 기자 □□입니다…… 전화기 옆의 스탠드만 켜둔 채, 외출복 차림 그대로 침대에 걸터앉아 나는 긴 테이프를 들었다.

그들의 목소리는 낮고 공손하고 단조로웠다. 삐이, 기계음 뒤에 이어지는 똑같은 목소리들이 열일곱 평 아파트 구석구석으로 퍼져나갔다. 홀로 스포트라이트를 받은 배우처럼 동그란 빛 속에서 전화기는 끊임없이 목소리를 뱉어내고 그 소리를 들으며 나는 야릇한 착각에 빠져들었다. 이토록 많은 사람들이 이토록 안타깝게 나를 찾고 있다는, 세상 모든 사람이 정예리 아닌 내 이름을 부르고 있다는, 내 생에 기자들을 이처럼 애타게 할 순간이 올 줄 알았다는…… 취재 공세를 피해 은둔한 유명작가인 듯 고고한 표정으로, 조금쯤 쓸쓸한 느낌에 빠져 정지 버튼을 누르려는 순간 귀에 익은 목소리가 흘러나왔다. 나야. 어쩐 일이야? 왜 안 나왔어? 핸드폰은 왜 꺼놨어? 무슨 일인지 모르지만 바로 연락해. 나 아직 기다리고 있어.

나는 반사적으로 벽에 걸린 시계를 쳐다보았다. 희끄무레한 빛에 보이는 시계는 막 열한시를 가리키고 있었다. 수요일. 그가 오는 날이었다. 불을 등지고 서서 그는 오랫동안 창 밖을 바라보았을 것이다. 십 년 내 내가 그래왔듯이. 처음으로 그와의 약속을 어긴 그날 상심한 그의 얼굴을 떠올리다 나는 바늘에 찔린 듯 소스라쳤다. 그 시각까지, 그의 음성을 듣고 수요일임을 알기까지 나는 단

한 차례도 그의 생각을 하지 않았다. 그런 일은 정말이지 처음이었다.

　그는 내 첫 남자였다. 그가 건네준 장미꽃, 시집, 실반지, 붉은 표지의 책들. 그 모든 것이 내겐 처음이었다. 처음이었으므로 그에 대한 내 반응은 몹시 서툴렀다. 스물다섯의 그 봄까지 남자들은 내게 그렇게 다가오지 않았다. 그들은 서툰 목소리, 수줍은 제안, 아무런 흥미를 느낄 수 없는 이야기들을 내 앞에 펼쳐 보이다 나를 떠나갔을 뿐이었다. 고지 점령을 위해 전략을 세우듯, 그 작전을 수행하듯 조금씩 내게 다가오는 그가 나는 어쩐지 두려웠다. 그가 따뜻한 눈으로 나를 보면, 부드러운 목소리로 아무것도 내게 원하지 않는다고 말하면 나는 몸을 돌려 그에게서 달아났다. 그런 밤마다 나는 그가 내 모든 것을 송두리째 앗아가리라는 예감에 몸을 떨었다.

　그의 작전의 최종 단계는 아름다웠다. 어느 봄 월요일 아침 학보에 실린 시 한 편. 지혜로운 여자는 이른 아침 젖은 풀을 밟고 숲으로 간다…… 시는 그렇게 시작되어 있었다. 말발굽 소리와 달리는 말의 갈기를 스치는 바람에 몸을 맡긴 여자. 안개 속에 말을 달리는 여자를 바라보다 어느 순간 바람이 되어 여자의 등을 안는 남자…… 그 강렬하고 선정적인 시 끝에 그의 이름 석자가 인쇄되어 있으며 강의실을 들어서는 내 앞에 플래시 빛 같은 박수갈채가 쏟아졌다. 불어대는 휘파람 저편에서 나를 보던 그의 눈. 그날 이후 내 이름은 그의 그늘에서 벗어나지 못했다. 안개가 걷히고 뜻밖에 맞은 밝은 햇살이 그렇듯 그를 보면 나는 언제나 서먹하고 눈이 부셨다.

그것은 이상한 일이었다. 늘 벗어나고자 하면서도 벗을 수 없는 허물 같은, 떼어내는 순간 내 살가죽이 송두리째 벗겨지고 말 듯한, 질기디질긴 접성으로 이미 내 피부가 된 듯한 그의 그늘. 소설을 쓰겠다고? 그건 말하자면 반죽 같은 거야. 네 글은 매끄러운 반죽 같아. 문제는 재료야. 너의 반죽은 쉽게 허물어지지. 햇살에 녹아내리지. 차돌 같은 글을 쓰고 싶지 않아? 그가 내게 하는 말에 쉽사리 동의하지 않으면서도 나는 그를 따라 더러운 지하실에서의 모임에 참가하고 그와 함께 날을 새며 조잡한 제본의 책들을 만들었다. 재료가 달라진 대신 나의 반죽은 뒤틀리고 갈라져 흉한 형상으로 변해갔다.

그 지하실에서 수상하고 비밀스런 일들이 진행되던 여름, 나는 그의 뜻대로 누군가를 만나고 그가 준 알 수 없는 문건들을 전달했다. 더운 날에도 챙 달린 모자를 벗지 않는 그 사람들은 한결같이 안경을 쓰고 있었다. 음침한 변두리 다방에서 그들 중 한 사람을 기다리며 앉아 있노라면 내 앞의 누렇게 변색한 플라스틱 물잔처럼, 어두운 다방 한켠, 어항에서 뽀글뽀글 오르는 기포처럼 나 또한 생명 없는 물체가 된 듯한 느낌이 들었다.

문 쪽으로 향한 시선을 거둔 적이 없었지만 내가 만나야 할 사람들은 언제나 내 등뒤에서 소리없이 나타났으며 단 한 마디의 말도 없이 내가 내민 봉투를 받고 재빨리 사라져갔다. 저 여잔 뭐야? 왜 여기 있어? 어느 하루 내 존재에 익숙하지 않은 사람이 물었을 때 누군가가 그 사람을 툭 치며 말했다. 기태 형 그림자잖아.

널 위해서야. 그는 그렇게 말했다. 내 그늘이야, 너는. 그의 그늘

저만치 누군가가 보이네 267

속에 나를 가두고 나를 그늘 삼고 싶어했던 그는 짧은 가을과 긴 겨울이 지나고 무슨 일엔가 연루되어 체포되었으며 그후에도 내 역할은 변하지 않았다. 그를 만나러 가는 수요일, 오전 강의를 듣고 학교를 빠져나와 안양행 시외버스를 타고 치미는 멀미에 시달리며 한 시간쯤 지나면 동그란 눈을 뜬 커다란 오뚝이가 보였다. 들큰한, 버스 안과 내 옷자락과 머릿속까지 파고드는 카레 냄새. 거대한 카레 공장과 거대한 정신병원을 지나 사잇길에 숨어 있는 높다란 담 앞에 서면 절로 어질머리가 일었다.

약혼자, 라고 적은 면회신청서를 밀어넣고 기다리는 동안 면회실 앞 공터에서는 하얀 옷을 입은 남자들이 팡, 팡 경쾌한 소리를 내며 테니스를 쳤다. 마른 빵과 우유를 파는 매점의 나이든 남자가 이따금 그늘 속에 앉은 나를 쳐다보았다. 누군가를 만나러 온 젊은 아낙을 따라온 아이가 칭얼대다 딱딱한 의자 위에서 잠들기도 했다. 너 얼굴이 왜 그러냐? 배고프니? 송송 구멍이 뚫린 유리 너머에서 그는 내게 자주 그렇게 물었다. 약혼자에게 건넬 법한 다정한 말투로.

그가 일러준 책들, 그가 말한 이름들을 되뇌며 면회실을 나오면 나는 언제나 배가 고팠다. 맹렬한 식욕을 감당하지 못해 들어가곤 했던 길 건너의 설렁탕집. 끈끈한 손때 묻은 유리문을 바라보며 비워냈던 밥그릇 수를 따라 흘러가던 날들. 밥때 지나 혼자 설렁탕 한 그릇을 비우는 내게 주인여자가 간간이 말을 걸어왔다. 학생이, 혼자 이런 데 면회 오는 걸 보니 보통 사이가 아닌 모양이지? 학과의 교수들과 몇몇 동기생들처럼 주인여자는 그렇게 말했다. 쯧쯧, 올 겨울은 춥다는데, 그래, 몸은 성하고? 아끼는 조카의 안부를

268

묻듯 내게 말을 건네던 여자는 내 앞의 뿌연 국물 속에 납작한 고깃덩이를 더 넣어주기도 했다. 그런데, 대체 무슨 일로 저런 데 있어? 여자가 눈을 반짝이며 내게 호기심을 보일 만큼 낯이 익을 무렵 그는 그곳을 벗어났다. 성탄절 특별사면이었다.

나야, 놀랐지? 그가 전화를 걸어왔을 때 나는 정말 깜짝 놀라 그에게 물었다. 어디야? 뭐야? 언제 나왔어? 그는 차분하고 다정한 목소리로 말했다. 무슨 개선장군처럼 떠들썩한 게 싫어서 말야. 그 길 끝에서 널 보고 싶지도 않았고…… 말끝에 그는 가만히 덧붙였다. 널 위해서 그랬지. 그가 그렇게 말하는 순간 내 눈에서 비죽비죽 눈물이 새어나왔다. 뭐 하나? 너 우나? 묻던 그가 기쁜 듯 웃는 소리가 들렸다. 내 눈물이 불러낸 웃음소리가 전화선을 타고 오래오래 내 귀를 때렸다.

그날 이후 그는 내게 많은 것을 숨겼다. 내게 그 많은 것들을 일일이 설명하기에는 그의 시간이 턱없이 부족하기도 했다. 그는 돌아온 투사였으므로. 숨겼던 사실이 드러날 때마다 그는 말했다. 널 위해서. 네게 피해를 주고 싶지 않았기 때문에…… 숨기고 싶은 것과 드러내고 싶은 일. 낮과 밤처럼, 어둠과 햇살처럼 그 둘이 간단히 구별되는 시절이 우리에게도 있었을까. 명료하고 분명한 것을 사랑하던 그가, 내 이름이 인쇄된 지면을 커다랗게 확대 복사해 대자보에 붙이고 자랑스레 웃던 그가 넌 내 그늘, 이라고 말했을 때 그 말은 너를 사랑해, 라는 것으로 의심 없이 받아들여졌다. 그늘은 언제나 빛과 동의어였다. 그늘 속에 있었지만 나는 내가 그의 빛이라 믿었다. 때문에 나는 그의 그늘을 벗어나려 하지 않았다. 빛이 사라지고 마침내 낮밤이 혼재하는, 어스름녘이 지나 완전한 어둠이 나를 감쌀 때까지.

어둠이 짙을수록 또렷해지는 것들이 있다. 파랗게 흔들리는 반딧불, 밤이면 비로소 빛을 내는 별처럼 태양을, 밝은 빛을 이기지 못하는 것들. 그 여자애, 정예리는 어둠이 깔린 아파트 주차장에 우두커니 서 있었다. 문제의 글이 통신망에 오른 지 석 달이 지난 저녁이었다. 전화를 받고 내려갔을 때 그애는 주차된 차의 뒷유리에 손가락으로 낙서를 하고 있었다. 차 유리는 온통 진흙빛이었다. 황사바람이 부는 계절, 흙비가 내린 차 유리 위에 그애는 무언가를 그리고 문지르고 또 그리다 내가 다가가자 칠판에 낙서하다 들킨 아이처럼 계면쩍게 웃었다. 부스스한 머리, 화장을 하지 않은 얼굴의 그애는 때늦게 장을 보러 나온 이웃여자 같았다. 물끄러미 쳐다보는 내게 그애가 죄송해요, 선생님, 하고 조그만 소리로 말했다.
"어딜 갔었니? 연락이 통 안 되던데."
"……"
"집에…… 들어가자. 춥지 않니?"
고개를 저으며 그애는 주춤주춤 뒷걸음쳐 화단 끝에 걸터앉았다.
"선생님. 저, 오늘 휴학계 냈어요."
그애는 앉아 있고 나는 서 있었다. 선 채로 나는 오래 그애의 웅크린 어깨를 내려다보았다. 웬일인지 느닷없는 화가 치밀었다. 되지 않는 말을 그애에게 함부로 퍼붓고 싶은 충동을 참기가 몹시 힘이 들었다. 미덥지 않은 대로 내가 정예리를 주목했던 것은 모범성, 미모, 타고난 상냥함 때문이 아니었다. 그애가 숨기고 싶어한 것들. 소설을 쓰겠다는 이유만으로 스물몇 해를, 오로지 그것 하나를 위해서인 듯 바랐던 직장을 벗어던진 그 애틋한 열정, 사방 어디를 둘러보아도 손 내밀 끈 하나 없는 적막함…… 나는 그 불안정한 삶을 지켜보고 싶었다. 그 끝을, 어둠과 빛을 똑같이 사랑하는 그 나날이 가 닿는 곳을 알고 싶었다.

배낭을 가슴에 안은 그애는 추워 보였다. 언제나 여왕처럼 좌우에 시위를 거느리고 활짝 웃던 그애의 달라진 모습이 나는 가슴아팠다.

"니 잘못은 없어. 왜 니가 휴학계를 내니? 그 글을 올린 사람은 아직 나타나지도 않았는데."

내 목소리가 차가웠던 것일까, 그애가 고개를 반짝 들어 나를 올려다보았다.

"그애에게도 잘못은 없어요. 전 그애가 어떤 처벌도 받지 않길 바래요."

"그게 누구니? 내가 알면 안 되겠니?"

나는 그애의 곁에 다가가 나란히 앉았다. 시멘트 바닥은 차가웠다. 그애처럼 두 팔로 가슴을 감싸안고 나는 그애의 눈을 들여다보며 물었다.

"명기, 안명기가 맞지?"

정예리의 눈에 불안한 빛이 떠올랐다. 꼭 다물었던 입술이 무슨 말인가 할 듯 옴찔거렸지만 그애는 입을 열지 않았다.

"걱정 마. 아직 그애가 특별히 의심받는 건 아냐. 걔가 지난 학기에 전산실에서 일했다는 것도 다들 기억 못 할 거야. 근로장학생으로 추천했던 건 나였으니까."

긴 한숨을 내쉰 것은 정예리였던가. 우리는 집 나온 십대들처럼 우두커니 앉아 있었다.

"한 학기는 제게 긴 시간이에요. 마침 통장도 바닥났으니 잘됐죠, 뭐. 일을 해야지요, 다시."

그 말을 끝으로 그애는 자리를 털고 일어났다. 주차된 차들 사이를 걸어나가는 그애의 등을 가리며 추적추적 비가 내렸다. 비에 섞인 먼지들이 그애가 남긴 유리 위의 낙서를 지웠다. 그애가 가고 나서야 나는 그날이 수요일인 것을 알았다. 응답기에는 그의 목소리 대신 거친 숨소리가 담겨 있었다. 그는 다시 전화를 걸지 않았다. 밤이 되면 내게는 그와의 소통 방법이 없었다. 그가 전화를 걸지 않는 한.

다음날 출근하자마자 나는 명기를 찾았다. 휴대전화와 하숙집, 학보사의 번호, 그애의 이름 밑에 적힌 빼곡한 숫자들을 번갈아 열 번쯤 눌렀지만 그애와는 통화가 되지 않았다. 결국 나는 조교에게 전화를 걸었다. 이십 분이 지나지 않아 명기는 내 방 문을 두드렸다. 세 번, 네 번 노크 소리가 날 때까지 나는 대답하지 않았다. 문이 열리고 겨우 세수를 한 듯 부스스한 명기의 얼굴을 보며 나는 다시 조교에게 전화를 걸어 첫 강의를, 이어서 오후 강의를 휴강 처리하라고 말했다.

사건 다음날부터 차례로 면담을 했던 삼학년 학생들 가운데 용의자를 가려내는 것은 불가능해 보였다. 고작 열 명에 지나지 않는 남학생 대부분이 정예리에 대해 호감 이상의 감정을 갖고 있었으며 그들은 자신들의 감정을 숨기려 하지 않았다. 제가 하고 싶었던 일이었어요. 그들은 서슴없이 그렇게 말했다. 컴퓨터를 잘 안다는, 평소 정예리에게 유별난 애정공세를 펼쳤다는, 그리고 면담중에 불안해했다는 등등의 이유로 용의선상에 오른 몇몇 가운데 나는 망설임 없이 안명기를 지목했었다. 그애가? 동료 교수들은 고개를 흔들었다. 그앤 천방지축이잖아요. 그런 치밀한 일 할 애가 못된다고 누군가 말했지만 나는 내 선택에 확신이 있었다. 그애의 눈빛 때문이었다. 전 아니에요, 라고 말하는 그애의 눈에서 나는 제가 그랬어요, 라는 의미를 읽었다. 자랑과 기쁨, 결코 감출 수 없는 의기 양양함. 오래 전 그의 얼굴에 떠올랐던 바로 그 빛이었다.

교수들은 범인을 찾고 싶어하지 않았다. 문제의 글 덕분에 유례 없는 지원생이 몰린 때문이었다. 그렇게 면죄부를 주는 것은 내가 혐오하는 방식이었지만 나는 그에 대해서 아무런 반대를 하지 않았다. 보이지 않는 그물을 씌우고 점점 옥죄는 숨은 얼굴. 언젠가는 그를 찾고 그리고 내 방식의 징벌을 가하고 싶었다. 잔인하고 치밀한 계산, 그 비겁함에 대하여.

나는 엉거주춤 서 있는 명기에게 앉아라, 이야기가 길 테니, 하고 말했다. 주춤주춤 자리에 앉는 그애에게 다짜고짜 물었다.

"휴학은 니가 해야 되는 거 아니니? 정예리가 무슨 죄야?"

"……?"

"뭘 겁내니? 뭐가 그렇게 두려워서 모르쇠하는 거야?"

"……"

"징계받는 거? 휴학하면 영장 나오는 거? 그런 걸 겁낼 애가 엉뚱한 짓은 왜 해?"

나는 속사포처럼 그애에게 쏘아붙였다. 말을 할수록 화가 치밀었다. 나는 통신망에 올랐던 문제의 글을 그애에게 들이밀었다.

"그녀가 나를 사랑하는 것을 그녀는 부정하지 않습니다? 이런 교활한 표현이 어디 있니? 넌 어딨어? 왜 넌 빠지고 그녀가 널 사랑하니? 그애가 다른 사람 아닌 널 좋아한다 치자. 그걸 그렇게 광고해야 되겠디? 만천하에 공개하는 게, 그게 그렇게 대단한 일이라고 생각하니?"

내 목소리가 걷잡을 수 없이 빨라지고 숨결은 거칠어졌다. 명기가 멍한 눈으로 나를 보다 그게 아니라, 했지만 나는 내 할말을 마저 했다.

"그앨 조금이라도 생각했다면 네 이름을 밝혔어야지. 그애의 것이 아니라."

명기는 복잡한 얼굴로 나를 바라보았다. 망설이던 그애가 보일 듯 말듯 웃었다.

"선생님은 모르세요. 예리는 무척 즐거워했어요."

"?"

"오히려 제가 어리둥절했지요. 휴학계를 내겠다고 한 것도 그애였어요. 전 나서서 제 이름을 밝히고 싶었지만 그애가 말렸어요. 그애는…… 잘 모르겠어요. 예리는 유명해지고 싶어하는 것 같았어요……"

가방을 둘러메고, 슬픈 영화의 주인공처럼 느릿느릿 걸어가던 정예리의 뒷모습이 떠올랐다. 그애는 유명해졌는가. 쓸쓸함과 외로움, 거기에 유명함까지 더한 정예리의 얼굴은 잘 생각나지 않았다.

그 봄, 유명해진 사람이 또하나 있었다. 수요일이 되어도 그가 오지 않은 지 한 달이 가까운 어느 아침, 펼쳐든 조간에 손바닥만한 그의 사진이 실려 있었다. 새로운 권력층으로 떠오른 시민단체의 개편, 달라지는 위상 따위의 기사 한가운데의 그는 약간 찡그린 얼굴이었다. 어딘가에 기고한 그의 칼럼이 표절시비를 불러일으키고 있다고, 도덕성이 생명인 시민단체로서는 치명적일 수 있다는 기사를 읽는 동안 사진 속의 그의 얼굴이 점점 심하게 일그러져 보였다. 기사는 시민단체가 기성 권력층으로의 편입을 위한 도약대쯤으로 된 현실을 심각한 어조로 개탄하고 있기도 했다. 그의 정치적 야망을 은근히 비판한 기사의 말미, 알려진 대로 김기태 사무국장은 집권당의 실세인 박모 장관의 사위이다, 라는 문장에 이르렀을 때 사진 속의 그 눈에 천천히 고통이 떠올랐다. 나는 그의 얼굴을 차곡차곡 접어서 폐지 모음 위에 올려놓았다.

　봄과 여름이 천천히 지나갔다. 가을이 올 때까지 그도 정예리도 전화 한 통 걸어오지 않았다. 이따금 그의 어두운 눈이 그리웠지만 견디지 못할 정도는 아니었다. 그가 오지 않은 수요일이 열 번쯤 지난 어느 날 자동응답기에 그 여자의 목소리가 담겨 있었다. 그 사람이 사라졌어요. 어딜 갔는지 알 수가 없어요. 내가 그쪽을 찾아가는 일 같은 것은 없었으면 해요…… 펼쳐놓은 책의 한 부분을 읽듯 단조로운 여자의 목소리를 나는 듣고 또 들었다. 여자가 나를 찾아오는 일은 일어나지 않을 것이다. 어디로, 왜 사라졌는지 알 수 없었지만 그는 여자에게로 돌아갈 것이었다. 여자를 버리기에는, 여자를 얻기 위해 그가 버린 것이 너무나 많았다.
　그가 사라졌듯 내 앞에서 영원히 사라졌다고 믿은 정예리를 나는 뜻밖의 장소에서 만났다. 새 학기의 연례행사인 엠티, 일곱 시간을 버스에 시달려 고성의 콘도에 도착했을 때 먼저 내린 학생들 틈에서 환성이 일었다. 언니, 언니 해가며 법석을 떠는 학생들 한 가운데에 정예리가 서 있었다. 학과장과 남자교수가 떨떠름한 얼굴로 나를 돌아보았다.

"안녕하셨어요?"

정예리가 다가와 어제 본 사람에겐 듯 천연스레 인사를 했다. 세 사람의 교수가 무어라 할말을 찾지 못하는 사이 아주 잠깐 정예리의 얼굴이 붉게 물들었다. 남자교수가 내 팔을 툭 건드리며 이 교수님, 쟤 좀 보세요, 하고 속삭였다. 무리 지은 학생들 사이에서 명기가 정예리를 빨아들일 듯 쳐다보고 있었다. 섬뜩할 만치 강렬한 눈이었다.

"자네는 여전하구먼, 어떻게 알고 왔나, 암튼 반가워."

학과장이 점잖은 인사를 건넸다. 정예리를 에워싼 학생들이 현관의 유리문을 밀고 들어갈 때까지도 명기는 그 깊숙한 눈길을 거두지 않았다.

통일전망대 관람, 세미나, 백일장. 예정된 순서대로 이틀이 지나갔다. 밤새도록 노랫소리가 끊이지 않았으며 이따금 누군가의 고함이 어둠을 흔들었지만 예년과 다른, 특별한 일은 일어나지 않았다. 바둑 삼매에 빠진 두 남자교수 대신 조교는 내 방문을 두드리고 이런저런 것들을 물었다. 나를 찾을 만한 일일 때도 있었고 전혀 내 허락이 필요하지 않은 일도 있었다. 정 선생이 다 알아서 하라고 나는 이제 그만 자야겠다고 말한 지 채 삼십 분이 지나지 않아 누군가 또 방 밖의 벨을 눌렀다. 명기였다.

"선생님은 모르세요. 저는 겁이 나요."

식탁을 사이에 두고 마주 앉자마자 명기가 말했다.

"겁나는 애가 예리는 여기 왜 불렀니?"

내 목소리가 차가웠다.

"자랑하고 싶었던 거야, 너는. 네 영향력을 과시하고 싶었던 거야. 너도 그애 못지않게 유명해지는 걸 좋아하잖니?"

그애는 학생회장이었다. 아무도 관심 갖지 않는 학생회, 단일후보, 누구도 찬성표가 과반수를 넘으리라 예상하지 않았지만 명기는 좌충우돌식의 표몰이로 당선을 따냈다.

"물론…… 저는 예리가 좋아요. 그렇지만 그앤 뭐랄까, 모르겠어요. 그 집착이…… 그앤 제게 아무것도 요구하시 않아요. 먼저 전화를 걸지도 만나자고 하지도 않지요. 그런데…… 이상해요. 저도 모르게 그앨 또 만나는 거예요. 예리는 늘 시큰둥하게, 그럴 줄 알았다는 듯이 나타나지요."

조금씩 숨결이 거칠어지는 명기, 불그죽죽한 눈자위의 그늘이 깊어갔다. 나는 점차 기분이 나빠지기 시작했다.

"네 감정을 그애에게 떠넘기지 마. 넌 책임지기 싫은 것뿐이야. 이 모든 일이 너의 그 잘난 체하는 문장으로 시작된 거 아니니?"

명기는 힐난하는 나를 멍한 눈으로 바라보았다. 바보 같은 그 얼굴을, 짐짓 꾸민 듯 멍청한 눈을 나는 힘주어 노려보았다. 명기의 얼굴에 서서히 그의 모습이 겹쳐들었다. 집착이라고? 그건 너의 것이야. 넌 착각하고 싶은 거야. 달아날 준비를 하는 거지. 우아하게, 다정함을 잃지 않으면서. 언제라도 너를 아름답게 떠올리도록 하고 싶은 거야. 네가 남긴 흔적을, 결코 지워지지 않을 흔적을 반추하며 절대로 너를 떠날 수 없으리라고, 그런 일은 있을 수 없다고 믿게 하고 싶은 거야, 비겁한 인간이야, 너는, 그에게, 혹은 명기에게 내가 말을 했던가, 명기가 천천히 입을 열었다.

"선생님이 아시는 줄 알았어요. 통신망의 그 글은 예리가 썼어요. 아이디어는 제가 냈지만."

"……"

"예리는 무서운 여자예요. 저는……."

명기의 고개가 푹 꺾였다. 열린 창으로 끊이지 않는 파도 소리가 들렸다. 빙빙 도는 등대의 부채꼴로 퍼진 불빛이 창을 훑고가기를 반복했다.

바다가 시작되는 곳에 등대가 서 있었다. 낮의 등대 위로 새들이 세찬 바람을 가르며 어지러이 날아올랐다. 버린 그물, 깨어진 나뭇조각이 널린 방파제 주변은 을씨년스러웠다. 눈 가는 곳 어디나 빈틈없이 둘러쳐진 철조망을 핥을 듯 파도가 밀려들었다. 만선, 수복, 연가 따위의 이름을 단, 다시는 출항하지 않을 듯 낡은 모습으로 서 있는 배들을 지나는 내 걸음이 빨라지기 시작했다.

"정말 같이 안 올라갈 테야?"

내 뒤를 지싯지싯 따라오며 그가 물었다. 꺼칠한 턱수염이 자라난 그의 얼굴을 나는 낯선 사람처럼 바라보았다. 작전지역의 행불(行不)은 여러분의 생각처럼 단순처리되지 않습니다. 명기가 사라지고, 사정을 설명했을 때 곤혹스러운 표정을 짓던 콘도 지배인의 얼굴이 떠올랐다. 그처럼 단순하지 않은 명기의 일을 그가 어떻게 처리했는지 나는 묻고 싶지 않았다. 그가 대체 어떻게 이 일을 알았는지도.

"재작년에…… 그런 일이 있었대. 놀러 왔던 대학생 하나가 행방불명됐는데 며칠 후에 저쪽 스피커에서 그애의 목소리가 나왔다는 거야. 걔네들이 까다롭게 굴었던 건 그 때문이야."

주체사상, 일심단결, 따위의 글자들이 적힌 푯말이 우뚝하던 능선 저편의 거대한 스피커. 거기에서 명기의 목소리가 나온다면 나는, 그리고 내 신분을 보장한 그는 어떻게 될까.

"없어졌다는 그애 말야. 네가 진술서에 쓴 대로라면 며칠 있다 나타날 거야. 너무 걱정하지 마."

숨을 고르던 그의 손이 어깨 위로 넘어오는 순간 나는 알 수 없는 시니운 기세로 그 손을 떨쳐냈다. 놀란 나만큼 그가 움찔하는 것 같았다. 그를 뒤에 두고 나는 방파제를 따라 걸었다. 어디론가 전화를 걸던 지배인, 그가 당황해한 이유를 설명하기도 전에 나타난 두 명의 군인, 차마 손가락을 들진 못하고 휘둥그레진 눈으로 나를 지목하던 두 사람의 교수, 정예리, 그리고 학생들…… 그가 길게 소리쳐 나를 불렀지만 나는 돌아보지 않았다.

방파제 사이, 철조망까지 이어진 소로로 내려가던 명기. 촘촘한 철조망을, 그 틈새에 장난감 같은 돌멩이를 끼우며 킬킬거리던 명기. 어느 순간 명기는 돌멩이 하나를 던지며 급작스레 악을 썼다. 따라오지 마세요, 예리, 너도 오지 마. 취한 명기를 좇던 그날 밤의 취한 내 걸음을 따라 나는 걸었다. 그애를 놓친 것이 이 어름인가 싶을 즈음 철조망은 끝이 나고 거대한 바위가 앞을 막았다. 디딜 곳 하나 없는 매끈한 바위였다. 바위에 등을 대고 서서 나는 내 앞의 철조망을, 그 너머의 하얀 모래사장을 바라보았다.

아무도 디딜 수 없는 곳, 발자국을 내는 순간 공격받는 그곳에 새 한 마리가 내려앉아 있었다. 두어 걸음 걷던 새가 세찬 바람에 휘둘린 듯 날아간 흐린 바다 저편, 풀어진 구름 사이로 누군가 천천히 걸어가는 뒷모습이 보였다. 구름 속으로 스며들 듯 희미한 옷자락. 철망 사이로 손을 밀어넣고 나는 돌아보지 않는 그 사람에게 안타까이 손을 흔들었다.

백지연(문학평론가)

삶의 모욕을 견디는
불온한 사랑

서하진 소설의 인물들이 체험하는 억압적 가족 질서는 그의 소설이 끈질기게 탐구하는 사랑과 결혼의 문제를 이해하는 데 중요한 실마리가 된다. 가족 질서의 강박관념에서 벗어나는 방식으로 소설의 인물들은 비밀스럽고 은밀한 방식의 내면적 일탈을 기도한다. 서하진 소설이 응시하는 일상적 삶의 고통은 이러한 탈주와 회귀의 과정이 순환하는 데 있다. 전통적이고 규범적인 가족 서사를 벗어나고 싶어하면서도 그로부터 쉽게 단절될 수 없는 존재들의 운명적 고통이야말로 서하진 소설이 들여다보는 삶의 비극적 진실이다.

1. 정열적 삶에 대한 열망

『책 읽어주는 남자』와 『사랑하는 방식은 다 다르다』에 이어지는 서하진의 세번째 소설집인 『라벤더 향기』는 이전의 소설들과 마찬가지로 도시인의 일상생활을 배경으로 한 다양한 소재의 이야기들을 다루고 있다. 그중에서도 사랑과 결혼의 과정을 통해 표출되는 여성들의 일탈 욕망과 환상은 서하진 소설의 주된 관심사이다. 그 동안 서하진의 소설이 "진정성을 상실한 부부관계의 갈등과 훼손된 그것의 회복 불가능성을 그리고 있"(김병익)으며, "결혼을 전후하여 만나게 되는 제도와의 충돌"(김주연)에 관심을 두고 있다는 평자들의 지적은 적절하다. 그의 소설은 "정열이 지배하는 강렬한 삶의 상태"(황종연)에 대한 여성들의 열망을 미학적인 글쓰기로 포착하고 있다. 여성의 목소리를 드러내는 상당수의 소설들이

고백체의 글쓰기와 체험의 진정성을 내세우는 것에 반해 서하진 소설은 관찰과 묘사에 의거한 미학적이고 규범적인 글쓰기를 중시한다. 정련된 문학적 비유와 인물들의 섬세한 심리 묘사는 서하진 소설이 지닌 고유한 장기라 할 수 있다.

서하진의 소설에서 성과 사랑, 결혼이라는 주제는 대체로 도시적 일상성의 범주에서 다루어지곤 한다. 그의 소설은 결혼과 가족 관계로 유지되는 평범한 일상 뒤에 우리가 감지하지 못하는 인생의 비극적 진실이 숨어 있음을 거듭 강조한다. 물질적 가치와 허위적 자기 표출의 욕망에 물들어 있는 현대인들의 심리에 대한 작가의 섬세한 고찰은 소설 속에서 은유적이고 절제된 방식으로 드러난다. 표면적인 행동양식으로 볼 때 서하진 소설의 인물들은 여성이건 남성이건 소극적이고 관습적인 인물들의 유형을 별로 벗어나지 않는다. 그러나 가녀리고 연약하게까지 보이는 이러한 인물들은 마음 깊은 곳에 강렬한 초월의 열망과 낭만적 환상을 간직하고 있다. 그들은 위험하고 치명적인 금기 위반을 꿈꾸며 사회적 관습으로부터 자유롭기를 끊임없이 갈구한다.

이번 소설집에서 좀더 선명하게 드러나는 특징이 있다면 이러한 일상 탈주의 욕망이 움터오르는 기원으로서 가족이라는 생물학적, 사회학적 범주가 선명히 나타난다는 점이다. 서하진 소설의 인물들을 괴롭히는 심리적 강박관념은 주로 가족 질서의 억압에서 유래한다. 주인공들이 경험한 유년기의 가족 질서는 이후의 결혼 생활에도 내재적인 영향을 발휘한다. 소설에서 가족이라는 배경은 신분이나 운명이라는 전근대적 관념으로 출몰하기도 하고 비합리적이고 속물적인 삶을 드러내는 현대적 일상으로 등장하기도 한다. 소설 속에서 가족은 기성제도의 질서와 금기, 관습을 재현하는 사회 공간으로 비유되기도 한다.

서하진 소설의 인물들이 체험하는 억압적 가족 질서는 그의 소설이 끈질기게 탐구하는 사랑과 결혼의 문제를 이해하는 데 중요한 실마리가 된다. 가족 질서의 강박관념에서 벗어나는 방식으로 소설의 인물들은 직접적인 거부의 행동을 보여주는 것이 아니라 비밀스럽고 은밀한 방식의 내면적 일탈을 기도한다. 서하진 소설의 인물들이 '불륜'이라는 일탈에 그토록 매혹을 느끼는 이유도 여기에 있다. 불륜이야말로 은밀하게 가족적 질서를 배반하는 형식이며 비밀이 유지되는 한 가장 철저하게 남편과 아내라는 상내방을 기만할 수 있는 행위이다. 이들은 가족 질서를 뛰쳐나오는 순간적인 일탈의 행위를 통해 금기 위반을 달성하면서, 동시에 낭만적이고 심오한 정열의 로맨스에 대한 환상을 충족시킨다. 불륜의 관계가 끝나면 일상이라는 무서운 현실은 다시금 이들을 압박한다. 서하진 소설이 응시하는 일상적 삶의 고통은 이러한 탈주와 회귀의 과정이 순환하는 데 있다. 전통적이고 규범적인 가족 서사를 벗어나고 싶어하면서도 그로부터 쉽게 단절될 수 없는 존재들의 운명적 고통이야말로 서하진 소설이 들여다보는 삶의 비극적 진실이다.

2. 가족에 대한 연민과 증오

이번 소설집에서 「스케이트보드를 타는 남자」와 「저만치 누군가가 보이네」는 물질적 가치를 우위에 두는 도시인들의 속물적 삶에 대한 경멸감을 선명히 드러내고 있는 작품들로 먼저 주목된다. 두 작품은 건조하고 갑갑한 일상을 뛰쳐나가 자유롭고 싶은 사람들의 내밀한 심리를 다루는 데 초점을 두고 있다. 경제적 몰락과 주변 가족들의 부에 대한 허위의식으로 괴로움을 겪는 무능력한 직장인이 스케이트보드를 타면서 희열을 느끼는 장면을 묘사한 「스케이트보드를 타는 남자」나 세속적인 명예와 부를 갈망하는 인간들의 속물적 본능을 연민의 시선으로 바라보는 「저만치 누군가가 보이네」는 평범한 외양 뒤에 감추어진 일상인의 이중적 심리를 파헤치는 데 집중하고 있다. 두 작품에서 흥미로운 것은 인물들의 내면에 깔린 가족 경험이 암암리에 현재의 삶에 영향을 미치고 있다는 것이다.

「스케이트보드를 타는 남자」의 주인공은 어머니의 속물적 허영의식에 의해 자비 유학을 가고 '오월의 여왕'으로 뽑힌 미모의 여성과 결혼한다. 그를 구속하는 것은 어머니뿐만이 아니다. 그는 부유하던 시절을 잊지 못하는 사치스러운 동생들과 자기 몰래 자동차를 담보 잡혀 거액을 대출받은 아내로부터도 끊임없이 삶의 압박을 받는다. 「저만치 누군가가 보이네」의 여교수는 편모슬하에서 고학하며 자라난 결핍의 체험 속에서 한 남자의 애정을 받아들인다. 결국 남자는 옥바라지를 해준 그녀를 배반하고 장관의 사위가 되지만 여자는 그를 연민한다. 그녀는 속물적 명예 욕구의 측면에서 자신의 옛 연인을 닮은 제자에게도 마찬가지의 연민과 관심을 갖는다. 그녀의 의식을 남모르게 지배하고 있는 것은 편모슬하에서 자랐다는 일종의 결핍 체험이다.

서하진의 작품에서 인물들의 중요한 심리적 동인으로 작용하는 가족 환경의 영향력은 이미 첫 소설집에 실려 있는 「조매제(祧埋祭)」에서 선명하게 드러난 바 있다. 일 년에 열다섯 차례의 제사를 치러야 하는 완강한 전통 가부장제 가족의 장손이 자신의 결혼을 앞두고 벌이는 내적인 고투가 이 소설의 핵심이다. 문중의 습속과 관례에 의해 자신의 자율적인 삶을 방기한 채 결혼을 미루어왔던 주인공의 모습은 서하진 소설이 기원으로 삼고 있는 가족주의의 실체를 선명하게 드러낸다. "내 삶에, 내 의식에 조용히 스며드는 지울 수 없는 그림자"(「조매제」)처럼 습관으로 배어든 가족 일상의 관례와 습속은 서하진 소실의 배경으로 늘 자리잡고 있다. 아버지로 대표되는 엄격한 가부장제의 권위, 친족의 서열로 차별화되는 위계적 가족관계는 주인공의 몸에 새겨진 문신처럼 그의 삶을 은밀하게 지배하고 있다. 친숙하고도 일상적이어서 특별한 감각을 갖지 못했지만 자신의 주체적 삶을 구성하는 데 무엇보다 큰 걸림돌이 되는 가족관계 앞에서 주인공은 심리적 갈등을 경험한다.

그러한 측면에서 서하진 소설에서 되풀이되어 나타나는 '고아의식' 혹은 '서자의식'은 억압적인 가부장제 가족관계의 산물로 보는 것이 적절하다. 소설의 주인공들은 대개 아버지가 없이 어머니 밑에서 외롭게 성장하거나, 어머니 없이 아버지의 손에서 길러진다. 이러한 편부모 가정에서 자란 주인공들은 위계적인 가족 질서로부터 자신이 일찌감치 이탈되었다는 자의식과 열등감을 동시에 갖고 살아간다. 이들은 억압적인 위계질서 자체를 혐오하고 경멸하면서도 그것으로부터 소외당하고 무시당하는 현실에 대해 열등의식을 갖는다. 소설에서 열등의식에 시달리는 인물들이 대개 여성이라는 점도 흥미롭다. 일반적으로 보면 가부장 가족 질서 속에서 여성 인물들은 고통과 수모를 직접적으로 겪는 당사자들이지만 지금까지 많은 소설들에서 고아의식, 서자의식에 시달리는 당사자들은 남성 인물들로 그려진다. 그렇게 볼 때 서하진 소설에서 여성이 느끼는 가족 콤플렉스의 여러 면모는 자세히 검토해볼 만하다.

여성 인물이 느끼는 가족 콤플렉스와 아버지 극복하기의 명제는 「기차가 지나는 마을」에서 전면적으로 드러난다. 자신의 출생 신분을 알지 못하는 주인공 숙희는 부모 없이 외삼촌의 집에서 장성한다. 외숙모와 외사촌 명희의 눈칫밥을 먹으며 자라온 숙희는 모든 귀중한 기회를 명희에게 박탈당하며 일찌감치 소외와 결핍의 체험을 겪는다. 청소년기에는 진학의 기회를 양보해야 했고 커서는 결혼 상대마저 뺏기는 아픔을 겪는 숙희는 자신의 옛 연인과 명희에게 냉랭한 심경을 노출한다. 숙희와 명희의 관계보다도 이 소설에서 실제로 중요한 이야기는 숙희의 출생에 얽힌 비밀스러운 사연이 폭로되는 부분이다. 동네 사람들에게 구걸하며 사는 비루한 남자 '만연이'를 유독 감싸고 집에 재우는 외삼촌을 수상쩍게 여기던 숙희는 그가 자신의 아버지일지도 모른다는 직감에 전율한다. 숙희는 자신의 아버지를 발견했지만, 추악하고 궁핍한 그에게서 지난날의 결핍 체험을 보상받고 싶지는 않다. 만연이가 방바닥에 숨겨놓은 더러운 지폐다발을 발견하고는 구토를 하며 결국 방을 불태우고 뛰쳐나오는 숙희의 모습은 비장하기까지 하다. 그것은 '아버지의 이름'에 대한 상징적인 거부 행위이다. 자신을 세상에 던져놓은 당사자이면서 현재도 자신을 고통과 소외에 시달리게 하는 '아버지'는 증오하면서 연민을 가질 수밖에 없는 존재이다.

「모델하우스」에서 주인공의 아버지는 가출한 어머니를 찾다 병을 얻어 일찍 세상을 뜬 사람으로 그려져 있으며, 「스케이트보드를 타는 남자」에서 사업이 몰락하고 가족들을 남겨둔 채 죽음을 맞은 아버지의 존재는 스토리의 중요한 발단이 된다. 「무월(霧月)의 시간」에서 주인공의 아버지는 재혼을 한 뒤 병들어 쇠약해 있는 모습으로 그려진다. 이렇듯 아버지의 부재는 주인공에게 강렬한 자의식을 갖게 만드는 직접적 원인이 된다. 서하진의 소설에서 아버지의 존재는 부재함으로써 결핍감을 주거나, 반대로 가부장의 권위를 상징하는 전형적 인물로 등장한다. 몇 작품에서 아버지는 여성 위에 군림하고 어머니의 삶을 불행하게 만드는 무심하고 답답한 존재로 묘사된다. 「회전문」에서 아버지는 돈과 명예에 탐닉하며 어머니를 하녀처럼 부리는 절대 권력자로 그려진다. 어머니는 아버지로부터 받는 경멸감을 더이상 견디지 못해 황혼 이혼을 선언하지만 아버지는 해외여행 티켓이라는 미봉책을 내밀며 어머니의 절박한 이혼 제의를 무시하려 한다. 「개양귀비」에서도 시할아버지와 시아버지 때문에 결혼생활에서 고통을 겪고 아이마저 빼앗긴 상처받은 여인의 이야기가 등장한다.

아버지로 대표되는 위계적 가족 서사로부터 튕겨져 나온 주인공들은 자신의 불행한 기원을 극복하는 대안으로 사랑과 결혼을 꿈꾼다. 자유 연애와 결혼은 신분이나 운명이라는 불변의 질서를 벗어나 자신의 힘으로 세우는 새로운 질서며 희망의 세계이다. 스스로의 의지로 선택한 결혼과 사랑은 "버려진 날들과 버림받은 시간"(「기차가 지나는 마을」)을 보상해줄 수 있는 것으로 기대된다. 하지만 불행하게도 주인공들은 결혼과 사랑을 통해 순수하게 행복해질 수 없다. 고독의 숙명은 주인공을 그림자처럼 따라다니며 고통의 시간은 지속된다. 서하진 소설에서 드러나는 '불륜'은 그러한 의미에서 숙명적인 굴레를 벗어나기 위한 마지막 몸부림의 방식이다. 결혼에서조차 아버지와 가족의 존재를 보상받을 수 없는 불행한 주인공들이 선택할 수밖에 없는 비상구의 삶이 바로 불륜의 사랑이다. 누추하고 비루한 세속으로부터 벗어나 불꽃같이 강렬하고 짧은 낭만적 사랑의 환각을 맛보기 위해 주인공은 모험을 시작하는 것이다.

3. 모욕당하는 사랑, 불륜의 숙명성

강하고 억압적인 아버지, 부재하는 아버지, 병든 아버지 등 서하진 소설에서 그려지는 아버지의 이미지는 주인공들에게 강렬한 강박관념으로 작용하여 결혼생활에도 은밀한 영향을 미친다. 아버지의 존재뿐만 아니라 어머니의 존재 역시 결핍의 기원이 되기는 마찬가지이다. 어머니는 낯선 남자를 따라 집을 나갔으며(「모델하우스」) 아이들을 빼앗기고 모성의 역할을 잃어버린 차갑고 깔끔한 성격이거나(「개양귀비」) 허위적인 물신 욕망으로 아이들을 키우는(「스케이트보드를 타는 남자」) 강박적 성격의 소유자이다. 이렇듯 모성과 부성의 온전한 역할로부터 벗어난 강박적인 성격의 부모들은 주인공에게 열등의식을 심어준다. 주인공은 자신의 결혼을 통해 안전한 가족관계를 복원하고자 한다.

소설의 여성들은 억압적인 아버지를 벗어나고 따뜻한 어머니를 회복하는 최선의 방식으로 결혼을 선택한다. 남편은 아버지의 상징을 극복할 수 있는 유일한 대리인이며 주인공은 따뜻한 어머니의 역할을 훌륭히 재현하고자 한다. 주인공들이 남자를 사랑하게 되는 계기는 '모성의 욕구'를 자극받은 후부터이다. 남자들은 가엾고 상처입은 연약한 짐승으로 여자에게 다가온다. 이들은 여자로 하여금 영원히 보호해주고 싶다는 모성적 욕구를 불러일으킨다. 그들은 "보호받지 못한, 무자비한 수렵에 쫓기고 가혹한 학대에 시달린 들짐승"(「회전문」)이며 "사춘기 소년처럼 조조해했고 때로 손톱을 물어뜯다 나와 눈이 마주치면 계면쩍게 웃"는(「모델하우스」) 순수한 사람들이다. 여자는 남자의 순수함에 매료되면서 그와 함께 건전하고 행복한, 남들이 봐도 부끄럽지 않은 단란한 가정을 설계할 꿈에 부푼다.

그러나 "예쁜 집에서 예쁜 찻잔에 향기 짙은 차를 마실 수 있을 것"(「모델하우스」)이라는 결혼의 기대감은 참혹하게 무너지고 만다. 남편들은 아버지처럼 권위적이거나 위압적이지 않지만 더할 나위 없이 이기적이고 유아적인 행동으로 아내들을 괴롭힌다. 아버지와 남편은 표면적으로 다르면서도 본질적인 면에서는 동일한 존재들이다. 가부장의 질서를 또다른 방식으로 재현하는 남편들의 모습은 소설 곳곳에서 드러난다. 아버지를 벗어나기 위해 선택한 남편이 더 큰 정신적 상처를 안겨주는 예는 「회전문」에도 잘 나타나 있다. 「회전문」에서 딸은 권위적 아버지를 벗어나는 방식으로 자신의 집에 은거했던 삼촌의 후배를 결혼 상대로 맞아들인다. 딸은 어머니와 공모하여 아버지에게 남편의 신분을 알리지 않는다. 남편은 집안의 구석구석까지 장악하고 있던 권력자였던 아버지에게 대항할 수 있는 엄청난 '비밀'이었던 것이다. 그러나 아이러니컬하게도 지금의 남편은 아내 모르게 다른 여자와 불륜의 관계를 맺고 있다. 아내가 남편에게 품었던 기대와 사랑은 비참하게 부서지고 모욕당한다. 아버지라는 존재를 보상하기 위해 선택한 남편이 아내를 배반하는 상황은 「모델하우스」에서도 되풀이된다. 아내는 병든 아버지의 존재를 연상하며 남편을 헌신적으로 보살폈지만 남편은 첫사랑의 상대를 다시 만나 아내 모르게 연정을 불태우고 있다. 아내는 결국 남편을 떠나보내기로 마음먹는다. 이외에도 「라벤더 향기」와 「종소리」에서 남편은 부인의 정신적 허기를 채워주지 못하는 물질적이고 세속적인 인물로 등장한다. 이들은 일상적 삶에 찌든 권태로운 사람들로서 여성의 내밀한 정신적 방황이나 상처를 전혀 헤아리지 못하는 무심하고 낯선 존재로 묘사된다.

주인공이 겪는 사랑과 결혼의 실패는 기묘하게도 자신의 출생 조건을 다시 한번 확인시킨다. 핏줄로부터 버림받은 고통의 기억은 사랑하는 사람으로부터도 버림받는 불행으로 꼬리를 물고 이어진다. 아버지로부터 버림받은 후 다시 연인으로부터 버림받는 불행의 연속은 여러 작품에서 되풀이되어 등장한다. 「저만치 누군가가 보이네」에서 아버지 없이 자라난 주인공은 학생운동을 하는 남자와 사랑에 빠지지만 결국 그에게 배신당한다. 「기차가 지나는 마을」에서 주인공이 이종사촌에게 연인을 빼앗기는 배경에는 버림받은 아이의 자의식이 무겁게 드리워져 있다. 「모델하우스」에서 가출한 어머니를 찾다 병들어 죽은 아버지의 환영은 주인공으로 하여금 대책없이 낭만적이고 무기력한 남자를 남편으로 받아들이게 하며 사랑의 고통을 맛보게 한다. 주인공들은 모욕당한 사랑 앞에 가슴 아파한다. 그들은 어떤 방식으로 살아가든 "혼자 남겨지고 말 것 같"(「모델하우스」)은 두려움과 무기력증에 시달린다.

결혼생활뿐만 아니라 불륜의 관계에서도 사랑의 실패, 숙명적인 불행은 같은 방식으로 반복된다. 불륜은 결혼 질서로부터의 초월과 일탈을 꿈꾸는 배반적 계약의 방식이다. 불륜은 당사자가 동등하게 비밀을 갖는다는 점에서 일종의 계약이다. 일시적인 계약관계의 사랑을 통해 반영구적인 결혼 계약을 파괴하려 한다는 점에서 불륜은 모순적인 사랑의 방식이나. 불륜은 당사자끼리의 비밀이 유지되는 순간만큼은 스릴 있는 사랑의 방식이지만 타인의 시선에 의해 불륜으로 규정되는 순간 사회 질서를 위협하는 비참하고 '부적절한' 애정 행각이 된다.

여기서 소설 속의 남성인물들이 감행하는 불륜과 여성인물이 감행하는 불륜이 다른 성격으로 설명되고 있는 점은 주의해볼 필요가 있다. 남성에게 불륜은 그야말로 성적인 일탈 욕구를 채우는 단순한 행위인 반면 여성에게 불륜은 복합적인 심리 갈등이 깔려 있는 실존적인 선택으로 드러난다. 「회전문」에서 남편이 맺는 불륜관계는 상당히 이기적이고도 유아적인 욕망으로 묘사되어 있지만 「라벤더 향기」나 「불륜의 방식」에서 여성인물들이 맺는 불륜관계는 나름대로의 타당성을 지닌 것이다. 여성에게 '불륜'은 일상의 건조함을 견디는 방식이거나 운명적 삶의 고통을 심화하는 자학의 방식으로 놓여 있다. 불륜은 순수한 낭만과 사랑이 실종된 현실의 삭막함을 역설적으로 증거하는 행위이다. 때로 불륜은 여성들의 삶에 운명처럼 피할 수 없는 절대적 조건으로 다가온다. 남편 몰래 외간 남자와 충동적인 정염에 휩싸여 임신한 여자(「종소리」), 의붓남매로 숙명적인 부부관계를 유지하면서 남편의 간병인들과 부정의 관계를 맺는 외국 여자 비비안(「무월(霧月)의 시간」), 오랫동안 알고 지내온 오빠 친구와 어느 순간부터인가 불륜의 관계를 맺게 된 여선생(「불륜의 방식」)처럼 불륜은 예정된 운명으로 이들의 삶을 파고든다. 그 속에서 여성들은 현실의 끈을 잠시 놓고 정염의 불길 속에 타오르는 순수한 환각과 열망 속으로 침잠해간다.

4. 꽃과 향기가 선사하는 쓰라린 진실

사랑의 실패와 불륜의 고통을 숙명으로 받아들이는 서하진 소설의 인물들은 거대한 가족 질서로부터 자신이 자유로울 수 없음을 다시 한번 자각한다. 이들은 자신을 감싸온 끈끈하고 안온한 제도와 질서가 쉽사리 망가지지 않음을 잘 알고 있다. 서하진 소설의 인물들은 현실 질서의 전복이나 새로운 관계의 맺음을 적극적으로 실현하려 들지 않는다. 그들의 행동은 가벼운 일탈, 혹은 현재 상태의 방기에 머물러 있는 듯 보인다. 서하진 소설에서 여성인물들은 대체로 가녀리고 내성적이며 인내심이 강한 데 비해 남성인물들은 무심하고 담담하고 속물적이며 뻔뻔스럽다. 소설 속의 여성들은 식물의 이미지와 종종 연결되며 남성들은 생존 경쟁에서 뒤처지지 않으려는 동물의 이미지와 연결된다. 주목되는 것은 여성들의 꿈과 환상의 욕망이 꽃과 별, 향기라는 이미지로 종종 소설

속에 분출되고 있는 점이다.

타락한 일상에 더이상의 희망을 걸 수 없는 주인공들은 자신의 꿈과 욕망을 꽃과 별, 향기라는 이미지들로 분출시킨다. 그것은 아주 잠시 피어났던 정염의 순수한 불길을 상징하는 아름다운 환각들이다. 「라벤더 향기」의 주인공은 각종 화분에 인공 향수를 뿌리며 꽃과 향기의 세계에 탐닉한다. 「개양귀비」의 시어머니는 정원을 수고스럽게 가꾸며 식물의 세계에 강박적으로 집착하고, 식물연구소 연구원의 아내는 딸의 죽음을 잊지 못해 꽃을 기르는 일에 열중한다. 「모델하우스」의 주인공은 꽃집을 경영하다가 자신의 남편을 만나게 된다. 서하진의 많은 소설에서 이러한 꽃과 향기의 순수한 이미지들은 주인공이 현실을 초월하여 품는 욕망과 꿈을 상징한다. 꽃과 향기의 세계는 속악한 일상으로부터 여성들을 구원해주는 피난처와도 같다.

일상의 건조함이 불러낸 불륜의 사랑을 섬세한 필치로 그려낸 「라벤더 향기」는 이 소설집에서도 가장 나른하고 우울한 분위기로 독자의 시선을 사로잡는다. 서하진 소설의 은유적 매력을 한껏 살린 이 작품은 향기라는 상징을 통해 여성 인물의 꿈과 욕망을 표현한다. 주인공은 "출장중일 때가 더 많은, 거의 언제나 출장중인" 남편의 빈 자리를 메우기 위해 미스터리 애정물 시청과 향수 모으기에 집착한다. 베란다에 인조 화분을 가져다 놓고 장미향, 라일락향, 라벤더 향 등 각종 향을 뿌리고 맡으며 무료한 일상을 견디는 그녀에게 또다른 일과가 생겼다. 그것은 남편 없는 시간에 아래층 남자와 나누는 불륜의 사랑이다. 그러나 일탈적인 사랑은 오래 가지 못한다. 불륜의 상대에게 빌려주었던 자동차가 뺑소니 사고 혐의로 추적되는 바람에 여자는 초조와 불안에 시달린다. 본래 아내에게 무관심했던 남편은 아내의 행각을 눈치 채지 못하고 불륜의 사랑을 나누던 남자도 서둘러 이사가고 만다. 여자는 자포자기하는 심정으로 베란다에서 자신이 수집한 향들을 한꺼번에 맡다가 쓰러진다. 병원에서 치료받고 돌아온 여자는 남자가 떠난 곳에 다시 이사온 아래층 여자로부터 전에 살던 남자가 여자관계가 복잡한 사람이었던 것 같다는 귀띔을 받는다.

불륜의 관계가 폭로될까 조바심하는 여자의 미묘한 내적 갈등을 세밀하게 포착한 「라벤더 향기」는 불륜이라는 껍질 속에 숨겨진 허무하고 텅 빈 사랑의 실체를 정확하게 가리켜 보이고 있다. 인텔리 취향을 가진 적당히 속물적이고 위선적인 현대인들이 품는 탈일상의 욕망을 이처럼 세련된 방식으로 그려낸 작품도 보기 드물 것이다. 여기서 꽃과 향기의 세계는 구토와 악취의 세계에 불과했음이 밝혀진다. 여성들은 자신을 잠시나마 도취케 했던 아름다운 이미지들의 실체를 깨닫고 경악한다. 그들은 악취의 세계 앞에서 하염없이 구토한다. 구토는 부정하고 타락한 일상에 맞서 유일하게 몸으로 보여줄 수 있는 저항 방식이다. "막 받아와 우아한 향기를 뿜는 꽃일수록 질 때의 냄새는 고약했다. 물이끼 낀 양동이 안에서 군내를 풍기며 썩는 꽃의 밑동을 씻어낼 때마다 내 속에서 구역질이 올라왔다"(「모델하우스」) "여자를 잠재운 것은 엄청난 양의 다양한 향기, 이제는 악취로, 숨을 쉬기 어려운, 부글부글 무언가를 끓일 수 있을 듯한 가스로 변해버린 그 냄새였을 것, 이라고 여자를 발견한 남편은 말했다"(「라벤더 향기」) "가시지 않은 냄새가 나를 포위하듯 몰려들었다. 어쩌면 냄새는 내 폐 속에, 실핏줄

끝까지, 혈관을 타고 허연 뇌수의 주름 사이사이마다 스며들지도 몰랐다. 나를 서서히 죽이고 있을지도 몰랐다"(「불륜의 방식」)와 같은 구절에서 볼 수 있듯이 주인공은 환멸의 일상을 감지할 때마다 구토라는 병리적 징후를 보여준다.

순수하고 진실한 사랑은 어디에도 존재하지 않는다. 낯선 남자와의 정열적인 사랑관계 역시 눈속임으로 더럽혀져 있기는 마찬가지이다. 별과 꽃, 향기의 세계가 한낱 신기루에 불과하다는 것, 결혼이란 사랑의 무덤 위에 꽂힌 형식적인 깃대일 뿐이라는 것, 서하진 소설의 주인공들은 이러한 일상의 진실 앞에서 초연해질 수밖에 없다. 일상의 탈주 욕망이 일순간직인 허위 욕구에 불과하다는 발견 속에서 인물들은 체념적이면서 무기력한 포즈로 삶에 대응한다. 이제 이들은 꽃과 향기라는 아름다운 이미지의 세계가 악취와 구토의 세계라는 사실을 알면서 의도적으로 그것에 심취한다. 정염의 사랑에 휩싸였다는 자기 위로 속에서 불륜은 지속되고 정당성을 갖는다. 이제 불륜은 파격적이고 뜨거운 삶의 형태가 아니라 결혼과 마찬가지로 사랑을 가장한 또하나의 기만적인 일상일 따름이다.

한순간의 가식과 환상으로라도 현실을 탈출하고 싶어하는 현대인의 심리를 미학적인 묘사로 포착하는 서하진의 소설은 일상의 비의를 파헤치는 최근 소설의 한 흐름을 대변하고 있다. 그의 소설이 다루는 결혼 제도와 사랑의 문제 밑바닥에는 가족 질서에 대한 복합적인 애증의 감정이 숨어 있다. 작가는 자신의 출생 조건으로부터 완벽하게 벗어나기를 원하면서도 끊임없이 가족이라는 제도를 통해 자신의 삶을 규정받는 평범하고 관습적인 일상인들에게 애정의 눈길을 보낸다. 섬약하고 내성적인 일상인들이 내면적으로 겪는 감정의 소용돌이에 대해 작가는 예민한 관심을 보인다. 물론 그의 소설들에서 표출되는 사랑과 결혼의 문제라든지, 그것을 응시하는 여성의 목소리는 선명한 주제의식으로 모아지기에는 미약한 것이 사실이다. 현대인들에게 유일한 신비화의 영역으로 남겨진 사랑과 결혼에 대해서 작가가 보내는 메시지 역시 늘 모호한 출구를 남겨둔 채 유보되곤 한다. 그것은 전통적 가족적 질서에 대한 인물들의 양면적 반응과도 관계 있을 것이다.

가식적이지 않은 순수한 사랑을 갈망하지만 삶의 순정성에 쉽게 몸을 맡기지 못하고, 일상의 허위성을 폭로하지만 시종일관 삶에 대해 냉소적일 수도 없는 서하진 소설의 인물들은 현대인의 내면 갈등을 선명하게 보여주는 회색인들이다. 이들은 타자의 삶에 적극적으로 개입할 수 없는 대신 자신의 마음 깊은 곳에 정열의 탑을 쌓으며 삶의 모욕을 견뎌나간다. 사랑하는 사람에 대한 현실적인 집념을 포기하면서도 자신의 내면에 자리한 본질적인 정열과 욕망만은 거둘 수 없는 지독하고도 뜨거운 자기애는 연민의 감정을 불러일으킨다. 사랑하는 사람이 떠난 후에도 사랑하고 있는 자기 자신의 모습을 그대로 지키고 싶어하는 마음은 인간의 가장 이기적이고 본능적인 욕망이다. 타자에 대한 사랑은 자기애로 귀착됨으로써 영원히 보존될 수 있다. 그러한 의미에서 다른 여자를 사랑하는 남편을 포기하기로 마음먹는 여성의 내면심리를 그린 「모델하우스」의 마지막 장면은 긴 여운을 남긴다. "그가 오면 작별을 말하리라. 그를 그 여자에게로, 그리운 사람에게로 보내리라. 나는…… 돌아갈 곳이 없는 나는, 어딘가에서 작은 꽃집을 열 수 있

을까. 그가 언제고 돌아오기를 기다리며 다시 장미를 팔면서 살아
갈까. 그에게로 향한 그리움이 시들고 마르고 마침내 버려질 때까
지."

작가 후기

    나는 지루한 영화를 좋아한다. 대사가 없고 화면이 잘 바뀌지 않고 특별한 줄거리가 없는 영화를 선호한다. 그런 영화를 보고 있으면 가슴이 아프다. 저런 정경이야말로 우리 삶이라는 생각이 들어서. 지루하게 만들기 위해 감독이 겪었을 혹독한 갈등이 눈에 잡혀서. 재미없게 만들기도 참 어려울 것이다.

    나는 또 프로야구 경기 보기를 즐긴다. 홈런이 팡팡 터지는 박진감 넘치는 경기도 좋지만 0의 행진이 이어지는 투수전이 더 구미에 맞는다. 프로야구를 좋아하는 것은 무엇보다 오래, 몇 개의 계절이 지나도록 계속되기 때문이다. 그 긴긴 날을 견디는 선수들의 그을린 얼굴이 아름답기 때문이다. 특별히 응원하는 팀도 없으면서 여름이면 나는 자주 야구장을 찾는다. 야간 경기가 벌어지는 구장에서 휘황한 전광판을 쳐다보면 어쩐지 슬퍼지고 엄숙해진다.

내가 쓴 열 편의 소설을 읽으면서 나는, 참 재미없게도 썼다 생각한다. 쓸쓸하다. 나는 재미없게 쓰려고 노력한 게 아니었다. 나는 어쩌면 쓰는 내내 재미, 감동, 충격 등에 대해 무심했던 것 같다. 아니, 그건 아니고 나는 글을 쓰는 동안 아무것도 생각하지 않는다. 그냥 쓰기만 한다. 누가 이것에 대해 어떻게 말할지, 읽고 어떤 느낌을 받을지 하는 것들은 다 쓰고 나서, 원고를 보내고 나서 비로소 든다.

이따금 전화를 걸어오는 친구가 있다. 그 친구는 내가 쓰고 있다, 고 말하면 코웃음을 치며 이렇게 말한다. 밤낮 뭘 그렇게 쓰냐. 놀기도 해야지 좋은 소설이 나오는 거야. 미련하게 앉아 있다고 되는 줄 아냐. 나는 이를 득득 갈면서 전화를 끊고 그럼 어쩌란 말이냐고 중얼거린다. 그 친구가 옳다는 것을 나는 알고 있다. 나는 미련하다. 다른 이들처럼 한 편의 글을 마치면, 혹은 잘 안 될 때면 어디론가 떠나거나 누구를 만나거나 꼭지가 돌 때까지 마시거나 하지 않는다. 소설쓰기가 지겨워지면 나는 더 바짝 책상 앞에 다가 앉고 스트레스가 쌓일 때는 무슨 벌받듯이 며칠이고 밤을 새며 글쓰기에 매달린다. 진짜 구제불능이다.

창 밖이 희미하게 밝아올 때쯤 의자에서 일어나면 긴 여행을 마친 기분이 된다. 여행에서 보고 들은 것들이 꿈속까지 이어진다. 반쯤 감은 눈으로 아이의 도시락을 싸주고 칭얼대는 막내에게는 텔레토비 비디오를 틀어주고 나는 잠깐 짧은 잠에 빠진다. 꿈은 계속되고 길은 끝없이 이어진다. 정말이지 지겹고도 미련한 여행이다. 나는 도대체 어디로 가고 싶은 것일까.

아마도…… 나는 두려웠던 것 같다. 소설쓰기가 더이상 내게, 내 글을 읽을 이들에게 아무런 의미가 되지 못한다는 생각에. 그래서…… 그러니 죽을 동 살 동 쓸밖에.

견뎌내는 것. 나는 이제 삶을 견디듯 소설을 견딘다. 그러므로 나는 늘 미안하다. 내 집착 때문에 수없는 불편을 견뎌야 하는 가족에게. 그리고 어쩌다 내 소설을 읽을 당신에게. 부디 잘 견뎌주기를 나는 감히 바란다. 창 밖에는 비가 억수로 퍼붓고 있다. 오늘 프로야구는 순연될 것이다. 서운하지만 이 또한 견뎌야 한다. 운이 좋으면 연속경기를 볼 수도 있을 테니.

책을 묶는 일은 징검다리를 건너는 일과 같다고 용기를 준 이혜경 선배에게 감사한다. 여기 실린 글들은 대부분 역삼동의 작업실에서 쓴 것들이다. 방을 나누어 썼던 동료들에 대한 고마움은 말로 다하기 어렵다. 해설을 맡은 백지연씨, 모자라는 작가를 살뜰히 대해준 문학동네에 마음으로부터 감사를 드린다.

2000년 7월
서하진

문학동네 소설집
라벤더 향기
ⓒ 서하진 2000

| 1판 1쇄 | 2000년 8월 3일 |
| 1판 4쇄 | 2000년 8월 31일 |

지 은 이	서하진
책임편집	김현정 이은석
펴 낸 이	강병선
펴 낸 곳	(주)문학동네
출판등록	1993년 10월 22일 제22-188호

주 소	136-034 서울시 성북구 동소문동 4가 260번지 동소문빌딩 6층
전자우편	editor@munhak.com
	하이텔 : podo1
	천리안 : greenpen
전화번호	927-6790~5, 927-6751~2
팩 스	927-6753

ISBN 89-8281-306-3 03810
* 잘못된 책은 바꿔드립니다.
www.munhak.com